W0083589

Aus Freude am Lesen

btb

Buch

Der Sinai – zwischen Chaos und Haß ist er stets ein
Paradies für Mensch und Tier geblieben. Mitte der fünfziger Jahre stoßen dort Motke Bartov und General Mor,
ein Angestellter der israelischen »Nature Reserves Autho-
rity«, unvermutet auf die Spur einer Gazellenart, die man
bis dahin für ausgestorben hielt. Zehn Jahre lang forschen
die beiden Männer nach der letzten Spezies der Gattung –
erfolglos. Mehr Glück als sie hat Hamud, ein von Blutra-
che gejagter Beduine. In einem abgelegenen Tal zwischen
Israel und Syrien findet er eine trächtige Gazelle. Hamud
beginnt, das Tal zu kultivieren, um ihr das Überleben zu
sichern. Auch ein Junge aus einem nahe gelegenen Kibbuz
und sein kleiner Beduinenfreund sind fasziniert von Hamuds Lebenswerk, von dem friedlichen Zusammenleben
zwischen Mensch und Tier. Eines Tages aber erreichen
die eskalierenden Konflikte des Sechs-Tage-Krieges auch
diese Oase des Friedens.

Eine eindringliche Geschichte über Menschen, die auf
verschiedenen Wegen den Traum vom Frieden suchen.

Autor

Lionel Davidson, geboren 1922, gehört seit Jahrzehnten
zu den besten und renommiertesten Autoren von Aben-
teuerromanen und Thrillern im englischen Sprachraum.
Für seine herausragenden Romane *Die Rose von Tibet*
und *Die Nacht des Wenzel* erhielt er mehrere Literatur-
preise und euphorische Kritiken. *Das Geheimnis der Menora* wurde mit dem Crime Critics Award für den besten
Thriller des Jahres ausgezeichnet.

Lionel Davidson bei btb

Das Geheimnis der Menora. Roman (72127)
Die Rose von Tibet. Roman (72199)

Die Originalausgabe erschien
unter dem Titel »Smith's Gazelle«
bei Jonathan Cape, London.

Umwelthinweis:
Alle bedruckten Materialien dieses Taschenbuches
sind chlorfrei und umweltschonend.

btb Taschenbücher erscheinen im Goldmann Verlag,
einem Unternehmen der Verlagsgruppe Bertelsmann.

1. Auflage
Genehmigte Taschenbuchausgabe Januar 1998
Copyright © 1971 by Lionel Davidson
Copyright © der deutschsprachigen Ausgabe 1989
by Blanvalet Verlag, München
Umschlaggestaltung: Design Team München
Umschlagfoto: Zefa/Raga
Satz: IBV Satz- und Datentechnik GmbH, Berlin
MD · Herstellung: Augustin Wiesbeck
Made in Germany
ISBN 3-442-72247-0

Lionel Davidson

Der Ruf der Gazelle

Roman

Aus dem Englischen
von Renate Orth-Guttmann

btb

GEOFF ZUM GEDENKEN

Inhalt

I.
Alles über Paarhufer

1

Der Erste, der sie – im Februar 1957 – zu Gesicht bekam, war ein gewisser Motke Bartov, der im Wadi Parek im südlichen Israel mit einer Aufnahme des Tierbestands beschäftigt war. Es dämmerte schon, und die Lichtverhältnisse waren schlecht, so daß er nicht hätte sagen können, was er da gesehen hatte. Er beschloß, in dem Ausguck, den er sich gemacht hatte, zu übernachten und am nächsten Morgen genauer hinzuschauen. Am nächsten Morgen aber war er nicht schlauer als zuvor. Die Tiere waren keine Ziegen, keine Antilopen, keine Hirsche – und doch von allem etwas. Sie ästen zu sechst in einer Gruppe und waren sehr scheu. Als er versuchte, näher heranzukommen, flüchteten sie.

Noch am gleichen Tag fuhr er nach Beersheba, telefonierte mit Generalmajor Naftali Mor, seinem Projektleiter, und erstattete Bericht. Generalmajor Mor war früher ein berühmt-berüchtigter Wilderer vor dem Herrn gewesen, es gab keinen, der aus eigener Erfahrung die hiesigen Wildtiere so gut kannte wie er, aber auch General Mor vermochte nicht zu sagen, um was für Tiere es sich handelte. Vielleicht, meinte er, habe Motke sich von einem noch nicht ganz entwickelten Damhirschgehörn täuschen lassen. Motke schwor Stein und Bein, daß es keine Damhirsche gewesen waren.

»Bleib einen Moment dran, Motke, ich schau mal nach«, sagte der General und langte sich ein paar Bücher herunter. Nach ein paar Minuten nahm er den Hörer wieder auf. »Wie war das nochmal mit dem Gehörn, Motke?«

Motke gab bereitwillig Auskunft. Es sei leierförmig gewesen wie bei Antilopen, sagte er, aber geschwungen wie bei Ziegen, vielleicht aber auch verästelt wie bei Hirschen. »Deshalb hab ich nicht gewußt, ob es eine Ziege war, eine Antilope oder ein Hirsch«, sagte Motke. »Aber wenn ich es mir recht überlege«, fügte er hinzu, weil ihm der seltsame Ton, der plötzlich in der Stimme des Generals schwang, nicht recht geheuer war, »wenn ich es mir recht überlege, war es wohl ein Rudel *Gazella gazella,* und weil sie zwischen den Salzbüschen geäst haben, hab ich mich mit dem Gehörn vertan. Bestimmt, so muß es gewesen sein. Und sonst geht's Ihnen gut, General?«

»Wo waren die Hörnerspitzen, Motke?«

»Da, wo die Salzbüsche anfangen. Hinten.«

»Es ist wichtig, Motke. Waren sie nach vorn oder nach hinten geschwungen?«

Motke überlegte. »Ich glaube, sie waren überhaupt nicht geschwungen«, sagte er beunruhigt. »Ich glaube, das, was ich gesehen habe, waren bloß die Salzbüsche. Also... das, was ich gesehen hab, war jedenfalls hinten.«

»Waren auch Geißen dabei?« fragte der General in demselben eigenartigen Tonfall.

»Ja, Geißen auch.«

»Woher weißt du das?«

»Sie waren kleiner. Die Hörner waren kleiner. Und sie sind zuerst weggelaufen.«

»Wie groß war das Tier alles in allem?«

»Nicht groß. Klein für eine Gazelle. Deshalb hab ich es ja zuerst für eine Ziege gehalten. Was ist es denn für ein Tier?« fragte Motke.

»Das weiß ich nicht. Jetzt paß mal auf, Motke. Sieh zu, daß du Alfalfa bekommst, und fahr damit so schnell wie möglich wieder zum Wadi. Da verteilst du das Alfalfa. So, daß die Luft rankommt. Aber nicht zu viel auf einmal. Und zieh Handschuhe an. Das ist ein unwahrscheinliches Tier, Motke.«

»Was denn für eins?«

»Dazu möchte ich mich noch nicht äußern. Hast du deinen Ausguck oben oder unten?«

»Oben, auf der Anhöhe.«

»Dann mach einen zweiten unten im Wadi. Abends, wenn die Luft hochsteigt, setzt du dich in den oberen Ausguck. Vor Anbruch der Dämmerung gehst du nach unten. Es hat dich gewittert, Motke, deshalb ist es nervös geworden. Das Tier hat eine unwahrscheinliche Witterung.«

»Von was für einem Tier reden wir denn nun eigentlich?« fragte Motke.

»Bis jetzt kann ich da noch keinerlei Voraussage wagen.« Das war natürlich geschwindelt, aber er hatte das Gefühl, daß er sich mit einer solchen Voraussage sehr leicht lächerlich machen konnte. Deshalb meinte er nur: »Sieh zu, daß du das alles rasch über die Bühne bringst, Motke. Wenn irgend möglich, bin ich morgen bei dir, vielleicht sogar heute noch.«

Aber am gleichen Tag schaffte der General es nicht mehr. Er wollte mit solidem Hintergrundwissen zum Wadi Parek fahren, und im Augenblick war sein Wissensstand in dieser Sache nahezu Null. Die von ihm geleitete Naturparkbehörde bestand noch nicht lange, und es fehlte ihr praktisch an allem, natürlich auch an Büchern. Er hatte in Tristrams *Fauna des Heiligen Landes* und in einigen anderen deutschen und französischen Werken nachgeschlagen, bei Hübschner und Lepadiere. Bei Tristram war das Tier, das er suchte, nicht einmal erwähnt, laut Hübschner und Lepadiere war es ausgestorben. Auch der General wußte, daß es ausgestorben war, das war allgemein bekannt. So sehr scheute er den Gedanken, sich lächerlich zu machen, daß er im Weizmann-Institut in Rehovot, in dem er zehn Minuten nach seinem Gespräch mit Motke eintraf, nichts davon verlauten ließ, was er suchte, sondern sich schnurstracks in die Zoologische Abteilung begab und dort, während er an den Regalen entlangstrich, versuchte, sich so zu benehmen, daß man ihn nicht für einen Nimrod oder einen General, sondern für einen beflissenen Zoologiestudenten halten konnte.

In den Regalen des Weizmann-Instituts standen die Lebewesen der Schöpfung in streng wissenschaftlicher Ordnung beieinander. Bei den Wirbeltieren unterscheidet man fünf Klassen, davon interessierte den General die Klasse der Säugetiere. Bei den Säugetieren wiederum gab es 19 Ordnungen, die für ihn in Betracht kommende war die Ordnung der Artiodactyla. Beim Blättern stellte er fest, daß sie aus neun Familien bestand, unterteilt in achtzig Gattungen mit 195 Arten. In General Mor verfestigte sich die Überzeugung, daß Motke im Wadi Parek eine bedenkliche Lawine losgetreten hatte, aber er ließ nicht locker.

Zur Ordnung der Artiodactyla gehörten die Paarhufer mit den Hirschen. Der General glaubte zwar nicht mehr, daß das, wonach er suchte, zu den Hirschen gehörte, schlug aber trotzdem das entsprechende Kapitel nach und wandte sich dann einigen anderen Familien der Gattung zu, etwa der Familie Bovidae. Diese umfaßt die paarhufigen, wiederkäuenden, ständig horntragenden Artiodactyla: Schafe, Rinder, Ziegen und Antilopen. Rinder und Schafe beschloß er sich zu schenken, dafür ließ er bei den Ziegen und Antilopen kein Komma aus. Er kam zur Gattung Gazellen. Da gab es die Dorkas-Gazelle, die persische Gazelle, die Mongoleigazelle, die Saiga-, die Grant-, Thomson-, Smith-Gazelle ...

Und hier geriet der General ins Schleudern. In den älteren Standardwerken war die von ihm gesuchte Art gar nicht erwähnt, für die Autoren der neueren Fachbücher galt sie als ausgestorben. Ein goldenes Zeitalter, in dem man es lebend hätte beobachten können, war diesem Tier offenbar nicht beschieden gewesen. Der General hatte das beunruhigende Gefühl, es wie in einem Rückspiegel eine Sekunde zu spät erblickt zu haben, als es gerade, die vier paarhufigen Beine von sich streckend, den Kampf ums Dasein verloren gab. Und wieder einmal wurde ihm klar, daß ungeachtet der imponierenden Bücherberge in den Bibliotheken der Welt der Wissensstand der Menschheit unzureichend und die Wissenschaft ein zweifelhaftes Unterfangen war.

Immerhin – um dieses Tier hatte die Menschheit gewußt. Er selbst hatte aus seiner Jugend noch fragmentarische Erinnerungen daran im Hinterkopf. Vielleicht von den Zigarettenbildchen her, die er als Junge von den britischen Soldaten erbettelt hatte? Ein Phantombild war in seiner Erinnerung haften geblieben, die »Künstlerskizze« eines kleinen Tieres mit einem wie ein Rennlenker geschwungenen Gehörn, das ihn von einem bunten Kärtchen anblickte. Er wußte sogar noch, was auf der Rückseite gestanden hatte: »Jagdbare Tiere dieser Welt: Eine Serie von fünfzig Karten.« Und darunter: »Herausgegeben von W.D. & H.O. Wills Ltd., Bristol, England.« Für ihn war es eine Art Fabeltier gewesen, ein nicht recht glaubhaftes Geschöpf. Etwas von diesem Eindruck vermittelten auch die wissenschaftlichen Werke, die es erwähnten. In einem war eine Umrißzeichnung des Rennlenkergehörns zu sehen, versehen mit dem warnenden Hinweis: »Nur Feldskizze«, und die Erläuterungen zu der Spezies strotzten nur so vor »angeblich« und »dem Vernehmen nach«. Wer hatte die Feldskizze gemacht? Und wessen »Vernehmen« nach verhielt sich das Tier »angeblich« so oder so?

Es war später Nachmittag, der General war müde und hatte Hunger. Trotzdem ging er noch einmal sorgfältig die von ihm konsultierten Bände durch. Nur in einem Werk, Boigniers fünfbändiger *Fauna Orientalis,* hatte sich überhaupt etwas Lohnendes gefunden, ein Hinweis auf die *Sitzungsberichte der Royal Zoological Society* (d'Angleterre) von 1867. Einigermaßen deprimiert besah sich der General seinen einzigen Fund und hatte das nach den Mühen dieses Tages noch deprimierendere Gefühl, daß seinen Recherchen etwas Bizarres anhaftete. Soweit er wußte, war er in der Bibliothek unbekannt, und deshalb beschloß er, einen letzten Versuch zu wagen. Er fragte den Bibliothekar nach den Sitzungsberichten der Royal Zoological Society. Der Bibliothekar, ein bejahrtes Männchen mit Alpakajacke, schiefem Hals und dicker Brille, beäugte den General argwöhnisch und bestätigte, die Berichte seien hier vorhanden.

»Ich brauche den für 1867.«

»Tut mir leid, bei uns fangen sie erst 1930 an.«

Seltsam erleichtert wandte der General sich ab.

»Worum handelt es sich denn? Vielleicht kann ich Ihnen helfen?«

»Nicht weiter wichtig. Es geht um eine bestimmte Art.«

»Und um welche? Wir haben hier alle Arten.«

»Eine Gazelle.«

»Um welche denn? Gazellen gibt es viele.«

»*Gazella smithii*«, erwiderte der General in gedämpftem Ton, aber um größtmögliche Wissenschaftlichkeit bemüht.

»Die Smith-Gazelle! Haben Sie die etwa in einem Ihrer Naturschutzparks gesichtet, General?«

Etliche Köpfe ruckten auf diese freundschaftlich-poltrige Frage hin zu ihnen herum, und der General entfärbte sich.

»Es geht um eine vergleichende Arbeit. Ist nicht weiter wichtig.« Er steuerte die Tür an.

»Die Smith-Gazelle... warten Sie mal, da habe ich doch neulich was für die Kartei aufgenommen. Sie soll ja sogar aus der hiesigen Gegend gewesen sein...«

»Aus dem Sinai«, sagte der General.

»Jetzt sagen Sie bloß, der Sinai ist Ihnen nicht hiesig genug...« Der General hatte 1956, im vergangenen Jahr also, eine Panzerdivision im Sinai befehligt. »Ich könnte schwören, daß es bei unseren Spezialsammlungen liegt.«

Der Bibliothekar begann in der Kartei »Spezialsammlungen« hinter seinem Schreibtisch zu wühlen. »Na also, was hab ich gesagt? Notizen für eine Monographie und sonst noch ein paar Sachen. Liegt alles bei Mendelsohn.«

»Mendelsohn?«

»Professor Mendelsohn, gleich nebenan. Ich sage ihm sofort Bescheid.«

»Machen Sie sich keine Mühe.«

»Mühe? Wer redet von Mühe? Telefonieren werd ich wohl noch können.«

»Sehr liebenswürdig.« Der General blieb vor dem Schreibtisch stehen, während der Bibliothekar mit weithin vernehmbarer Stimme sein Telefongespräch führte. So erfuhren neben General Mor auch die übrigen Besucher, daß Professor Mendelsohn eine Auslandsreise angetreten hatte, einer seiner Doktoranden aber im Hause war.

Der Doktorand versprach, die Unterlagen herauszusuchen, und General Mor ging hin und holte sie bei ihm ab. Die Aufzeichnungen waren Anfang der sechziger Jahre des vorigen Jahrhunderts in England entstanden. An diesem Abend nahm der General die Unterlagen mit nach Hause, um sie sich in Ruhe zu Gemüte zu führen.

Anfang der sechziger Jahre des vorigen Jahrhunderts hatten sich die Times und andere britische Presseorgane lautstark über die mangelhaften hygienischen Verhältnisse und den zunehmenden Verfall etlicher christlicher Stätten in Jerusalem entrüstet. Die türkischen Behörden konterten mit der Antwort, an allem seien die unterirdischen Wasserleitungen der Stadt schuld, die noch aus dem Altertum stammten. Um Reparaturen in die Wege zu leiten, sei zunächst eine gründliche Bestandsaufnahme erforderlich, die die Behörden vor fast unüberwindliche Schwierigkeiten stelle und für die ohnehin zur Zeit kein Geld da sei.

Mit dieser Antwort gab man sich in England nicht zufrieden. Charles Dickens interessierte sich für die Angelegenheit, und eine Bekannte von ihm, Miss (später Baroness) Angela Burdett Coutts aus der gleichnamigen Bankiersfamilie wandte sich an die britische Armee mit der Bitte um Rat und Hilfe. Die Armee erklärte, sie sei in der Lage, die erforderliche Bestandsaufnahme durchzuführen, allerdings nicht aus öffentlichen Mitteln und nur auf Verlangen der türkischen Behörden.

Miss Burdett Coutts sprach die türkischen Behörden an und veranstaltete eine Sammlung. 1864 konnte der »Explorationsfonds Palästina« einen Trupp des britischen Pionierkorps unter Hauptmann (später Sir) Charles Wilson zur Durchführung der Vermessungsarbeiten nach Jerusalem schicken.

Hauptmann Wilson stürzte sich voller Schwung und Begeisterung in die Arbeit. An den verschiedensten Stellen der Heiligen Stadt brachte er Schächte nieder und trieb Tunnel vor. (Auf die technischen Berichte seiner Gruppe, nach den Worten eines Archäologen unserer Zeit »Musterbeispiele gewissenhaft genauer Arbeit«, stützten sich die meisten späteren Ausgrabungen in dieser Region.) Im ersten Jahr kamen die Hygiene und die Wissenschaft gleichermaßen zügig voran. Hauptmann Wilson persönlich machte etliche beachtliche Entdeckungen, die wichtigste davon war der Fund eines Überrestes der sogenannten Tyropöon-Brücke, die den Tempel mit einem darunter liegenden Forum verband, und der bis heute Wilsonbogen heißt. Was sein Adjutant, Leutnant George Lucie Smith, auf die Beine stellte, war allerdings auch nicht unbeachtlich.

Die Türken, aufgeschreckt durch das öffentliche Interesse, das sich unvermittelt auf diesen Teil ihres Reiches richtete, und von erheblichem Neid geplagt, machten sich sehr bald daran, die Aktivitäten der Pioniere einzuschränken und sie präziser auf die Erforschung des eigentlichen Kanalisationsnetzes festzulegen. Als im Winter 1865 wegen des Regens und ausgedehnter Überschwemmungen die Arbeiten unterbrochen werden mußten, beantragte Leutnant Smith, der ewigen Wasserleitungen herzlich müde, die Genehmigung zu einer Exkursion in den Sinai. Er wolle einmal sehen, was die Regenfälle dort zu Tage gefördert hätten, gab er an. Als begeisterter Naturkundler konnte er zur Unterstützung seines Antrages einen Brief der *Royal Horticultural Society,* der britischen Gartenbaugesellschaft, vorweisen, die ihn um Informationen über eine bestimmte, dem Vernehmen nach in der Wüste heimische Art der Sedumpflanze gebeten hatte. Nach einigem Hangen und Bangen hatte Leutnant Smith endlich die widerwillig erteilte Genehmigung in Händen, und im Januar 1866 machte er sich, begleitet von zwei Kamelen, zwei Dienern und einem Trupp türkischer Soldaten, auf den Weg zum Sinai.

Allerdings interessierte sich Smith für den Sinai nicht nur aus gartenkundlicher Sicht. Das korrupte türkische Regime widerte ihn an, und er fand, daß es unter den Briten nur besser werden könne. Hauptzweck seiner Sinaireise war es deshalb, dort im Hinblick auf ein mögliches militärisches Eingreifen Vermessungen vorzunehmen. In der Wüste schüttelte er sehr bald seine türkische Eskorte ab, durcheilte die Halbinsel in neun Wochen von einem Ende zum anderen und kartographierte sie. (Seine Vermessung, die nicht weniger genau und gewissenhaft war als die der Jerusalemer Kanalisation, war General Allenby und seiner Armee von großem Nutzen, als sie ein halbes Jahrhundert später durch eben dieses Gebiet zogen.) Dieses knapp vierundzwanzigjährige Energiebündel Mensch fand überdies noch Zeit, Beobachtungen über Flora und Fauna der Region festzuhalten. Leutnant Smith sammelte verschiedene Sedumarten sowie durchweichte Samen, die im Vorjahr nicht gekeimt hatten, und schickte seine Ausbeute nach England, wo es in Kew und auf dem damals in Chiswick gelegenen Gelände der Gesellschaft gelang, ein halbes Dutzend Samen in liebevollster Fürsorge zu neuem Leben zu erwecken. (Nur eine Art dieses Dickblattgewächses war der Wissenschaft neu. Ihre Nachkommen, *Sedum coeruleum smithii* oder blauer Mauerpfeffer, finden sich heute weltweit in den vom Samenhandel empfohlenen »heißen, trockenen Lagen«.) Er entdeckte außerdem eine Zwergart des Feigenkaktus *opuntia,* der allerdings fern seiner gewohnten Umgebung seinen Zwergwuchs nicht beibehielt. Und er entdeckte die Smith-Gazelle.

Die Kunde von der Smith-Gazelle, die offenbar einige für die Art einzigartige Merkmale aufwies, ließ die *Royal Zoological Society* aufhorchen. Man bat Leutnant Smith um einen Vortrag vor den Mitgliedern der Gesellschaft und um eine Monographie zum gleichen Thema. Mittlerweile (man schrieb 1867) hatten die Türken genug von Smith und ersuchten um seine Ablösung. Smith packte seine Aufzeichnungen ein und reiste zurück in die Heimat. Während seines nachfolgenden

Urlaubs arbeitete er mehrere Wochen im Haus seiner Familie in York und in seinem Klub, dem United Service Club in der Pall Mall, an einer Zusammenfassung seiner Notizen für die Geographische Sektion des Generalstabs, für die *Royal Horticultural Society* und für die *Royal Zoological Society*. Letztere hatte die von ihm entdeckte neue Spezies noch nicht anerkannt, dafür war der Klassifikationsausschuß zuständig, und der wiederum wartete auf Smiths Monographie und auf seinen Vortrag. Beides war (im Sitzungsbericht der Gesellschaft für 1867) für den kommenden April angekündigt.

Smith war es nicht möglich, den eingegangenen Verpflichtungen nachzukommen. Nach der langen Befreiung vom aktiven Dienst wurde er ziemlich unvermittelt reaktiviert, als sich Spannungen in Äthiopien abzeichneten, wo der Negus den britischen Konsul gefangengesetzt hatte. Am 2. Januar 1868 wurde ein britisches Expeditionskorps unter General Sir Robert Napier nach Äthiopien entsandt, zu dem auch Smith gehörte. Er fiel beim Sturm auf Magdala am 13. April, seinem sechsundzwanzigsten Geburtstag.

Seine Notizen, die in einer großen Mappe im *United Service Club* zurückgeblieben waren, schickte die Klubleitung ans Kriegsministerium, dessen Geographische Sektion den Inhalt sofort als vertraulich erklärte. Sämtliche Ersuchen der beiden wissenschaftlichen Gremien, die Originalunterlagen einzusehen, wurden abgelehnt (offenbar hatte Smith seine gartenkundlichen, zoologischen und militärischen Beobachtungen munter miteinander vermischt). Allerdings schickte man beiden Gesellschaften zweckdienliche Auszüge. Die *Royal Horticultural Society* (die ja Musterexemplare bekommen hatte) gab sich damit zufrieden, nicht aber ihre zoologische Schwester, deren Klassifikationsausschuß inzwischen von Zweifeln heimgesucht wurde. Smiths Annäherung an die Tierwelt, die in seltsamem Widerspruch zu seiner nüchternen Betrachtungsweise von Pflanzen oder Kanalisationssystemen stand, vermochte streng wissenschaftlichen Anforderungen nicht zu genügen. Daß er die Gazelle als »ein hübsches Tierchen mit einem Geschau wie die Patti« beschrieb, empfand T. H. Huxley als »kränkend und – so möchte ich sagen – unglaubhaft«. Der Ausschuß legte den Fall diskret zu den Akten. (Ein Journalist, der *Fellow* der Gesellschaft war, hatte im Vorgriff auf den Vortrag bereits je einen Artikel bei *Blackwood's* und in der *Morning Post* plaziert, die dort auch erschienen. Letzteren zierte eine von besagtem Fellow nachgezeichnete Skizze, die Leutnant Smith von dem Rennlenker-Gehörn angefertigt hatte.) Damit war der Siegeszug des »hübschen Tierchens« nicht mehr aufzuhalten.

Fünfundzwanzig Jahre lagen die Originalunterlagen von Smith in den Archiven des Kriegsministeriums, bis 1923 unter Leitung von Sir Ronald Storrs die britische Mandatsbehörde die erste Vermessung Palästinas in der Neuzeit anordnete. In jenem Jahr wurde der Vorgang vom Kriegsministerium in London zum Vermessungsamt in Jerusalem verbracht. Dort blieb er weitere fünfundzwanzig Jahre, bis er 1948 während des israelischen Unabhängigkeitskrieges nach Tel Aviv und ins staatliche Vermessungsamt von Israel gelangte.

Hier moderte er zusammen mit etlichen Tonnen verschiedenartiger Mandatsunterlagen still vor sich hin, bis er Mitte der fünfziger Jahre endlich auseinandersortiert wurde. Die im weitesten Sinne geographischen Ausarbeitungen, die Smith gemacht hatte, behielt das Vermessungsamt, seine botanischen Unterlagen gingen an Professor Volcani im Landwirtschaftlichen Institut gleichen Namens, die zoologischen Notizen bekam Professor Mendelsohn vom Weizmann-Institut. Und diese Notizen waren es, die Generalmajor Naftali Mor mit nach Hause nahm.

»Ein hübsches Tierchen mit einem Geschau wie die Patti«, so hatte Leutnant George Lucie Smith nach der Erinnerung notiert, damals, als in England die Blätter fielen, und kurze Zeit, ehe der britische Konsul in Äthiopien festgesetzt wurde. »Klein für eine Gazelle, würde ich sagen. Das Fleisch schmeckt nach Truthahn. Die Beduinen bejagen es deshalb mit großer Begeisterung und dezimieren den Bestand selbst mit ihren uralten Vorderladern ganz erheblich. Das ist um so erstaunlicher, wenn man bedenkt, daß wegen der hochentwickelten Witterung des Tieres große Umsicht erforderlich ist, um sich ihm auf vierhundert Meter zu nähern. Man muß kein Prophet sein, um die Voraussage zu wagen, daß die Art in Kürze ausgerottet wäre, wenn es diesen Burschen gelänge, sich wirkungsvolle europäische Waffen zu verschaffen. Zum Teil erklärt sich das aus einem recht kuriosen Tatbestand. Das Weibchen ist größer als das Männchen und hat ein größeres, komplizierteres Gehörn. Ob die Natur das Weibchen deshalb mit gewissen männlichen Schutzfunktionen ausgestattet hat oder ob es aufgrund des zusätzlichen Gewichts langsamer vorankommt – Tatsache ist, daß es auf der Flucht immer die Nachhut bildet und daher sehr viel leichter zu treffen ist. Das Fortpflanzungspotential ist demnach stets extrem gefährdet. Ich konnte selbst beobachten, daß es in einer aufgeschreckten Herde das Männchen war, das zuerst die Flucht ergriff.

Der Anblick eines Rudels dieser Tierchen ist eine wahre Freude. Mitunter kann man beobachten, wie sich fünfzig oder sechzig an den Kräutern gütlich tun, die der Regen in den größeren Wadis hervorgebracht hat. Nicht größer als ein gut entwickelter Schäferhund und etwa ebenso gefärbt wie die helleren Exemplare dieser Rasse, haben sie auffallende Ähnlichkeit mit einer Hundemeute, die eine Fährte verfolgt. Beim ersten Anzeichen von Gefahr aber ändert sich das Bild schlagartig. Da erhebt sich ein wahrer Wald von Hörnern, und im Nu stieben sie davon wie der Forst von Birnam in Shakespeares Macbeth, wobei die Weibchen, wie gesagt, bedauerlicherweise hintennach kommen.

Besonders gern werden sie zu Winterausgang und im zeitigen Frühjahr bejagt, da dann die Weibchen trächtig sind. Das ungeborene Kitz ist für die Beduinen – sie nennen es *ghal* – eine Delikatesse. Wie man mir sagte, findet die Paarung im

November statt, die Kitze (meist zwei) werden im April gesetzt. Die beliebteste Art der Zubereitung...«

Smith hatte verschiedene schmackhafte Rezepte für *Gazella smithii* festgehalten. Nicht festgehalten hatte er bedauerlicherweise die Schulterhöhe in Zentimetern, die Länge des Gehörns vom Ansatz bis zur Spitze oder die Zahl der Zähne, auch hatte er darauf verzichtet, sich des näheren über den »recht kuriosen Tatbestand« zu äußern, daß das Weibchen das größere Gehörn hatte, eine Bemerkung, die im Klassifikationsausschuß der *Royal Zoological Society* für so viel Aufregung gesorgt hatte. Andererseits klang vieles in seinem Bericht so plausibel, daß man ihn nicht einfach unter den Teppich kehren konnte. Ebenso diskret und behutsam, wie man sie hatte verschwinden lassen, wagte sich die Smith-Gazelle wieder hervor. Noch ein paar eher dürftige Hinweise trafen ein. Der britische Arabist St. John Philby lieferte Aussagen von Beduinen, die Smiths Beschreibung stützten. Oberst T. E. Lawrence (von Arabien) nahm in seiner Korrespondenz mit Sir Ronald Storrs darauf Bezug. Weitere europäische Augenzeugen aber meldeten sich nicht. 1925, nach Erscheinen der Vermessung Palästinas, waren sich diejenigen Stellen, die das Tier anerkannt hatten, darüber einig, daß man es inzwischen guten Gewissens als ausgestorben bezeichnen konnte. Doch nicht alle hatten es anerkannt. Die *Royal Zoological Society*, deren »Entdeckung« es war, verweigerte ihm ihre Anerkennung hartnäckig noch etliche Jahre über 1925 hinaus, und eine andere große europäische Gesellschaft, die französische *Zoologique,* hielt diese Weigerung noch weit länger aufrecht. Die Mitglieder der *Zoologique* benötigten, wie einer von ihnen 1948 erklärte, zur Aufnahme einer neuen Art in das Tierreich mehr an Beweismaterial als »ces détails intéressants de la haute cuisine arabe«, und bei einem so suspekten Tier wie der Smith-Gazelle sollte es nach Möglichkeit ein Franzose sein, der dieses Beweismaterial lieferte.

Noch im Februar 1957 verzeichnete die *Zoologique* 194 und nicht 195 bekannte Paarhufer-Arten.

2

Am Nachmittag des folgenden Tages brauste General Mor, bewaffnet mit seiner Hasselblad, hochempfindlichem Filmmaterial und seinem Nachtglas, in Richtung Negev. Die Lage im Wadi Parek war nicht die beste. Ein Rudel Schakale hatte sich in der Nähe herumgetrieben und die gewöhnlich dort äsenden Tiere vertrieben.

Der General fluchte. »Sind sie noch da?«

»Heute früh haben sie sich noch bemerkbar gemacht«, erwiderte Motke. »Aber ich glaube, sie ziehen hier nur durch. Bis zum Wadi sind sie nicht heruntergekommen.«

Der General sah Motke nachdenklich an. Am liebsten hätte er noch niemandem etwas gesagt, aber Motke mußte er es wohl sagen.

Motke wußte offenbar zuerst nicht, ob der General sich einen Witz mit ihm erlaubte. Dann sagte er mit zuckenden Lippen: »Ich könnte mich ohrfeigen, daß ich überhaupt davon angefangen habe, General. Ich weiß, was es war. Ich bin mir ganz sicher, was es war.«

»Etwas in der Art?« Der General hatte eine Skizze von dem Rennlenker-Gehörn gemacht.

»Keine Spur«, sagte Motke.

»Wir werden ja sehen.«

»Ich könnte mich ohrfeigen«, sagte Motke.

Der General überprüfte den oberen und den unteren Ausguck und das ausgelegte Alfalfa und gab noch einige Anweisungen. Gegen fünf zogen sie sich in den oberen Ausguck zurück.

An diesem Abend hörten sie keine Schakale. In der kurzen Dämmerung und ein, zwei Stunden danach kamen etliche Tiere leise zum Wadi und ästen. Aber die sechs Gazellen kamen nicht. Sie warteten bis acht, dann gaben sie es auf. Gedrückt kümmerte der General sich um den Kaffee. Motke füllte den Alfalfa-Vorrat auf, später aßen sie etwas und schliefen ein paar Runden. Eine Stunde vor Tagesanbruch standen sie auf und gingen zum Wadi hinunter.

Es war kalt in der Stunde vor Tagesanbruch, sie saßen mit hochgeschlagenem Mantelkragen im Ausguck und hatten die Hände in die Achselhöhlen geschoben. Die Stunden nach Sonnenuntergang waren nicht still gewesen, sie hatten Tierrufe gehört und das pistolenschußartige Knallen von Gestein, das sich beim Abkühlen zusammenzog. Jetzt aber herrschte tiefe Stille, die kalte Luft war unbewegt. Als die Morgendämmerung kam und das erste Licht des neuen Tages über das müde Land fiel, tauchten die Tiere auf. Einzeln und zu zweit, den Rücken gespannt, stiegen sie den Hang zum Wadi hinab. Von unten sah man die Tiere zuerst am Horizont wie Traumgebilde, phantastische Schöpfungen aus Gehörn und Lauschern. Der General war bewegt, auch wenn er insgeheim wußte, daß er letztlich enttäuscht sein würde. Von klein auf faszinierte ihn das Mysterium Tier. Er beobachtete das Treiben mehrere Minuten lang, dann spürte er, wie sich seine Nackenhaare sträubten, und er sagte sehr leise: »Allmächtiger!« Am Horizont erschienen nacheinander die unglaublichen Köpfe eines Rudels ausgestorbener Tiere. Ein ausgestorbenes Tier, zählte der General, zwei, drei. Vier, fünf. Er wartete, aber es blieb bei fünf. Er wagte kaum zu atmen. »Du hast gesagt, es sind sechs«, hauchte er Motke ins Ohr.

»Es waren sechs.«

»Es sind fünf.«

»Aber es waren sechs.«

Mit unerhört graziösen Schritten bahnten sich die fünf ausgestorbenen Gazellen ihren Weg den steinigen Abhang hinunter und begannen, am Wadi zu äsen. Der General hob seine Kamera, aber weil er fürchtete, selbst der leise Verschluß der Hasselblad könne in der Stille des Wadi wie ein Erdrutsch klingen, ließ er sie wieder sinken. Ein andermal, dachte er. Nicht heute. Heute hatte er das Gefühl, ein Lidschlag könne ausreichen, um das Bild zum Verschwinden zu bringen, die

Gazellen wieder in das Nichts zurückzuschicken, aus dem sie gekommen waren. Er saß da und sah sie an wie gebannt. Es waren drei Böcke und zwei Geißen. Das Gehörn der Geißen entsprach zwar im Umriß dem Rennlenker der Skizze, aber die Weibchen waren nicht kopflastig wie auf der Zeichnung. Muskeln und Sehnen waren offenbar so ausgebildet, daß das lebende Tier seinen Kopfschmuck so leicht und elegant tragen konnte wie eine Tiara. Das leierförmige Gehörn endete nicht einfach in zwei nach oben weisenden Spitzen, sondern war nach unten geschwungen, bog sich zur Leier zurück und endete in Spitzen, die nach hinten wiesen, was dem Tier eine gleichsam versunken-fragende Haltung verlieh.

General Mor saß im Wadi Parek und staunte. Er hätte nicht fassungsloser sein können, wenn eine kleine Herde von Pterosauriern sich an ihrer Seite niedergelassen hätte. Ganz gedämpft hörte er jetzt die Gazellen äsen. Sie zerrten und kauten an dem Alfalfa und schnoberten leise, zwanzig Minuten lang. Sie fraßen alles auf, dann gingen sie. Als es lichter im Wadi wurde, gingen auch die anderen Tiere. Der General sah ihnen nach. »Motke«, sagte er und rieb sich die Schläfen. »Was für eine erstaunliche Geschichte. Was für eine unglaubliche Geschichte, Motke.«

»Es ist ein Traum«, sagte Motke.

»Kein Traum, Motke. Wie viele Geißen waren es vorher?«

»Drei«, erwiderte Motke. »Und drei Böcke.«

»Also fehlt uns ein Weibchen.«

»Scheint so.« Motke wirkte noch benommener als der General.

»Haben wir Beduinen hier in der Gegend?«

»Ja, die haben wir.«

»Warne sie«, sagte der General matt und wie in Trance. »Ein einziger Zwischenfall, auch nur ein Versuch – und ich nehme ihnen ihr Vieh weg. Ich bring sie hinter Gitter, Motke.«

»Es ist ein Traum«, sagte Motke.

3

Zwei Tage später flog Luftwaffenmarschall Jean-Claude de Joinville ein. General Mor, der nägelkauend im Tower stand, beschloß, rasch noch einmal bei Motke anzurufen. Er griff zum Hörer.

»Wie steht es?« fragte er.

»Unverändert«, sagte Motke.

»Was hast du herausgebracht?«

»Nichts.«

»Was hat die Armee herausgebracht?«

»Auch nichts.« Motke saß mit einem Funkgerät der Armee im Wadi.

»Wie ist es bloß möglich«, sagte der General und hatte große Mühe, sich zu beherrschen, »wie in aller Welt ist es bloß möglich, daß hundert ausgewachsene Kerle – du eingeschlossen – es nicht schaffen, festzustellen, in welchem Beduinenlager Fleisch gegessen wird? Schließlich geht es nur um drei Sippen.«

»Aber in denen essen viele Fleisch. Es ist ein milder Winter, es gibt Lämmer«, sagte Motke.

»Motke«, sagte der General. Er wußte, daß Motke das Unternehmen nicht billigte, und Motke war jetzt sehr wichtig für ihn. Wußte er denn, was Motke mit dem Alfalfa anstellte? »Motke, ich bin auf dem Flugplatz. Der Luftmarschall ist schon da, ich sehe ihn.« Er sah nicht nur den Marschall, sondern auch dessen einziges Gepäckstück, das gerade mit ihm zusammen am Ausgang der Maschine auftauchte. Selbst aus dieser Entfernung erkannte er, daß es eine prächtige Schultz und Larsen Kaliber 0,243 war. Er fing wieder an zu schwitzen. »Du weißt, was ich ihm versprochen habe, Motke.«

Motke schwieg.

»Die Sache ist von ausschlaggebender Bedeutung, Motke. In erster Linie natürlich für die Wissenschaft, aber auch für unser Land. Wir brauchen den Luftmarschall. Wenn man schon jemandem ein Gehörn gönnen will, dann doch ihm und nicht den Beduinen. Ist das klar, Motkc?«

»Hab ich die Gehörne gemacht?« fragte Motke störrisch.

»Hüte dich, Motke.« Der General legte auf.

De Joinville gab sein einziges Gepäckstück nicht aus der Hand, und so blieb dem General nichts weiter übrig, als ihn zu umarmen und ihn zum Jeep zu bringen. »Erzähl es noch einmal«, bat der Franzose.

Der General erzählte.

»Du hast sie tatsächlich gesehen?«

»Mit diesen meinen Augen.«

»Und die Geißen sind wirklich so schön?«

»Phantastisch.«

»O mein Gott«, sägte der Luftmarschall. »Ich habe seit achtundvierzig Stunden kein Auge zugetan. Ich glaube, ich werde zu alt für dieses Geschäft, Naftali. Einmal im Leben eine solche Geiß ... «

»Und wenn du hundertzwanzig wirst, Jean-Claude«, sagte der General, »bist du immer noch nicht zu alt dafür. Falls diesmal nichts draus wird, klappt es eben ein andermal.« Er erläuterte, weshalb man die Möglichkeit, daß es heute nicht klappen könnte, in Betracht ziehen mußte. Zunächst waren es sechs Gazellen, bei seinem Anruf in Paris noch fünf, heute früh vier gewesen. »Die Beduinen knallen sie ab.«

»Sie haben noch eine Geiß übriggelassen?« fragte der Marschall dringlich.

»Zwei Geißen und zwei Böcke.«

»Gott sei Lob und Dank. Hauptsache, es ist noch eine da.«

»Hm, ja. Wenn nur noch eine da ist, müssen wir auf die nächste Gelegenheit warten. Inzwischen hat sich die Armee da reingehängt. Der Premierminister hat sich reingehängt. Die Religionsbehörden haben sich reingehängt, Jean-Claude.«

»Die Religionsbehörden? Was in Gottes Namen haben die sich denn da einzumischen?«

»Die dürfen sich überall einmischen – eben in Gottes Namen«, erwiderte der General gedrückt. »In ihren Augen ist es ein Wunder, und wir haben kein Recht zum Eingreifen. Wenn nur eine Geiß übrig ist, muß sie ihre Chance bekommen.«

»Chance? Ich höre immer Chance! Bist du von allen guten Geistern verlassen? Die Beduinen werden sie abschießen und sich mit ihr den Wanst vollschlagen«, sagte der Marschall entsetzt und erschüttert.

General Mor nickte bekümmert und legte den Gang ein.

Sie schafften es in eineinviertel Stunden bis zum Wadi, wo Motke mit muffiger Miene Alfalfa auslegte. Wie zufällig hatte er Alfalfa in der Hand, als der Marschall ihm die seine hinstreckte, beantwortete aber seine Fragen durchaus höflich. Sie vermuteten die Gazellen in einer kleinen, sieben oder acht Kilometer weiter östlich gelegenen Schlucht. Er habe einen weiten Bogen um die Schlucht gemacht und auch der Armee eingeschärft, Distanz zu halten. In der Nähe lagerten drei Beduinensippen. Alle drei seien halb seßhaft und hätten die staatliche Saatzuteilung in Anspruch genommen, er glaube deshalb nicht, daß sie die Schuldigen seien. Alle Beduinen im Einzugsgebiet seien aufgesucht und streng vermahnt worden, keine Gazellen – gleich welcher Art – zu schießen. Die Gazellen seien offenbar auf dem Durchzug von West nach Ost – vermutlich hätten die Unruhen auf dem Sinai im letzten Jahr die Wanderung ausgelöst, die er mit seinem Alfalfa-Köder zum Stehen gebracht hatte. Sonst wären sie wohl jetzt schon weitergezogen und in Sicherheit.

»In Sicherheit?« wiederholte der Marschall, der plötzlich begriff, woher der Wind wehte. »Sie wären den Beduinen in die Hände gefallen.«

»Wissen wir, wann ein Sperling fällt?«

Der Marschall sah ihn scharf an. »Ich möchte mir gern Ihren Ausguck ansehen«, sagte er.

Er gab noch ein paar Anweisungen, den Ausguck betreffend, und machte eine Runde im Gelände. Da gab es allerlei, was ihm Sorgen bereitete. Die rasch wechselnden Winde zum Beispiel. Er rieche Schakale, sagte er.

»Schakale?« wiederholte Motke. »Wir hatten welche, aber die sind weg.«

»Ich rieche sie. Sind Sie erkältet?«

»Ich bin nie erkältet. Manchmal hab ich Malaria, aber nicht im Februar.«

»Husten Sie? Niesen Sie?«

»Ich huste und niese wie jeder normale Mensch«, sagte Motke. »Hier sind keine Schakale.«

»Sie brauchen was zum Abschwellen, das höre ich ganz deutlich. Ziehen Sie sich warm an«, sagte der Marschall besorgt.

Am späten Nachmittag setzten sie sich in den Ausguck. Der General konnte nicht erkennen, wie der Marschall seine Flinte lud, aber er sah im Dämmerlicht ein weißes Taschentuch schimmern und eine versunkene Bewegung, die einem Gebet glich. Er hätte nicht sagen können, ob der Marschall die Kugel ans Herz gedrückt oder ob er sie nur aus der inneren Brusttasche geholt hatte. Das Schloß der Schultz und Larsen funktionierte weich wie Seide.

Drei Stunden saßen sie da, ohne daß der Marschall ein Glied rührte. Etliche Tiere kamen, aber die Gazellen kamen nicht. Gegen acht gaben sie es auf. Wieder konnte der General nicht erkennen, was mit der Kugel geschah. Er hatte das schon ein paarmal bei leidenschaftlichen Jägern erlebt. Der Nimbus der einzigen Kugel...

Sie tranken Kaffee, stärkten sich mit einem kalten Imbiß und legten sich zeitig hin. Der Marschall war für sich und seine Kugel auf Abstand bedacht. Der General nahm es zur Kenntnis und hatte Verständnis dafür und hoffte, daß sich die Gazellen am nächsten Morgen vollzählig einstellen würden.

Als sie aufstanden, war es noch dunkel.

»Was macht die Erkältung von Ihrem Mann dort?«

»Der Patient befindet sich in guter Verfassung, er dürfte durchkommen«, witzelte der General.

»Ich kann ihn hören. Ist er warm angezogen? Hat er ein Taschentuch?«

»Ein sehr schönes sogar. Von meiner Frau bestickt«, ließ Motke sich vernehmen.

»Benützen Sie es, wenn Sie merken, daß Sie niesen müssen. Haben Sie ein zweites Taschentuch?«

»Ich bin gut gestellt mit Taschentüchern.«

»Nehmen Sie zwei. Ziehen Sie sich die Mütze über den Kopf. Halten Sie sich warm.«

»Ich danke dem Herrn Marschall verbindlich für seine Fürsorge«, sagte Motke.

General Mor und Motke gingen zu dem unteren Ausguck, und nach fünf Minuten folgte ihnen lautlos der Marschall. Der General überlegte, ob wohl inzwischen eine neue Kugelweihe stattgefunden hatte. Auch ihn beschlich ein irgendwie weihevolles Gefühl in diesem kalten Dämmerlicht. Es war die letzte Chance für die Gazellen, das spürte er in allen Knochen. Wenn sie jetzt nicht kamen, würden sie überhaupt nicht mehr kommen, und deshalb stellte er die Hasselblad ein und wickelte ein Tuch um das Kameragehäuse, um das Verschlußgeräusch zu dämpfen, und wartete. Der Marschall hockte neben ihm wie ein Buddha.

Als die Morgendämmerung aufzog, kamen die Tiere wieder, einzeln und zu zweit. Und dann kamen die Gazellen.

Der General hatte den Blick nicht von dem schroffen Rand des Wadi gelöst, wo die Gazellen damals aufgetaucht waren. Minutenlang hatte er sich vorgestellt, wie es wohl wäre, wenn die Gehörne in all ihrer wundersamen Schönheit plötzlich dort erscheinen würden, aber als sie dann kamen, ging ihm wieder das Herz auf.

»Lieber Gott im Himmel, ich will auch nie wieder was von dir erbitten«, flüsterte der Franzose ihm lästerlich ins Ohr. Aber der General hatte jetzt keine Zeit für ihn. Er sah durch den Sucher und machte behutsam das erste Bild und transportierte den Film und machte das zweite und das dritte, während die prachtvollen Köpfe sich nacheinander über dem Gesims erhoben und schwarz vor dem Horizont standen. Der vierte Kopf blieb aus. Er sah aufmerksam durch den Sucher, während die Tiere den Hang hinunterstiegen, und begriff, was der Marschall inzwischen vermutlich auch begriffen hatte. Er packte den Franzosen am Arm. »Es ist nur eine Geiß«, sagte er. »Die kannst du nicht haben.«

Die Augen des Franzosen in dem dämmerigen Ausguck glitzerten.

»Hast du mich verstanden, Jean-Claude?«

»Ich verstehe.«

»Du kannst die Geiß nicht schießen.«

»Ich habe es vernommen.«

General Mor wußte nicht, was er machen sollte. Er konnte dem Franzosen doch nicht beim Visieren in den Arm fallen. Es war ihm leid um den Freund. Und um die Geiß. »Du kannst sie nicht haben«, wiederholte er leise und wartete. Graziös kamen die Tiere den Hang hinunter und schnoberten im Alfalfa herum. Die Schultz und Larsen schwankte leicht beim Visieren. In dem schlechten Licht, vor dem diffusen Hintergrund des Wadi, war das Weibchen nicht sofort auszumachen. Der General wußte, daß es das Tier in der Mitte war. Er mochte nicht noch einmal den Auslöser betätigen, während sie so nah waren. Wenn etwas sie erschreckte, würden sie die Köpfe heben und herumwirbeln. Dann war der Augenblick zum Fotografieren gekommen. »Nimm einen der Böcke«, sagte er. Der Franzose visierte an dem langen Lauf entlang und gab keine Antwort.

Es wurde heller im Wadi. Die äsenden Gazellenköpfe hoben und senkten sich, wandten sich ihnen zu, wandten sich wieder ab. Der Franzose wartete geduldig, und der General wußte, daß er inzwischen die Geiß ausgemacht hatte. Er beobachtete sie durch sein Nachtglas und erkannte an ihrem gewölbten Leib, daß sie trächtig war. Die Gazellen waren noch näher herangekommen, und er wagte jetzt nicht einmal ein Flüstern. Er hörte sie äsen und schnobern, er meinte sogar das Schnobern des Weibchens herauszuhören, aber daneben hörte er jetzt noch etwas. Motke suchte nach einem Taschentuch. Nach zwei Taschentüchern. Er drückte das Gesicht in die Mütze. Der Nieser, der herauskam, war ganz leise, aber danach ging alles sehr schnell. Drei prachtvolle Köpfe hoben sich, einer um Bruchteile langsamer als die anderen, und wandten sich den Männern im Ausguck zu. Die Schultz und Larsen bellte bei der ersten Bewegung los. Eine der Gazellen ging hufescharrend zu Boden. Die anderen beiden rannten weg. Der Franzose stürzte mit einem laut gebrüllten »Merde!«heraus und wäre ihnen sichtlich am liebsten nachgerannt. General Mor machte zwei Aufnahmen. Auf der einen waren die Tiere zu sehen, wie sie den Hang erklommen, auf der zweiten Luftmarschall de Joinville, der gerade die Schultz und Larsen in großem Bogen über das Wadi warf und seinen Kriegstanz begann. Der General ging ihm nach und legte die Arme um den schluchzenden Franzosen.

»Ich danke dir sehr, Jean-Claude, und ich gratuliere dir von Herzen. Ich wußte, daß du meine Bitte erfüllen würdest. Du hast einen prachtvollen Bock erlegt.«

Die beiden Gazellen, die davongekommen waren, rannten fast den ganzen Tag, ohne sich in der Schlucht aufzuhalten, die sich als so gefahrenträchtiger Standort erwiesen hatte. Als es dämmerte, taten sie sich, völlig erschöpft, in steinigem Gelände nieder, und hier erlegte ein Beduine, der nicht viel von Paarhufern verstand, die eine und beeilte sich, sie zum Abendessen heimzubringen. Der Beduine mochte ein unwissender Mensch sein, doch daß es verboten war, Gazellen zu schießen, war ihm wohlbekannt, und er ließ deshalb die seine so rasch wie möglich verschwinden. Er häutete die Beute und verbrannte das Gehörn, während seine Frau nach einem der von Smith notierten schmackhaften Rezepte ein Ragout bereitete. Als Anerkennung für ihren Mann – aber auch, weil er sie in letzter Zeit nicht in jeder Beziehung zufriedengestellt hatte – durfte er sich gewisse besonders anregende Teile ganz allein schmecken lassen.

Es war ein gewaltiges Mahl, und sie waren bis spät in die Nacht hinein damit beschäftigt, es zu verdauen.

Und bis spät in die Nacht hinein rannte die einzige überlebende Smith-Gazelle weiter. Sie rannte gen Norden, und sie rannte wie der Teufel.

II.
Alles über Hamud

1

25 Kilometer von Damaskus entfernt in südöstlicher Richtung (Angaben, die im übrigen kaum jemanden interessierten) lag das Dorf Kufr Kassem. Es war ein kümmerliches Nest von fünfzehnhundert Seelen, die davon lebten, daß sie (nicht allzu kräftezehrend) das Land bestellten. Das Land gehörte nicht ihnen, sondern einem Rechtsanwalt aus Homs, der dem geheimen Revolutionsrat seiner Region angehörte und ein rühriges Mitglied der Befreiungsbewegung war. Meist ließ der Anwalt die Leute von Kufr Kassem in Ruhe, aber zweimal im Jahr reiste er an, um den Pachtzins zu kassieren und ihnen einen kleinen Vortrag über die Befreiungsbewegung zu halten. Die Leute von Kufr Kassem waren mehr fürs Herkömmliche, aber sie achteten den Anwalt, weil er wohlbeschlagen in der Religion und in der Tradition war und weil er versprochen hatte, daß sich in Kufr Kassem nichts Umwälzendes ereignen würde, solange er dort Pachtherr war.

Tuberkulose grassierte im Dorf, und richtig gesund war kaum einer seiner Bewohner, die dadurch wenig einnehmend wirkten. Selbst nach dortigen Maßstäben aber war Hamud von geradezu abstoßender Häßlichkeit. Er hatte nur ein Auge und einen Wolfsrachen, so daß man ihn kaum verstehen konnte und Kufr Kassem ihm die köstlichsten Späße verdankte. Wenn eine Sache schwer begreiflich war, sagten die Leute: »Geh und laß es dir von Hamud erklären!«, oder wenn ein Mädchen nach einem Mann Ausschau hielt, hieß es: »Sie ist auf den Hamud scharf.«

Aber der hatte schon eine Frau.

Er war Tagesschäfer.

Als Hamud an einem Februarabend im Jahre 1957 den Schafen und Ziegen folgend heimwärts ging, kam er auch am Haus seiner Schwiegermutter vorbei, und ihm war, als trüge sie Grün. Es mußte an der Beleuchtung liegen, dennoch sagte er: »Es gibt keinen Gott außer Gott.«

Wenig später kam einer an ihm vorbei, der sagte: »Gott schenke dir Stärke.«

»Warum?« fragte Hamud, setzte aber, wie es der Brauch ist, sogleich hinzu: »Sein Wille geschehe.«

Als er an den Pferchen die Schafe und Ziegen dem alten Nachtschäfer übergab, sagte der: »Gott schenke dir Stärke.«

»Wozu?« fragte Hamud. »Was ist geschehen?« Aber der Alte verstand ihn nicht und gab keine Antwort.

Verwundert ging Hamud nach Hause, doch dort war niemand. Da dämmerte ihm, was geschehen sein mußte: warum seine Frau nicht da war und die Leute ihm ihr Beileid bezeigten. Seine Schwiegermutter hatte also wirklich Grün getragen. In seiner Familie war jemand gestorben. Aber wer? Er ging in die Küche, und da stand die Kassette seiner Frau auf dem Tisch, und der Schlüssel steckte!

Lange betrachtete er die Kassette und überlegte, wie es wohl kam, daß der Schlüssel steckte und nicht am Hals seiner Frau hing. Er kannte es nicht anders, als daß seine Frau den Schlüssel um den Hals hatte. Ein Trauerfall war wohl kein Anlaß, Perlen und Armbänder zu tragen, Kohl oder Henna aufzulegen. Er machte die Kassette auf, obschon ihm das nicht zustand. Alles war noch da, alles lag ordentlich an seinem Platz.

Er begriff das nicht und verließ das Haus, um sich zu erkundigen. Durch die Dämmerung kam ihm seine Mutter mit einem großen Bündel entgegen.

»Gott schenke dir Stärke«, sagte sie.

»Sein Wille geschehe«, erwiderte Hamud.

»Gott lasse sie im Höllenfeuer brennen.«

»Wen?« fragte Hamud.

»Komm ins Haus, *halaila*. Er sieht alle Dinge. Er schützt uns vor dem Teufel.«

»Wieso?« fragte Hamud benommen. Seine Augen waren in der Dämmerung weit geöffnet. »Was ist denn los? Was ist geschehen?«

Er ahnte mittlerweile, was geschehen war, aber seine Mutter gab keine Antwort und ging ins Haus, und er folgte ihr voller Bangen. Seine Beine zitterten so heftig, daß er nicht stehen konnte. Er setzte sich auf den Diwan. »Was?« fragte er.

Seine Mutter zündete die Lampe an. »Trauere nicht um sie, *halaila*. Sie war eine Tochter der Sünde.«

»Wer?«

»Sie lag bei Achmed. Ihr Bruder hat sie getötet, ihr Vater den Achmed. Man hatte sie gewarnt. Du solltest es nicht wissen.«

»Achmed? Aber ich wußte es«, sagte Hamud.

»Gott schütze dich. Du solltest es nicht wissen.«

»Aber ich habe es gewußt, sage ich dir. Was liegt an Achmed? Sie ist mein.« Neun Schafe hatte er für sie gegeben, ein Kleid, das Bettzeug und dreihundert Pfund. Sie war die Tochter von seines Vaters Bruder. Sie hatte ihn nehmen müssen. Er hatte ihr angeboten, sie freizugeben, wenn sie ihn nicht wollte, weil er so häßlich war und so merkwürdig redete. Aber davon mochte sie nichts wissen. Sie hatte Mitleid mit ihm. Was lag an Achmed, wenn man das andere dagegensetzte?

»Welcher Bruder?« fragte er.

»Salim.«

»Salim.« Er liebte Salim. Salim war auch ihm ein Bruder.

»Salims Hände sind rein. Sie war eine Tochter der Sünde. Es war seine Pflicht.«

»Was soll ich tun?« stöhnte Hamud.

»Du findest eine andere.«

»Wer nimmt mich schon?«

»Ich nehme dich, wenn keine sonst dich nimmt. Iß, *ha-*

laila.« Sie hatte ihm Suppe gebracht, Lamm und Reis und Halva, seltene Leckerbissen. »Dein Leben soll süß sein, Söhnchen.«

Er aß alles, was sie ihm vorsetzte, dann stand er auf und nahm sein Schaffell über. »Wohin willst du?« fragte seine Mutter. Er gab keine Antwort, denn er wußte es nicht. Er wußte nur, daß er nicht im Haus bleiben konnte.

»Geh nicht zu ihren Eltern. Erst muß eine Abmachung getroffen werden. Geh nicht zu ihnen.«

»Nein.«

Er trat aus dem Haus. Sein Schaffell dünstete so stark, daß er es selber roch. Er nahm es ab und schüttelte es in der Nachtluft, und ein schwarzer Vogel flog aus einem Baum auf, umkreiste einmal seinen Kopf und ließ sich wieder im Geäst nieder. Ein einsamer Rabe. Hamuds Beine zitterten so heftig, daß er kaum laufen konnte. Er merkte, daß seine Schritte ihn zum Kaffeehaus führten. Da ging er selten hin, weil niemand mit ihm redete. Heute abend nahmen die *sheshbesh*-Spieler mitfühlend seinen Arm und sagten: »Gott schenke dir Stärke.«

»Sein Wille geschehe«, sagte Hamud und sah sich nach Salim um, der weinend in einer Ecke saß. Er setzte sich zu ihm.

»Gott schenke dir Stärke«, schluchzte Salim und streckte seine Hände aus, um zu zeigen, daß sie rein waren.

»Ich tat, was mein Vater verlangte, Hamud. Ich habe sie geliebt.«

»Ich weiß«, sagte Hamud und weinte auch.

»Hätte ich eine zweite Schwester, du würdest sie bekommen.«

»Ich weiß.«

»Trinke Kaffee mit mir, *habibi*.«

Hamud trank Kaffee mit ihm.

»Du bekommst alles zurück«, sagte Salim. »Die neun Schafe und ihre Lämmer. Das Bettzeug und das Kleid und auch ihre Kassette, so wie sie ist, unberührt. Du sollst keinen Verlust erleiden. Und was das Geld angeht, so wird dir mein Vater die dreihundert Pfund zurückgeben oder einen

Esel, ganz wie du willst. Es wird gerecht zugehen, Hamud, ganz und gar gerecht.«

»Ja.«

»Wir gehen zu meinem Vater und regeln es, heute abend noch. Nimm noch Kaffee, *habibi*.«

Sie tranken noch Kaffee, und dann gingen sie. Auf der Straße weinte Salim wieder, und Hamud weinte mit ihm.

»Gott lasse ihn im Höllenfeuer brennen, ich hätte lieber ihn getötet«, sagte Salim, »aber mein Vater tötete ihn. Es war eine schwere Tat, Hamud.«

»Ja.«

»Sie hat sich nicht gewehrt, sie hat mir keine Widerworte gegeben. Es war rasch und barmherzig. Mit dem Messer. Ich habe um sie geweint, Hamud.«

»Ich weine um sie«, sagte Hamud.

»Du bist mein Bruder«, sagte Salim und legte Hamud weinend einen Arm um den Hals.

»Mein Bruder«, sagte Hamud ebenfalls weinend und schnitt Salim die Kehle durch.

Die Klinge war so schnell, daß Salim sie nicht sofort spürte. Er sah Hamud erstaunt an und öffnete den Mund, als wolle er etwas sagen. Hamud zog ihm den Kopf nach hinten, um den Spalt zu vergrößern und fuhr noch einmal mit dem Messer tief durch die Wunde, hin und her. Salims Kefiyeh fiel herunter, und nun sah er seltsam jung und hilflos aus wie damals in ihrer Knabenzeit.

»Gott lasse dich im Höllenfeuer brennen, *habibi*«, sagte Hamud.

Wieder versuchte Salim etwas zu sagen, aber jetzt redete er wie Hamud. Er griff sich an den Hals und brach in die Knie. Hamud schleifte ihn an den Straßenrand und legte ihn gerade hin. Der Mond schien Salim, der verwundert auf Hamud blickte, in die Augen, während ihm Blut aus Hals und Mund quoll. Als er versuchte, sich aufzurichten, schlug ihm Hamud mit einem Stein auf den Kopf und stellte sich auf ihn, bis er tot war. Dann ging er zu Salims Vater.

»Wer ist da?« rief der Alte, als er klopfte.

»Hamud, ya Abu Salim.«

»Hamud.« Der Alte hatte die Stimme erkannt und machte auf.

»Ya Hamud, Gott schenke dir Kraft«, sagte er schluchzend und streckte seine Hände aus, um zu zeigen, daß sie rein waren.

»Sein Wille geschehe«, sagte Hamud und drückte die ausgestreckten Hände.

»Du blutest. Was hast du gemacht?«

»Geschlachtet«, sagte Hamud.

»Tritt ein und säubere dich. Nimm Kaffee.«

Hamud trat ein und säuberte sich und nahm Kaffee.

»Es ist ein großes Unglück. Ich weine um dich«, sagte Abu Salim und wischte sich die Augen. »Hätte ich eine zweite Tochter, ich würde sie dir geben. Ya Hamud, du bist mir ein Sohn.«

»Du bist mein Vater«, sagte Hamud.

»Aber es wird gerecht zugehen. Du wirst keinen Verlust erleiden. Die neun Schafe sollst du haben und ihre Lämmer, das Bettzeug und ihr Kleid und die Kassette. Und auch die dreihundert Pfund oder meine beste Eselin.« Abu Salim züchtete Esel. »Es soll geschehen, wie du willst. Gehen wir die Esel ansehen.«

Sie tranken ihren Kaffee aus und gingen in die Stallungen zu den Eseln. »Ich würde dir Ayisha geben«, sagte der Alte und setzte die Lampe ab. »Was für Fohlen könnte sie dir schenken! Ja, Ayisha würde ich dir geben. Was sagst du, Hamud?«

»Ich nehme sie«, sagte Hamud.

»Abgemacht«, sagte der Alte und umarmte ihn.

»Abgemacht«, wiederholte Hamud und schnitt ihm die Kehle durch.

Der Alte war gedrungen und stärker als sein Sohn, er umklammerte Hamud und setzte sich zur Wehr, da stieß ihm Hamud das Messer tief in den Rücken, bis er losließ, und setzte es ihm nochmals an die Kehle. Noch auf dem Boden wehrte sich der kräftige Alte, er stieß die Lampe um, so daß die Flammen durchs Stroh züngelten, und obschon ihm das Blut aus dem Hals quoll, konnte er noch einen Schrei ausstoßen. Hamud stopfte ihm Erde in den Mund und trampelte auf seinem Gesicht herum, bis er still war. »Gott lasse dich im Höllenfeuer brennen, Abu Salim«, sagte Hamud und führte Ayisha aus ihrer Box.

Die Eselin hatte Angst vor dem Feuer und bockte, aber er stachelte sie mit dem Messer an, bis sie sich in Bewegung setzte. Sie war ein gutes Tier und bewegte sich rasch. Nach Hause ging Hamud nicht mehr, dort blieb ihm nichts mehr zu tun. Rasch ließ er Kufr Kassem hinter sich und verfluchte den Ort, an dem er sein ganzes Leben zugebracht hatte, und dabei liefen ihm die Tränen übers Gesicht, denn er begriff jetzt, daß es kein wirkliches Leben gewesen war, das er dort geführt hatte, sondern ein Hundeleben. Blindlings ritt er aus dem Dorf heraus, planlos passierte er El Harra, Rafid und Sheikh Ajmal. Er wußte nicht, was er tun, wohin er sich wenden sollte, denn es war ihm klar, daß er schon ein toter Mann war. Aber als das Tal hinter ihm lag und er in die Berge kam und zurückblickte und die Flammen über Kufr Kassem sah, war er froh über seine Tat und verfluchte abermals den Ort und betete zu Gott, ER möge alle seine Bewohner, jene, die ihn liebten, wie auch jene, die ihn haßten, vom Antlitz dieser und der kommenden Welt tilgen, denn er war verdammt und hatte keinen Teil mehr am künftigen Leben.

2

In der Nacht blieb die Eselin mehrmals stehen und schrie laut nach Wasser. Hamud hatte nirgends Wasser gesehen, aber er ließ sie eine Weile rasten und das frische Gras fressen, das nach dem Februarregen herausgekommen war. Er ritt die ganze Nacht hindurch. Die vertrauten Dörfer aber, Abu Sharkhi und Kufr Idris und Ghar, ließ er links liegen.

Die würde er nun nie wiedersehen. Inzwischen kannte er sein Ziel. Vor vielen Jahren hatte sein Vater ihn in ein Lager der Suleibba gebracht, zu einer Kesselflickersfrau, die als Hexe bekannt war und vielleicht etwas gegen Hamuds schwere Zunge tun könnte. Die Frau war mit Hamud zum Rand einer nahe gelegenen Schlucht gegangen und hatte, damit der Fluch von ihm genommen werde, stundenlang den Beistand der Dschinnen und verlorenen Seelen angerufen, die dort wohnten. Es war Nacht gewesen, und Hamud erinnerte sich nur noch an das Geheul von Wölfen, die ihr geantwortet hatten, und an seine Angst vor der Schlucht. Jetzt hatte er vor der Schlucht keine Angst mehr. Sie war der rechte Ort für eine verdammte Seele. In der Schlucht würde ihn niemand suchen.

Als sein Entschluß feststand, ging er schlau zu Werke und beschloß, sich zu verbergen, solange es hell war. Er verbarg sich den ganzen Tag. Der Eselin mußte er das Maul verbinden, denn sie hatte Hunger und Durst und schrie. Nach Anbruch der Dunkelheit fand er Wasser, und sie tranken. Aber er war ausgehungert, und von dem, was die Eselin fraß, konnte er nicht leben. Als er am nächsten Morgen sah, daß die Schlucht nicht mehr weit sein konnte, kaufte er einem Vorüberreitenden einen Beutel Salz ab und ging mit der Eselin in die Berge und schlachtete sie und briet einen Teil des Fleisches am Feuer und aß es gleich, und den Rest salzte er ein. Es war ein schöner Tag mit Sonne und Wind, er ließ das Eselsfleisch trocknen und wartete. Von der Höhe aus sah er viele Soldaten, auf den Hauptstraßen und auf den Bergpfaden wimmelte es von ihnen, auch Lastwagen mit aufmontierten Geschützen sah er. Zuerst glaubte er, sie suchten nach ihm, dann aber sagte er sich, daß das wohl nicht Sache der Armee sein konnte. Demnach war er in der Nähe einer Grenze – aber welcher Grenze? Jordanien konnte es nicht sein, dazu war er nicht südlich genug. Dann war das wohl Palästina mit den wütigen Juden, die es eingenommen hatten. Der Anwalt aus Homs hatte ihnen erzählt, wie die Juden die Einwohner abgeschlachtet und ihnen das Land gestohlen hatten. War am Ende auch die Schlucht von ihnen eingenommen, würde er nun nicht mehr in die Schlucht gehen können?

Unter sich, aber weit entfernt, sah er die schwarzen Punkte von Beduinenzelten. Die Beduinen kamen weit herum, sie wußten alles. Er hätte sich gern bei ihnen erkundigt. Aber vielleicht wußten sie auch, was es mit Hamud auf sich hatte. Mehrere Stunden lag er da und beobachtete voller Sorge die Soldaten und die Lastwagen. Eigentlich hatte er bei Tage in die Schlucht hinabsteigen wollen, aber nun war es wohl besser, das Gelände im Schutz der Dunkelheit zu erkunden. Das Eselsfleisch war noch nicht ganz trocken, aber er schnitt es in Streifen und salzte es nach und bündelte es, und als es dunkelte, machte er sich auf den Weg.

Er lief lange und orientierte sich an den Lichtpünktchen des Beduinenlagers, bis der Mond aufging. Erst als der Mond schon wieder sank, tauchten die Felsformationen der Schlucht auf, die Hamud in Erinnerung geblieben waren. Du bist sowieso ein toter Mann, hatte er sich gesagt und sich damit gestählt für den Fall, daß ihn das Grauen vor der Schlucht ankäme. Aber als er davorstand, verspürte er kein Grauen, es war nur ein recht seltsames, gewichtiges Gefühl, das Leben zu verlassen und in die Welt der Dschinnen und Seelen hinunterzusteigen. Ob die Juden die Schlucht eingenommen hatten, konnte er nicht erkennen. Auf seiner Seite war der obere Rand der Schlucht völlig verlassen, und auf der anderen Seite sah er nur einen Streifen losen Gerölls, das kalkweiß leuchtete. Darunter gähnte der Abgrund der Schlucht.

Hamud holte tief Atem und begann den Abstieg. Ob die Seelen und Dschinnen ihn erwarteten? Ob sie die mondhelle Gestalt schon bemerkt hatten, die da aus der Welt des Lichts in die ihre hinunterkam? Es war eine Welt, die er sich nicht vorzustellen vermochte. Seelen und Dschinnen waren unsichtbar, das wußte er und überlegte, wann auch er unsichtbar würde oder ob die Seelen nur für die da oben unsichtbar waren, nicht aber füreinander. Und er überlegte, wie wohl seine Seele beschaffen sein und wann sie sich ihm zeigen mochte, ob seine Seele sprechen konnte und in welcher Sprache. Er wußte, daß an diesem Ort Seelen vom Anbeginn aller Zeiten wohnten, Seelen noch aus der Zeit des Abraham, und er hatte das Gefühl, in einen alten Zustand zurückzukehren, an den er sich um so deutlicher erinnern würde, je weiter er hinunterstieg. Er empfand Erleichterung, weil der Jammer des Lebens hinter ihm lag, gleichzeitig aber Enttäuschung und Bedauern, weil es ein so jammervolles Leben gewesen war. Beim Eintritt in diese Welt hatte er einen Schaden davongetragen, so daß er nicht sprechen konnte, und so hatte er ein erbärmliches Hundedasein geführt, ohne Leistung, ohne Verdienst, keines Lohnes würdig. Von jeher hatte er sich demütig mit der Tatsache abgefunden, daß ein so minderwertiges Selbst keinen Anspruch auf das Paradies hatte. Was sollte er im Paradies tun, wie die ihm zugeteilten Paradiesjungfrauen im Garten der Wonnen unterhalten? Eine andere Seele, eine hübsche, redegewandte Seele wie Achmed, würde unweigerlich Hamuds Huris an sich ziehen, und das ganze vertraute Elend würde von neuem beginnen. Da war es besser, ein für allemal ein Ende zu machen, den Schmerz des Selbst abzustreifen und in den ursprünglichen Limbus zurückzukehren. Hatte er sich schon selbst zur Verdammnis verurteilt, würde der Gnädige, der Barmherzige gewiß nicht zulassen, daß er auf alle Ewigkeit verdammt blieb.

Das Mondlicht rückte in weite Ferne, während er sich in die Tiefe vorwagte, noch immer sein mißratenes, schmerzendes Selbst mitschleppend, des Augenblicks gewärtig, da es von ihm abfallen und auf immer verschwinden würde, so daß seine Seele hervortreten konnte. Er setzte seine Schritte vorsichtig in der Dunkelheit, in Erwartung der ersten Berührung mit Seelen spürte er ein Prickeln in allen Gliedern, und zwischen zwei Schritten hörte er einen leisen Laut und blieb stehen, und als er ihn zum zweiten Mal vernahm, begriff er, daß es nur ein Wolf gewesen war. Ein Wolf hatte ihn – oder vielleicht sein Schaffell oder das Bündel mit Eselsfleisch – gewittert. Hamud nahm sein Messer heraus und kletterte weiter. Aber der Wolf – wenn es denn einer gewesen war – hatte ihn wohl gesichtet und als einen Menschen erkannt, denn er kam nicht näher.

Hamud stieg stetig weiter nach unten, bis die Schwärze einer grauen Dämmerung wich. Schon glaubte er am Ziel zu sein, aber es war nur ein steinerner Sims, den er erreicht hatte, sehr breit, mindestens fünfzehn Meter, auf den die Regenfälle Mutterboden geschwemmt hatten, aus dem Bäume und Büsche wuchsen. So üppig wuchsen sie, daß sie fast den Streifen Himmel verdeckten, wie Hamud feststellte, als er glücklich von dem Gesims heruntergeklettert und etwa zehn Meter tiefer nun wirklich am Boden der Schlucht angelangt war.

Von oben kam jetzt helles Tageslicht, und Hamud sah sich enttäuscht um. Er war zum Umfallen müde. Ihm schien, als habe er lange Zeit nicht mehr geschlafen. Er konnte sich weder an den letzten Schlaf erinnern noch an die Abfolge all der tollen Dinge, die ihm seither widerfahren waren. Ob dieses Nichterinnernkönnen das erste Anzeichen dafür war, daß sein Selbst sich von ihm trennte? Er beschloß, sich niederzulegen, dann würde sich vielleicht die ganze Sache im Schlaf abspielen. Auf dem Boden der Schlucht konnte er nicht schlafen, denn dort floß Wasser. Suchend sah er sich nach einer trockenen Stelle um. Er war an der Höhle vorbeigekommen, ohne sie zu bemerken. Ein Geräusch veranlaßte ihn, sich mit gezücktem Messer umzuwenden Er war benommen vor Erschöpfung, und statt zur Seite zu treten, versperrte er die Öffnung, als das Tier heraussprang und ihn dabei in den Bauch stieß, so daß er stürzte. Er klammerte sich an das Gehörn. Eine Ziege, dachte er zuerst, aber es war keine Ziege. Er wußte nicht, was es war. Es sah aus wie eine Gazelle, aber von einer Art, wie er sie noch nie gesehen hatte. Eine Gazelle – das bedeutete Fleisch. Er faßte sein Messer fester. Und dann sah er, daß die Gazelle trächtig war. Warum sich mit einer Gazelle zufriedengeben, wenn man zwei haben konnte?

III.
Alles über den Kibbuz

1

Am Ende der Reihe mit den *Parson Brown* stieg Amos von der Plattform und fuhr den Traktor zu den *Golden Wonder* hinüber... Während er sich mit der Schere von einem Baum zum nächsten vorarbeitete, kreisten seine Gedanken sorgenvoll um die Filtrieranlage des Schwimmbads. Die *Armstrong* war die falsche Entscheidung gewesen, das wußte er jetzt. Nur ein paar lumpige Pfund mehr – und sie hätten die *Weston-Firbank* haben können, austauschbare Flachfilter, dosierte Chlorzugabe. Nur ein paar lumpige Pfund. Er überlegte, was man da jetzt noch machen konnte.

Als er die erste Reihe der *Golden Wonder* hinter sich hatte, ohne daß ihm etwas eingefallen war, hielt er an, nahm die Sonnenbrille ab, wischte sich mit der Mütze Gesicht und Augen, wischte sich den Nacken und den roten Bart, drückte die Mütze aus und setzte sie wieder auf. Es war heiß in der Obstplantage. Selbst der Wind war heiß. Unter seinen Shorts rann der Schweiß. Wer hielt sich an so einem Tag schon mit Duschen auf, ehe er ins Wasser ging? Da sprang man einfach rein und fertig. Um mit diesen Strömen von Schweiß fertigzuwerden, mußte eine störungsfreie Anlage her, ein Kraftprotz wie die *Weston-Firbank*. Immerhin galt es, über zwei Millionen Liter Wasser – ein Becken mit Olympiamaßen – umzuwälzen. Die Kinder hielten sich den ganzen Tag darin auf, auch die Babys und die Alten.

Schließlich hatte der ganze Kibbuz etwas von dem Schwimmbad. Und da wollten sie auf Kosten der Hygiene ein paar lumpige Pfund einsparen? Aber nicht nur da wollten sie sparen, sondern auch bei den Kacheln, der Pumpe, der Algenvernichtung. Was wissen die denn schon, welche Probleme beim Betrieb eines großen Schwimmbads auftreten können! Die wollen einfach ihren Spaß haben und glauben, so was läuft von selbst. Amos setzte die Brille wieder auf und schüttelte den Kopf. Er schüttelte ihn so lange, bis Rina von den *Winesaps* herüberrief, wie spät es sei. Er sah auf die Uhr. Viertel vor zwölf. Rasch stieg er von der Plattform herunter. Über seinen Sorgen um das Schwimmbad hätte er beinahe wieder die Mittagspause vergessen.

Er fuhr mit dem Traktor unmittelbar zum Speisesaal und stellte ihn vor dem Haus ab. Er ging hinein, sah Pnina, seine Frau, und winkte ihr zu, aber weil an ihrem Tisch kein Platz mehr war, setzte er sich woanders hin, aß schweigend und sinnierte vor sich hin. Das Essen war pappig, es enthielt zu viele Kohlenhydrate. Das mußte anders werden; wenn sie erst im Training waren, brauchten sie hochwertige Proteine. Natürlich wußte er, daß es noch verfrüht war, sich darüber Gedanken zu machen, aber er konnte einfach nicht anders. Amos war dreißig, sehr drahtig und ein sehr guter Schwimmer.

Pnina kam zu ihm, als sie mit ihrem Essen fertig war, und strich ihm übers Haar. Sie wußte, daß ihn nicht einmal im Bett seine Gedanken losließen.

»Sollen sich doch auch mal andere Leute deine Sorgen machen«, sagte sie.

Amos nickte ironisch. Sorgen würden die genug haben, wenn die schwächliche *Armstrong* den Geist aufgab. »Leg dich ein bißchen hin«, sagte er.

»Heute kann ich nicht, aber ruh du dich aus, du hast es nötig.«

»Mach ich, bestimmt«, sagte Amos.

Er aß zu Ende und ging ins Haus. Doch es hielt ihn nicht im Bett. Er stand wieder auf und nahm sich die Unterlagen vor, bis er einen Motor lärmen hörte. Er sah auf die Uhr. Rina war mit dem Traktor da.

»Was ist los mit dir?« fragte sie ärgerlich, als er herauskam. »Überlaß mir die Uhr, wenn du so im Tran bist.«

»Seit wann stellst du dich so an mit deiner Zeit?« knurrte er zurück, gab ihr aber die Uhr.

Sie arbeiteten noch eineinhalb Stunden an den Äpfeln, und Punkt halb drei machten sie Schluß. Rina gab ihm die Uhr zurück, und sie fuhren zum Kibbuz, ohne ein Wort zu wechseln. Er betrat das Haus, duschte und ging ins Schlafzimmer. Pnina war schon da, sie schlief mit offenem Mund. Amos störte sie nicht. Er legte sich noch naß neben sie, deckte sich mit einem Bettuch zu und schlief nach einer Weile ebenfalls ein.

Als er aufwachte, war Pnina nicht mehr da, aber er wußte, wo er sie finden würde. Er duschte noch einmal, zog ein frisches Hemd und saubere Shorts an und machte sich auf den Weg. Vor dem Kinderhaus tobten fünf, sechs Rangen auf dem Rasen herum. Jonathan hatte ihn schon von weitem erspäht und kam auf dicken Beinchen angerannt. Amos hob ihn hoch und biß ihn zärtlich in den Podex. »Nu, was willste?«

»Schwimmen«, sagte Jonathan.

Amos lachte das Herz im Leib. Es war eines der ersten Worte, die er ihm beigebracht hatte. Er stützte Jonathan unter Brust und Schenkeln ab und wirbelte ihn herum. Im Bruststil war der Junge schon perfekt. Absolut perfekt.

Er spielte eine halbe Stunde mit ihm, aber die Sorgen spielten mit, deshalb überließ er ihn Pnina und schlenderte zum Schwimmbad, an dem die Lauselümmel mal wieder Fußball spielten. Dabei hatte er es ihnen schon hundertmal verboten. Es gab anderswo Platz genug zum Fußballspielen. Wieder hatten sie die Grenzsteine als Tormarkierungen weggeschleppt. Er jagte die Kinder fort, stellte die Grenzsteine wieder da auf, wo sie hingehörten, und trat prüfend ein paar Schritte zurück. Das lose Geröll hatte er eigenhändig weggeräumt, der Rest war nackter, stumpf glänzender Fels. Amos wurde es wieder mal schwer ums Herz. Sehr, sehr schwer.

2

1949, als die fünfzig von den Lastwagen geklettert waren und sich umgesehen hatten, war allen schwer ums Herz geworden. Dabei war es nicht ihr erster Besuch, sie waren im vergangenen Jahr schon ein paarmal dagewesen. Wenn wir erst endgültig hier sind, hatten sie sich gedacht, sieht bestimmt alles besser aus. Es sah eher schlimmer aus. Weit und breit war nur völlig kahles Land zu sehen. In schweren Wellen lag der Boden versengt, versteppt und mit Steinen übersät, freudlos unter dem Himmel.

Zehn Mann waren in der vergangenen Woche vorausgefahren, um das Lager aufzubauen. Als die Laster ächzend stoppten, kamen sie rufend angelaufen. Die Gruppe hatte ein Stück Land geräumt und fünfzehn Schlafzelte, ein Latrinenzelt und zwei Fertigbaubaracken als Lagerhalle und Speisesaal aufgestellt. Alle äußerten sich begeistert über die in Reih und Glied stehenden Zelte und die Baracken, und während sie einander die *Rue de la Paix* und die *Digenzoff Street* zeigten, standen die Leute von *der Jewish Agency* und vom Landwirtschaftsministerium und noch ein paar, die nur so mitgekommen waren, müßig herum, nickten und lächelten und betrachteten nachdenklich die Aussicht. Aussicht gab es hier reichlich, ein gutes Stück nach Syrien hinein, hinter ihnen nach Israel, im Westen in den Libanon. Daß die Aussicht allerdings besonders schön sei, hätte niemand behaupten können. Eine Ansammlung staubiger Ölbäume und ein verlassenes Araberdorf schmiegten sich an einen Hügel, ein zweites Araberdorf, von dem Holzrauch aufstieg und das demnach nicht verlassen war, an einen zweiten. Jenseits eines Tals war ein drittes Dorf, aber das lag schon in Syrien. Die Dörfer wuchsen fast unbemerkt aus den räudigen Flanken der Hügel hervor und sahen selbst aus wie Räudeflecken.

Als die erste Begeisterung verraucht war, luden sie ab: Lebensmittel, Gummistiefel, Kleidung, Werkzeug und Säcke mit

Saatgut und Dünger. Auch Bücher und ein Grammophon. Und ein Ersatzgerät für die nagelneue Telefoneinrichtung. Für den Fall, daß dieser mal etwas zustoßen sollte, hatten sie außerdem noch zehn Flinten und eine Kiste Handgranaten. Sie waren 26 Männer und 24 Frauen, alle zwischen 18 und 22 Jahre alt. Ein Jahr lang hatten sie zusammen trainiert, geschwitzt und geplant. Und in einigen Fällen auch zusammen geschlafen.

Als die Leute vom Ministerium und von der *Agency* abgefahren waren, warfen sie den Generator für die Beleuchtung an und machten mit dem Brennholz, das der Voraustrupp mühselig zusammengetragen hatte, ein Lagerfeuer. Sie wurden ganz ausgelassen, aßen und sangen in dem kleinen Kreis aus Licht inmitten des gewaltigen dunkelnden Landes, und die, die schon mal miteinander geschlafen hatten, hätten es gern wieder getan, nur hatte es damit so seine Schwierigkeiten. In den Zelten ging es nicht, und in den Gemeinschaftsbaracken schickte es sich nicht. Draußen in der kahlen, steinigen Finsternis konnte man es natürlich machen, aber da hätte es wehgetan. Und in jenem ersten Jahr kamen sie vor lauter Müdigkeit sowieso nicht dazu.

Sie waren so müde, daß kein Schlaf mehr half; schon beim Aufwachen waren sie wieder müde. Um drei wurde geweckt, um halb vier waren sie draußen und schleppten Steine. Sie wählten einen Landwirtschaftsausschuß und einen Arbeitsausschuß und noch ein paar Ausschüsse, und weil es einen Dienstplan gab, wußte jeder abends schon, was er am nächsten Tag zu tun hatte. Es ging immer ums Steineschleppen – nur nicht immer an der gleichen Stelle.

Vor zweitausend Jahren war dieses kahle, abgestorbene Land von üppiger Fruchtbarkeit gewesen und voll von Höfen und Wäldern. An den Hängen waren die Dörfer hingebreitet, der Süden war berühmt für seine festen Städte. Damals hatten Menschen diesem Land mit Stolz und mit leidenschaftlicher Liebe angehangen. Seither hatte es niemand mehr geliebt, und niemand mehr war auf dieses Land stolz gewesen. Feinde hatten es verwüstet, jahrhundertelanger Schlendrian hatte ihm den Rest gegeben. Gott schickte den Menschen die Ölbäume, und sie schüttelten die Früchte von den Zweigen. Gott schickte ihnen das Gras, und die Schafe fraßen es ab. Die Schafe fraßen das Gras, und die Ziegen fraßen die Bäume, und der Regen fraß, was noch an Fruchtbarkeit im Boden steckte, und so war 1949 nur noch die Aussicht übrig. Und eine steinige Wüstenei.

Das alles wußten sie bis zum Überdruß. Sie hatten von einem Paradies geträumt, das unter ihren Händen wiedererstehen sollte, hatten es genau vor Augen gehabt mit Milch und Honig und reich tragenden Reben. Die Siedlungsabteilung der *Jewish Agency* und die Fachleute des Landwirtschaftsministeriums hatten an diesem Wunschbild freilich schon etliche Retuschen vorgenommen. Die 5000 Dunam – etwa 1250 Morgen – waren grundsätzlich für eine Mischwirtschaft aus Schafzucht und Weizenanbau geeignet. Die Schafe fanden genügend Futter zwischen den Steinen, und auf dem größten Teil des übrigen Landes war im Trockenfarmsystem der Anbau von Weizen möglich. Wenn man sie bewässerte, waren die oberen Lagen gut für Obstbäume. Die unteren mit ihrer anderen Bodenzusammensetzung und um mehrere Grad niedrigeren Temperaturen taugten gerade noch für saure Zitrusfrüchte, Zitronen oder Grapefruits. Es gab eine kleine, nie versiegende Quelle. Aus ihr konnte man eine relativ unkomplizierte Bewässerungsanlage speisen. Mit den vorhandenen natürlichen Vertiefungen ließ sich sogar daran denken, Fischteiche anzulegen.

Alle diese schönen Dinge aber, hatte die *Agency* gemeint, seien Zukunftsmusik. Zunächst solle die Gruppe sich an den Schafen und an dem Weizen versuchen. Mit Gemüse und Feldfrüchten könne sie sich einen kleinen Zusatzverdienst schaffen, sobald das Land urbar gemacht sei. Und so fingen sie denn an, das Land urbar zu machen.

Zuerst nahmen sie sich die geschützte untere Lage vor, auf

der später die Zitrushaine entstehen sollten und die jetzt noch für den Anbau von Gemüse vorgesehen war. Sie räumten so viele Steine weg, bis sie mit einem Tieflader hineinkamen, luden ihn voll und zogen ihn heraus. Fünfzig Dunam räumten sie so, mit Pickel, Brechstange und Tieflader, hebelnd, ziehend und stolpernd. Sie düngten und pflügten jedes Stück, das sie geräumt hatten, säten an und machten sich an das nächste: das Feld, auf dem der Winterweizen wachsen sollte. Und auf dem noch einmal tonnenweise Steine lagen.

Sie schleppten Steine vom frühen Morgen bis zum späten Nachmittag, und wenn sie in die Eßbaracke stolperten, waren sie so erledigt, daß sie kaum den Arm zur Abstimmung heben konnten. Abstimmung aber mußte sein. Sie stellten Tagesordnungen auf, sie diskutierten, sie verabschiedeten Resolutionen. Sie diskutierten über die künftige Bebauung, die Zukunft ihrer Kinder und deren Ausbildung; über den Kibbuz, seine Gebäude, Einrichtungen und Annehmlichkeiten; und sie setzten auch dafür eine Menge Ausschüsse ein. Das Diskutieren war ihre große Leidenschaft. Ein besonders langes Hin und Her gab es über den Ortsnamen. Eine Mehrheit war für *Beit Ha-Emek,* das Haus im Tal. Doch dann erfuhren sie, daß diesen Namen vor ein paar Monaten schon ein anderer Kibbuz angemeldet hatte. Schließlich einigten sie sich auf *Kibbuz Gei-Harim,* weil das auf Hebräisch schön klang, aber auch deshalb, weil es vom Wortsinn her – Kibbuz in der Schlucht – zu ihnen paßte. Eine tiefe Schlucht begrenzte ihr Land und trennte es von Syrien.

3

Sie wußten nicht, wie sie es mit den Oliven halten sollten. Die ebenso überalterten wie malerischen Bäume standen auf einem Gelände, auf dem Obstbäume gepflanzt werden sollten. Die Oliven hatten den Bewohnern des verlassenen arabischen Dorfes gehört, zumindest hatten diese sie abgeerntet. Gehört hatten sie eigentlich einem Mann aus Beirut; der jüdische Nationalfonds hatte sie ihm samt den umliegenden Ländereien zu einem stark überhöhten Preis abgekauft – unter der Bedingung, daß er mit einem Teil der Summe die Dorfbewohner für den Verlust der Ölbäume entschädigte. Das hatte der Mann aus Beirut versprochen, aber nicht gehalten. Die Dorfbewohner waren darüber verständlicherweise sehr verstimmt. Der Fonds stellte seine Pläne für das neu erworbene Land um. Er erklärte sich bereit, den von ihrem früheren Pachtherrn geprellten Dorfbewohnern vertraglich zu garantieren, daß alles weiterginge wie bisher. Sie könnten nach wie vor die Oliven ernten und ihre Schafe weiden lassen, wo sie immer geweidet hatten. Überdies bräuchten sie künftig weder Pacht zu zahlen noch einen Teil des Ertrags ihrer Parzellen als Abgabe zu entrichten.

Da die Dörfler den Mann aus Beirut seit Jahren ihrerseits erfolgreich geprellt hatten, war diese Zusage finanziell für sie nicht besonders ergiebig. Einen Vertrag aber hatte ihnen bisher noch niemand angeboten. Das klang verlockend. Sie schickten ihren *Muchtar* nach Akkra mit dem Auftrag, sich bei der dortigen *Scharia* beraten zu lassen. Die *Scharia* meinte, die Sache sei ein gutes Geschäft. Doch auf der Rückreise kam dem *Muchtar* eine noch bessere Idee. Warum, sagte er zu den neuen Besitzern, verhandeln wir nicht statt über Nutzungs- gleich über Eigentumsrechte und schließen den Vertrag nicht mit den Dorfältesten, sondern mit mir persönlich? Er könne dann das Land selbst verpachten, und zwar zu einem sehr viel günstigeren Pachtzins. Und um sich erkenntlich zu zeigen, werde er dem Fonds, der nach den bislang geltenden Bedingungen leer ausgegangen wäre, jedes Jahr eine ansehnliche Zuwendung gewähren.

Doch der Fonds lehnte ab. Der Vertrag wurde aufgesetzt wie vorgesehen und von beiden Parteien unterschrieben. Wenige Monate später jedoch brannten die Araber eine am anderen Ende des Olivenhains entstandene neue Siedlung nieder. Empört rief der Fonds die Dorfältesten zusammen und fragte nach dem Grund. Der *Muchtar* schüttelte bekümmert den Kopf. Das sei zu erwarten gewesen, meinte er. Den Leuten passe es eben nicht, daß man sie gezwungen habe, vertraglich auf ihre Naturrechte zu verzichten und sich lediglich mit der Nutznießung zufriedenzugeben; und als dann noch neue Siedler eingetroffen seien, habe dies das Faß zum Überlaufen gebracht.

Der Fonds versuchte abzuwiegeln: niemand brauche sich unterdrückt zu fühlen. Eben um das sicherzustellen, habe man ja den Vertrag geschlossen. Noch nie hätten die Leute hier doch irgendwelche Rechte gehabt – außer jenen, die ihnen jetzt durch diesen Vertrag freiwillig eingeräumt worden seien. Ja, für jemand, der juristisch bewandert sei, räumte der *Muchtar* ein, möge sich das wohl so darstellen. Aber die Menschen in seinem Dorf seien schlichte Gemüter mit einer schlichten Weltsicht. Warum nicht ihm alle Rechte übertragen? Dann wisse jedermann, woran er sei. Und niemand brauche mehr nervös zu werden.

Auch diesen neuen Vorschlag lehnte der Fonds ab. Man wies darauf hin, daß ein Vertrag nur dann gültig sei, wenn er von beiden Parteien eingehalten werde. Immerhin war das Gespräch so freundlich und sachlich verlaufen, daß man glaubte, den Wiederaufbau der Siedlung vertreten zu können. Wenig später standen die Häuser wieder; aber es dauerte nicht lange, und sie waren abermals abgebrannt. Um zu unterstreichen, wie nervös sie waren, hatten sie obendrein zwei Siedler umgebracht.

Schließlich hatte sich die Nervosität allgemein verbreitet, und es kam zum Krieg von 1948. Einige Nachbarländer hatten entdeckt, daß sie Naturrechte in Palästina besäßen. Syrien entdeckte, daß diese Region kein Staat, sondern vielmehr eine syrische Provinz sei, und schickte General Kawakji. Kawakji brach herein wie der Wolf in der Nacht – mit Panzern, Artillerie und mehreren motorisierten Brigaden. Neben anderen schlossen sich ihm auch jene schlichten Gemüter an, die die beiden Siedlungen in Brand gesteckt hatten und sich davon gute Möglichkeiten für ein weiteres Feuerwerk versprachen. Die Siedler hatten keine Panzer, keine Artillerie und keine motorisierten Brigaden. Sie gruben sich mit Molotowcocktails, Flinten und Bajonetten ein. Sie empfingen Kawakji zu allem entschlossen und gingen mit soviel Elan zum Gegenangriff über, daß dessen verdutzte Truppe kehrtmachte und im Rekordtempo das Weite suchte. Die nicht minder verdutzten schlichten Gemüter liefen mit, ohne sich weiter um ihr Dorf oder um die ihnen vertraglich zugesicherten Oliven zu kümmern.

Eben diese Oliven machten den Siedlern indessen ein, zwei Jahre später viel Kummer.

Es waren abscheuliche kleine Oliven, bitter und trocken. Seit Generationen, wenn nicht Jahrhunderten, hatte sie niemand mehr richtig gepflegt. Auf eine Anfrage sagte ihnen das Ministerium, Ölbäume seien selbst bei bestem Ertrag für eine Kibbuzwirtschaft uninteressant. In bäuerlichen Betrieben ginge das schon eher. Oliven seien zwar vom Wasser- und Nährstoffbedarf her anspruchslos, aber zum Auslichten und Pflücken brauche man eine Unzahl Hände. Den Bauern sichere der Ertrag für das Öl und die wenigen eßbaren Früchte den Lebensstandard, den sie gewöhnt seien, nicht jedoch den Kibbuznik, jedenfalls nicht, wenn sie Schulen, Bibliotheken, Konzertsäle und dergleichen mehr haben wollten. Sie, eine ländliche Intelligenzschicht, brauchten mechanisierte, wenig arbeitsintensive Feldfrüchte oder aber arbeitsintensive Anbaumethoden mit großem Ertrag, wie die empfohlenen Obstplantagen. Die malerischen Ölbäume sollten sie sich schleunigst aus dem Kopf schlagen.

Daraufhin setzten sie sich zusammen, um das Problem auszudiskutieren, mit dem Ergebnis, daß sie dem Ministerium Recht geben mußten. Gleichwohl brachten sie es nicht über sich, die überalterten Ölbäume zu fällen. Und während sie noch so berieten, erschien ein Mann aus dem anderen arabischen Dorf und fragte, ob sie vielleicht jemanden brauchten, der sich um die Ölbäume kümmerte. Er kenne diese schönen alten Bäume in- und auswendig. Sie seien zwar im Augenblick wohl etwas vernachlässigt, aber unter einer liebevollen, kundigen Hand bögen sich die Äste bald wieder wie einst unter der Last der herrlichsten Früchte. Und wenn er ein gutes Wort bei dem einen oder anderen seiner Verwandten einlege, fänden sich einige gewiß bereit, zur Erntezeit auszuhelfen.

Die Kibbuznik setzten sich zu ihrer nächsten Diskussion zusammen. Zwar waren sie grundsätzlich dagegen, Außenstehende auf ihrem Land arbeiten zu lassen, aber das Angebot war vielleicht doch ein Ausweg aus ihrem Dilemma. Die alten Bäume würden nicht daran glauben müssen, sondern die gutnachbarlichen Beziehungen festigen und damit auch noch einem nützlichen Zweck dienen. Schließlich waren sie keine geldgierigen Bauern, sondern eine Gemeinschaft, der sich hier die Chance bot, gemeinschaftliche Beziehungen anzuknüpfen. Sie hoben die Sitzung auf und sagten dem Araber, er und seine Verwandten könnten gern die Bäume abernten und die Hälfte des Ertrags behalten.

Der Alte bedankte sich zwar sehr höflich, meinte aber, so sei das nicht gedacht gewesen. Sein Dorf brauche die Oliven nicht, so prächtig sie auch seien, denn man besitze selbst schöne alte Bäume. Es gehe ihnen eher um Geld.

Die Kibbuznik debattierten den Fall erneut und noch ernsthafter. Das Anwerben von Hilfskräften und die Ausbeutung gegen Bargeld verstieß gegen alle ihre Grundsätze. Ganz davon abgesehen, daß sie gar kein Bargeld hatten. Der Gemüseanbau hatte ihnen noch nichts eingebracht. Andererseits brauchte der alte Araber offenbar Geld, und das Böse ließ sich eben nicht in einem Tag aus der Welt schaffen. Also gut, sagten sie, und machten den Handel mit dem Araber. Aber als er weg war, zerbrachen sie sich den Kopf darüber, was sie mit den Unmengen von Oliven machen und woher sie das Geld nehmen sollten.

Sie hatten kein Geld. Was die *Jewish Agency* ihnen für die Urbarmachung des Landes zahlte, brauchten sie für Lebens-

mittel und andere lebenswichtige Dinge und für die Pacht-
zahlungen. Sie hatten das Land zu den üblichen Bedingungen von der *Agency* gepachtet: ein Prozent ihres Einkommens
(nominelles Einkommen, berechnet nach der Zahl ihrer Arbeitskräfte). Die *Agency* streckte Geld für die Baulichkeiten,
das Vieh, die Bewässerung und für Maschinen vor, soweit sie
im Plan genehmigt waren. Sobald jedoch alles installiert war,
mußte die Rückzahlung beginnen, über dreißig Jahre zu 3 1/2
Prozent Zinsen.

Dieser niedrige Zinssatz galt nur für genehmigte Pläne. Auf
etwas anderes, hatte man ihnen geraten, sollten sie sich nur
ja nicht einlassen. Sobald weitere Pläne genehmigt waren,
konnte man über neue Kredite entscheiden. Mit nicht abge-
segneten Projekten jedoch müßten sie zu Banken oder gar
zwielichtigen Geldverleihern gehen, bei denen zwar Kredite
mit kurzen Laufzeiten (aber auch beängstigenden Zinsen) zu
haben waren, die aber keinem Kibbuz sehr gut bekämen. Zur
Abzahlung alter Kredite müßten sie neue aufnehmen und sich
so langsam, aber sicher hoffnungslos verschulden. Es wäre
also auf jeden Fall besser, hübsch die Finger von solchen Dingen zu lassen und sich dafür lieber in dem vorgegebenen Plan
sachkundig zu machen.

Auch das diskutierten sie wieder eingehend, aber weil
diese Finanzthemen sie anödeten, gaben sie der *Agency* recht:
nichts anrühren, was nicht genehmigt war. Alles daranset-
zen, sich sachkundig zu machen und die Wüste zum Blühen
zu bringen.

Sie planten hundert Dunam für Zitrusfrüchte und hundert
für Äpfel ein, vergrößerten die Anbaufläche für Weizen und
trieben die Schafe auf die Weide. Sie versuchten es mit den
Fischteichen und hegten und pflegten ihr Gemüse. Und sie
fingen an zu bauen. Unmengen von Zement rollten an. Sie ließen einen Architekten kommen und einen Bauleiter und legten den Grundstein für Eineinhalb-Zimmer-Häuser und den
Speisesaal und die Bibliothek und – als einige der Frauen nervös wurden – auch für das Kinderhaus. In dieser Phase wur-

den die schattenspendenden Alleen und die Gärten angelegt, die Kiefern, Pistazien und Judasbäume gepflanzt (nicht zu vergessen die schönen Ziersträucher; Myrte und Hibiskus und Clematis).

Mittlerweile arbeitete der Araber sporadisch im Olivenhain und schleppte Unmengen von Früchten an. Besonders prächtig allerdings waren sie nicht. Was sie mit all den Oliven machen sollten, wußten sie immer noch nicht, aber der Araber – er hieß Abdul – bekam weiter sein Geld.

Als sie anfingen, hatten sie so wenig Geld, daß in den genehmigten Plänen kein Schwimmbad vorgesehen war. Die *Agency* hatte gemeint, sie sollten damit warten, bis die Lage sich etwas entspannt hatte. Sie hatten es auch so eilig, die Wüste zum Blühen zu bringen, daß sie sich deswegen nicht mit der *Agency* anlegen mochten. Doch sooft sie später ein Schwimmbad beantragten, hieß es stets, die Situation habe sich noch nicht gebessert.

Und so war es auch 1957 noch, als viele andere Kibbuzim schon Schwimmbäder besaßen, weil sie einfach so lange gedrängt hatten, bis die *Agency* ihnen ihre Pläne genehmigte.

Verdruß breitete sich aus.

Es gab schon genug wunde Punkte, aber das Schwimmbad war ein besonders wunder. Sie waren inzwischen in einem Zustand, den sie sich überhaupt nicht erklären konnten.

Sie wußten, daß sie hart gearbeitet und sich sachkundig gemacht hatten. In den Obstplantagen reiften Äpfel heran, die höchste Auszeichnungen bekamen. Die Bäume in den Zitrushainen trugen kinderkopfgroße Grapefruits. Die Weizenfelder waren ebenso Beweis ihrer Tüchtigkeit wie das Kinderhaus, der Kindergarten und die Schule. In den acht Jahren hatten einige Frauen zwar in andere Kibbuzim geheiratet, dafür waren noch mehr Frauen durch Einheirat dazugekommen, und inzwischen hatten sie fünfundvierzig Kinder, die Gei-Harim mit ihrem fröhlichen Lärmen erfüllten. Auch neue Mitglieder hatten sie aufgenommen, andere hatten ihre betagten Eltern nachkommen lassen, so daß sie mittlerweile 150 Leute waren.

Trotzdem waren sie jetzt ärmer.

Sie waren sogar viel ärmer als am Anfang. Sie hatten Schulden.

Dafür gab es Gründe. Zweimal hatten sie Naturkatastrophen heimgesucht. In einem Jahr hatten Überschwemmungen den Weizen vernichtet und die Karpfen aus den Fischteichen mitgerissen, in einem anderen war der Frost über die Obstbäume gekommen. In jenen Jahren hatten sie ihr Gemüse selber gegessen und neue Kredite aufgenommen. Ein anderer Grund war die Zunahme der Menschen in Gei-Harim. Sie waren zweieinhalbmal so viele wie am Anfang, aber nur die Hälfte von ihnen verdiente etwas. Die Kinder verdienten nichts und die Kindergärtnerinnen und Lehrerinnen auch nicht. Ihr verbesserter Dienstleistungsbereich hatte ihnen gewissermaßen unproduktive Kräfte gebracht. Die Alten verdienten ebenfalls kaum etwas. Alle aber mußten verpflegt, gekleidet und betreut werden.

In achtjähriger harter Arbeit hatten sie das Land jünger und reicher gemacht, doch sie selbst waren darüber älter und ärmer geworden. Irgend etwas stimmte da nicht. Für die Kinder und Kindeskinder zu arbeiten, war ja gut und schön, und an sich hatten sie gegen diese Zielsetzung nichts einzuwenden. Sie meinten nur, daß irgendwann auch sie selbst etwas davon haben müßten. Namentlich fanden sie, daß sie sich ein Schwimmbad verdient hätten.

Insbesondere Amos fand das. Amos war seit acht Jahren Vorsitzender des Schwimmbad-Ausschusses und hatte ganze Berge Material über Schwimmbäder. Vierzehn Kostenvoranschläge hatte er schon erstellt. Es demütigte und frustrierte ihn, daß sie noch immer kein Bad hatten, und so erklärte er 1957 zum Jahr der Entscheidung für sich.

Er erklärte, das Baumaterial müsse jetzt besorgt werden, und wenn es nun wieder nichts damit werde, sei es am besten, den Ausschuß aufzulösen, denn dann würden sie ihr

Schwimmbad nie bekommen. Zu diesem Ergebnis gelangte er, nachdem er sich seinen neuesten Kostenvoranschlag noch einmal angesehen und festgestellt hatte, daß die Materialkosten inzwischen sechsmal höher lagen als bei seiner ersten Berechnung. Im gleichen Zeitraum war ihr Einkommen aber lediglich um das Dreifache gestiegen. Und so würde das weitergehen.

Danach fühlte er sich wie befreit. Wenn die anderen ihn niederstimmten, wollte er aus der Schwimmbadgeschichte aussteigen und sich anderen Dingen zuwenden. Sollte er aber nach reiflicher Überlegung zu dem Schluß kommen, daß es Verschwendung von Fachwissen oder gar gesellschaftlich unverantwortlich wäre, mit so viel Schwimmbad-Sachverstand einem Kibbuz anzugehören, der nie ein Schwimmbad haben würde, konnte er vielleicht in einen anderen Kibbuz gehen. So oder so – die Tagträume waren ein für allemal ausgeträumt.

Er formulierte einen Resolutionsentwurf. Ehe er ihn aber einbrachte, stellte er eine Materialliste zusammen. Einen Monat lang schwitzte er inmitten seiner Schwimmbadkataloge über dieser Aufstellung. Es war eine ganz prächtige Liste, komplett bis zur letzten Schraube und Mutter. Seine wirtschaftliche Lösung konnte den Kibbuz zum Inbegriff geschmackvoller Funktionalität machen; immer vorausgesetzt, die Kibbuznik billigten seinen Vorschlag. Auf ein paar schöne Sachen hatte er allerdings verzichten müssen. Die Umstände hatten ihn genötigt, sich mit Lösungen zufriedenzugeben, die er normalerweise nie akzeptiert hätte. Aber die Wirtschaftlichkeit ging vor. Und die war jetzt bis aufs Letzte ausgeknautscht.

4

Als Amos vom Schwimmbad nach Hause kam, empfing ihn Pnina mit einem Glas Kaffee: »Alles klar bei dir?«

»Sonnenklar.«

»Bleib ganz ruhig, reg dich nicht auf.«

»Weshalb sollte ich mich aufregen?«

»Jeder weiß, daß du dich leicht aufregst. Versuch es ihnen so darzustellen, daß es vernünftig klingt.«

»Was heißt klingt? Es *ist* vernünftig. Oder ist es vielleicht vernünftiger, acht Jahre mit einem Schwimmbad-Ausschuß zu arbeiten, ohne daß Aussicht auf ein Schwimmbad besteht?«

»Schon gut, reg dich nicht auf.«

Amos machte den Mund auf und wieder zu. In acht Jahren lernt man Geduld. Er setzte sich mit seinem Kaffee und seiner Aufstellung aufs Sofa. Dann machte er einen Strich durch »Eine Armstrong-Filtrieranlage« und schrieb sauber darüber: »Eine vollautomatische Weston-Firbank Filtrieranlage mit dosierbarer Chlorzugabe«. Wegen ein paar lumpiger Pfund würden sie in ihrem Schwimmbad nicht auf Hygiene verzichten.

Die Versammlungen fanden im Speisesaal statt, und diesmal hatten sie ein volles Haus. Amos war ganz locker. Er saß mit den Mitgliedern des Schwimmbadausschusses an einem Extratisch. Als alle da waren, stand er auf und hielt ihnen einen kleinen Vortrag über das Schwimmbad. Er machte ihnen klar, daß sie, wenn alles so weiterlief wie bisher, nie eines bekommen würden. Und er schilderte ihnen, wie sie das ändern konnten. Der Bau selbst, sagte er, sei nicht weiter problematisch, das Problem sei das Material. Er las seine Aufstellung vor und sagte, das alles müßten sie jetzt beschaffen.

»Wie denn?« fragte jemand.

»Mit einem Kredit.«

»Wer gibt schon Kredite für ein Schwimmbad?«

»Dann eben nicht für ein Schwimmbad, sondern für etwas anderes, und den nehmen wir dann für das Schwimmbad.«

»Das ist Schmu.«

»Nu... na..., Schmu? Wir zahlen das Geld ja zurück«, sagte Amos. »Kann doch den Leuten egal sein, wofür wir es nehmen.«

»Ist es ihnen aber nicht. Kredite kriegt man nur für produktive Projekte.«

»Für produktive Projekte?« Amos vergaß vorübergehend seine guten Vorsätze. »Was meint ihr, wovon ich rede? Was meint ihr, was ihr von dem Schwimmbad habt? Gesundheit habt ihr davon, zusätzliche Produktivität habt ihr davon. Ein automatisch filtriertes Fünfzig-Meter-Becken schenkt euch nicht nur Gesundheit und Produktivität, sondern ein unbeschreibliches Wohlgefühl. Mit diesem Wohlgefühl«, sagte Amos, »kann man Berge versetzen. Berge!« Er deutete auf ein Fenster, durch das der Berg Hermon zu sehen war. »Und wißt ihr, was ihr ohne das Schwimmbad sein werdet? Ungesund werdet ihr sein und unproduktiv, und jeder dieser stinkendheißen Sommer wird euch älter und stumpfer und traniger machen, bis ihr schließlich tot seid.«

Und dann fiel ihm ein, daß er ja beschlossen hatte, sich nicht aufzuregen, und er setzte sich und las in seiner Aufstellung. In der Aussprache wurden Zweifel an den größeren Posten der Aufstellung geäußert. Jemand schlug vor, in Anbetracht all dieser Schwierigkeiten vielleicht von dem bisherigen Plan abzugehen und ein kleineres Becken in Erwägung zu ziehen. Ein anderer Vorschlag gab zu bedenken, ob es denn ein größeres Planschbecken am Ende nicht auch täte. Amos regte sich immer noch nicht auf. Er erhob sich und erklärte seinen Rücktritt.

Der Rücktritt wurde nicht angenommen, und man fing an, über Sparmaßnahmen zu diskutieren. Das alles kannte er schon. Weitere Sparmaßnahmen waren in ihrem Kibbuz einfach nicht drin. Sie kauten noch einmal durch, was sie in dieser Hinsicht bisher gemacht hatten. Sie diskutierten, ob man den Araber entlassen könne, und kamen zu dem Schluß, daß das nicht ging. Dann gab es eine Diskussion über die Zitronen. Die Zitronen kamen alle drei Monate wieder aufs Tapet. Sie waren ein Verlustgeschäft. Yoel hatte die Zitronen unter sich. Seine Grapefruits gediehen prächtig, aber mit den Zitronen kam er einfach auf keinen grünen Zweig. Beschneiden, Bestäuben von Hand, Beten – nichts half. Jeder andere hätte sich vernünftigerweise auf etwas anderes umgestellt, aber über Zitronen war mit Yoel nicht vernünftig zu reden, er benahm sich geradezu hysterisch in dieser Sache. Wenn die Zitronen weg müßten, verkündete er warnend, würde auch er gehen, und dann schilderte er in bewegten Worten die Zukunft eines erfolgreichen Zitronenanbauers. Es sei geradezu unvorstellbar, sagte er, welche Unmengen an Zitronen angesichts der großen Einwanderungswellen der nächsten Jahre beispielsweise von der Getränkeindustrie benötigt würden. Was nicht in die Haushalte ging, würden sie dort mit Kußhand los. Was man jetzt für die Zitronen täte, würden sie ihnen tausendfach vergelten. Und er zitierte Psalm 126: »Die mit Tränen säen, werden mit Freuden ernten.«

Die Versammlung hörte sich Psalm 126 an und verabschiedete eine vorläufige Resolution, in der Yoel gestattet wurde, sich weiter um die Zitronen zu kümmern. Nur brachte sie das in der Schwimmbadfrage keinen Schritt weiter. Nach einer weiteren intensiven Diskussion wurde noch eine Resolution verabschiedet: Daß es zwar Schmu sei, einen Kredit zweckentfremdet zu verwenden, daß aber von Schmu nicht die Rede sein könne, wenn man einen Kredit für ein Projekt beantragte, das rasche Renditen versprach, mit denen dann Baumaterial für das Schwimmbad beschafft werden konnte. Wenn das bedeute, daß zur Rückzahlung des ersten ein zweiter Kredit aufgenommen werden müsse, sei dem Kibbuz in Anbetracht der von Amos gemachten Ausführungen hinsichtlich des langfristig zu erwartenden Zuwachses an Gesundheit und Produktivität diese Belastung zuzumuten.

Damit gab sich Amos zunächst zufrieden. Jetzt brauchte er nur noch ein Projekt mit raschen Renditen.

In der folgenden Woche brachte er die Sache mit der Baumwolle auf die Tagesordnung.

5

Die Idee mit der Baumwolle war keineswegs neu. In einigen der älteren Kibbuzim wurde seit zwei, drei Jahren versuchsweise Baumwolle angebaut, und auch in Gei-Harim hatten sich ein paar Leute schon dafür eingesetzt. Neu war, daß es nun der schwimmbadbesessene Amos war, der sich dafür stark machte. Er argumentierte mit unglaublichen Details und aktuellstem Zahlenmaterial. Zwar benötigte man für Baumwolle, sagte er, große Investitionen. Dafür aber konnte man damit auch große Umsätze erzielen. Ein Dunam Baumwolle ergab 400 Kilo, und dafür zahlte die Baumwoll-Union 90 Agorot pro Kilo. Das machte 360 israelische Pfund pro Dunam oder 36000 pro hundert Dunam. Bessere Erträge konnte man mit keinem anderen landwirtschaftlichen Produkt erzielen.

»Und woher nehmen wir die Leute zum Pflücken?«

»Wir pflücken nicht von Hand.«

»Wie denn?«

»Mit der Maschine.«

»Eine Baumwollpflückmaschine kostet ein Vermögen.«

»Fünfunddreißigtausend Pfund«, sagte Amos.

»Hast du sie nicht alle?«

»Für einen Einzelreihenpflücker. Der Doppelreihenpflücker kostet sechzigtausend, und den brauchen wir.«

»Holt seine Frau.«

»Sperrt ihn ein.«

»Bei Flächen über 500 Dunams ist etwas anderes wirtschaftlich gar nicht vertretbar. Damit es sich richtig lohnt, brauchen wir sechs- oder besser siebenhundert Dunam. Die anderen Unkosten erhöhen sich kaum –«

»Gebt ihm eine Spritze!«

»Gebt ihm eine Tracht Prügel!«

»Woher willst du sechshundert Dunam nehmen? Wir haben nicht mal fünfzig übrig.«

»Für Zitronen«, sagte Amos mit einem Blick in seine Notizen, »mit denen wir rote Zahlen schreiben, haben wir 250 Dunam, für die schlechtesten unserer Grapefruits 50 Dunam. Und in Richtung Schlucht können wir leicht nochmal drei-, vierhundert Dunam bekommen.«

»Dort ist nackter Fels, den kriegen wir nicht von der Stelle.«

»Da arbeiten wir eben mit Dynamit und Bulldozern. Ich habe die Zahlen. Das kostet –«

Yoel, der sich mißmutig einen in italienischer Sprache abgefaßten Bericht der sizilianischen Zitronenanbauer vorgenommen hatte, begriff das Ungeheuerliche dieses Vorschlages nicht sofort. Als er es begriffen hatte, erhob er sich und gab in einer kurzen persönlichen Erklärung seinen Rücktritt bekannt, den er eine halbe Stunde später widerrief, als die Versammlung, schier hypnotisiert von der Flut der Zahlen, mit denen Amos sie überschüttete, eine zweiteilige Resolution formulierte. Im ersten Teil hieß es, zur Zeit bepflanzte Flächen dürften durch Amos' Plan nicht in Mitleidenschaft gezogen werden, im zweiten wurde beschlossen, den Plan der *Jewish Agency* mit der Bitte um Stellungnahme vorzulegen.

Das besorgte Amos höchstpersönlich. Die *Agency* meinte, der Plan sei grundsätzlich gut fundiert, allerdings wohl etwas zu ehrgeizig ausgefallen. Andererseits sei man bestrebt, den Baumwollanbau in Israel zu fördern. Die *Agency* selbst sei zwar wegen der großen Zahl mittelloser Einwanderer aus Nordafrika zur Zeit leider nicht in der Lage, die Finanzierung zu übernehmen, habe aber den Plan an die Staatliche Landwirtschaftsbank weitergeleitet mit der Empfehlung, ihn zu genehmigen.

Amos und eine Abordnung aus dem Kibbuz setzten sich mit den Leuten von der Landwirtschaftsbank zusammen. Auch nach Meinung der Bank war der Plan grundsätzlich gut. Da sich aber nach sorgfältiger Prüfung der Bilanzen herausgestellt habe, daß der Kibbuz stark verschuldet sei, ließen sich die hohen Ausgaben für die Baumwollpflückmaschine nicht rechtfertigen. Die Bank empfahl den Kibbuznik für den

Fall, daß sie selbst nicht in der Lage seien, die Baumwolle von Hand zu pflücken, die Einstellung von Arbeitskräften, insonderheit der Neuzugänge aus Nordafrika. Die Bank sei gehalten, bei der Vergabe ihrer Kredite landwirtschaftliche Arbeitsplätze zu fördern.

Die Kibbuznik entgegneten, ihre und die Grundsätze der Kibbuzbewegung erlaubten es ihnen nicht, bezahlte Arbeitskräfte einzustellen.

Das mit den Grundsätzen sei ja sehr bedauerlich, meinte die Bank, aber sie könne nun mal keine Mittel für eine Doppelreihenpflückmaschine zur Verfügung stellen. Allenfalls eine Finanzierung des Planes ohne die Pflückmaschine, also achtzig Prozent, sei denkbar: zehn Jahre Laufzeit mit 9 Prozent Zinsen.

Amos begann mit Bittgängen. Er lief von Pontius zu Pilatus. Bei der *Jewish Agency* erbettelte er die restlichen zwanzig Prozent auf acht Jahre zu 3 1/2 Prozent. Er klapperte sämtliche Banken in Jerusalem, Tel Aviv und Haifa ab. Einige waren bereit, einen Einreihenpflücker, andere bis zu 70 Prozent für einen Doppelreihenpflücker zu finanzieren. Schließlich fand er eine, die sich zur hundertprozentigen Finanzierung bereitfand, zu 18 Prozent über vier Jahre, mit der Maschine selbst als Sicherheit.

Nun war eine feierliche Vollversammlung fällig, um über diese beängstigenden Bedingungen zu befinden. Mit Angst und Schrecken debattierten sie die neun Prozent und dreieinhalb Prozent und achtzehn Prozent sowie die ganzen Rückzahlungsbedingungen, und dumpfe Ahnungen begannen sie zu lähmen: Niemals würden sie das alles zurückzahlen können.

Amos redete wie ein Buch. Die schweren, die schwimmbadlosen Jahre, sagte er, hätten sie ihrer geistigen und körperlichen Kraft beraubt. Selbstverständlich konnten sie alles zurückzahlen. Gewiefte Institutionen wie die *Agency* und die Banken verliehen doch kein Geld, wenn sie nicht damit rechneten, es auch zurückzubekommen. Gut, ein paar Jahre würden sie den Riemen enger schnallen müssen. Sie mußten sich eben verpflichten, täglich eine Stunde länger zu arbeiten. Aber es lohnte sich doch. Sie bekamen dafür ein Schwimmbad! Und erzielten jedes Jahr riesige Gewinne mit der Baumwolle.

»Und wenn es schiefgeht?«

»Warum sollte es schiefgehen?«

Warum war es in einem Jahr mit dem Weizen und dem Fisch schiefgegangen und in einem anderen Jahr mit dem Obst? An diesen Fehlschlägen hatten sie noch immer zu beißen, und die waren noch gar nichts verglichen mit dem, was ihnen bei der Baumwolle blühen konnte. Wenn es mit der Baumwolle schiefging, drohte ein gewaltiger Schuldenberg, der sie, ja noch ihre Kinder, unter sich begrub.

»Ein gewisses Wagnis ist es, das gebe ich zu«, sagte Amos. »Wohin kämen wir ohne Wagnisse? Ein geistig gesunder Mensch, der körperlich voller Saft und Kraft ist, kann auch etwas wagen. Ist der Obstanbau kein Risiko? Baumwolle kann wenigstens nicht verderben, es ist ein ideales Produkt für die Landwirtschaft. Wenn wir das Wagnis eingehen, wenn wir uns an die Arbeit machen, hat der Kibbuz, haben unsere Kinder später den Nutzen davon. Aber wir haben auch jetzt schon etwas davon. Ein Schwimmbad nämlich.«

Leicht gedrückt verabschiedete das Plenum den Plan mit der Maßgabe, die erforderlichen Anbaugebiete in Richtung Schlucht müßten neu erschlossen werden und dürften nicht auf Kosten der Zitrusfrüchte gehen. Diese Maßgabe, warnte Amos, bedeute zusätzliche Kosten. Die Bewässerungsleitungen müßten verlängert, Unmengen von Fels gesprengt und mit Bulldozern zur Schlucht geschafft werden. Doch alle fanden, das ganze Vorhaben war nun schon so teuer, daß es auf ein paar Pfund mehr oder weniger auch nicht mehr ankam. Und sie gingen mit dem erhebenden Gefühl schlafen, einen historischen Schritt getan zu haben. Ein schlechtes Jahr nur, und zwei Generationen mußten dafür zahlen.

Mittlerweile schrieb man das Jahr 1958. An einem trüben,

regnerischen Morgen einige Monate nach der Vollversammlung erhob sich das Donnergrollen mehrerer gewaltiger Sprengungen hinter der Zitruspflanzung, und als der Donner verhallt war, rollten drei gemietete Bulldozer an, die in der Pflanzung bereitgestanden hatten. In dem ersten saß Amos. Er verlor keine Zeit. Berge von Schutt lagen noch immer vor seinem Ziel, dem vollautomatisch filtrierten Schwimmbad. Er senkte die Greifer in das losgesprengte Gestein und fuhr damit zügig in Richtung Schlucht.

IV.
Die Schlucht

1

Hamud hörte den Donner im Schlaf und reckte sich erfreut. »Jetzt kommt endlich mal Regen herunter«, dachte er. Wie gut, daß er seinen Schlafplatz verlegt hatte, nachdem er ihm vor ein paar Wochen fast weggeschwemmt worden war. Als er damals aufwachte, stand ihm das Wasser buchstäblich bis zum Hals. Und den Gazellen auch. Natürlich trugen sie ihre Fußfesseln, und in der Aufregung hatte er das Messer nicht finden können, um die Fesseln durchzuschneiden. Es war ihm gelungen, die Mutter und ein Kitz loszubinden, das andere hatten die Wassermassen mitgerissen. Er hatte sich noch während des tobenden Unwetters auf die Suche nach dem Kitz gemacht und es mit Gottes Hilfe glücklich in einer Felsspalte am anderen Ende der Schlucht gefunden. Es hatte sich nur ein Bein gebrochen. Hamud hatte das Bein geschient und seinen Schlafplatz verlegt.

Jetzt drehte er sich unter seinem Schaffell auf die andere Seite und wartete auf den Beginn des Regens. Aber es kam kein Regen. Dafür kam etwas anderes. Hamud stand auf und steckte den Kopf ins Freie. Er war noch halb im Schlaf und nicht sehr schnell im Denken, brachte es aber trotzdem fertig, den Kopf schleunigst wieder zurückzuziehen. Ein riesiger Felsbrocken sauste an ihm vorbei in die Tiefe und verfehlte ihn nur um Haaresbreite. Hamud hockte sich zitternd nieder. Sein erster Gedanke war, daß die Dschinnen, sein zweiter, daß die Juden ihn aufgespürt hatten. Beide Gedanken verwarf er sogleich wieder und sinnierte still vor sich hin, während um ihn her die Steine schwirrten. Dschinnen warfen Steine nicht von oben nach unten – wie könnten sie? –, sondern von unten nach oben, das wußte jedes Kind. Und wenn die Juden ihn entdeckt hätten, würden sie nicht warten, bis er außer Sicht war, um mit Steinen nach ihm zu werfen, sondern würden schnurstracks herunterkommen und ihm den Garaus machen. Die Juden waren inzwischen keine unbekannte Größe mehr für ihn. Im Sommer war er oben gewesen und hatte sie besichtigt. Einer hatte einen Zitronenbaum angeschrien und nach ihm getreten. Der Mann war zweifelsohne verrückt. Oder verhext. Vielleicht auch beides. Geradezu satanisch hatte er ausgesehen, als er nach dem Baum trat.

Eine andere Erklärung für die Bombardierung wollte ihm nicht einfallen. Ein Erdrutsch war es nicht. Irgend jemand warf die Steine von oben herunter. Sie kamen einzeln, in großen Brocken und über eine breite Fläche. Hamud dachte an den Mann, der den Zitronenbaum mit Tritten traktiert hatte. Vielleicht war es so etwas wie ein kollektiver Wutanfall. Gegen so etwas ließ sich nichts machen, da konnte man nur warten, bis er vorbei war.

Der Anfall dauerte lange. Er hörte gegen Mittag auf und fing gegen zwei wieder an. Am späten Nachmittag hatte er sich dann endgültig ausgetobt.

Hamud blieb vorsichtshalber noch eine Weile, wo er war. Am Ende lauerten diese listigen Schakale da oben nur auf ein Lebenszeichen von ihm. Als es dämmerte, wagte er sich heraus und sah sich um. Die Gazellen hatte er angebunden.

Hamud war nicht unzufrieden mit dem, was er sah. Eine ansehnliche Kollektion von Steinen aller Art und Größe war heruntergekommen. Wirklich brauchbare Steine waren in der Schlucht überraschend rar, die meisten waren viel zu klein, bessere Kiesel, andere wieder zu groß und zu schwer; mit denen hantierte er nicht gern, weil er sich keinen Bruch heben wollte, obgleich die Arbeit wartete. Sehr viel Arbeit wartete auf ihn. Es würde Jahre dauern, bis alles fertig war, und er brauchte sicher viele, viele Steine dazu.

Hamud besah sich die Steine, die ihm in allen Sorten und Größen zugefallen waren. Sie waren von bester Qualität und genau das, was er benötigte. So war es jetzt ein Kinderspiel, richtige Trittsteine zu legen. Er hatte sich schon vorher daran versucht, aber sein Material hatte nicht viel getaugt, die meisten hatte das Wasser schon weggeschwemmt, das in der Schlucht stand. Er mußte ziemlich oft durch die Schlucht und machte sich nicht gern die Füße naß – von der Gefahr für die Gazellen ganz zu schweigen.

Nach einem argwöhnischen Blick himmelwärts machte Hamud sich auf den Weg durch die Schlucht, um seine Fallen auf der anderen Seite zu kontrollieren. Er fand zwei Klippschliefer darin, holte Futter für die Gazellen und trat in der Dunkelheit, leise vor sich hinpfeifend, den Rückweg an. Die Gazellen witterten ihn schon von weitem, er hörte ihr freudiges Blöken. Sie waren den ganzen Tag noch nicht draußen gewesen. Noch einmal sah er zum Himmel hoch. Er wollte sie im Freien weiden lassen und das Futter erst einmal aufheben. Vielleicht brauchte er es morgen oder an einem anderen Tag, falls die Juden wieder einen Anfall bekamen. Eine ordentliche Lagerstätte für das Futter – auch das war etwas, worum er sich kümmern mußte. Eine plötzliche Glücksaufwallung riß Hamud fast von den Trittsteinen. Am liebsten hätte er getanzt und gesungen, wenn er an die vielen, vielen Dinge dachte, um die er sich noch kümmern mußte. Aber dann setzte er doch ganz vernünftig seinen Heimweg fort, wobei es sich hin und wieder nicht vermeiden ließ, daß er eine Strecke warten mußte.

Die Gazellen liebkosten ihn nibbelnd, als er sie losband, und er erwiderte die Liebkosung, dann ließ er sie an langer Leine heraus. Er machte Feuer, briet und aß die Klippschliefer, und danach saß er leise rülpsend auf einem Stein in der Dunkelheit und bedachte seine Pläne.

Hamud war sehr glücklich. In seinem früheren Leben dort oben war er nie so glücklich gewesen, und es tat ihm nicht leid, daß es hinter ihm lag. Er wußte jetzt, daß er sich damals nie wirklich wohl gefühlt hatte. Immer deutlicher erkannte er, daß er gelebt hatte wie ein Hund, stets benachteiligt, immer abhängig von den Launen oder dem Mitgefühl anderer Menschen, wenn er einmal eine kleine Freude haben wollte. Hier war er nicht benachteiligt, ganz im Gegenteil, hier war er der Herr und Meister, ohne dessen Wissen, ohne dessen ordnende Hand kaum etwas geschah. Und dabei kam er ganz ohne Sprache aus. In der Unterwelt hier hatte er erstaunliche Talente an sich entdeckt. Sehr bald hatte er es verstanden, mit einer Schleuder aus Eselsdärmen seine Nahrung zu erlegen und auf hundert Meter Entfernung noch das kleinste Tier sicher zu treffen. Die Schleuder allein genügte allerdings nicht, wenn er überleben wollte. Er hatte sich Fallen erfunden, doch auch mit ihnen war er noch zu sehr vom Zufall abhängig. Einige der vielen Einfälle, die ihm nur so zuströmten, sollten seine Stellung als Herr seiner neuen Welt noch weiter festigen.

Seit einem Jahr bewohnte er sie jetzt, diese neue Welt. In den ersten Monaten hatte er darauf gewartet, daß die Dschinnen und Seelen sich meldeten, und erst nach und nach hatte er erkannt, daß ihm wohl eine Art Probezeit zugedacht war. Denn er konnte an sich selbst, so genau er sich auch beobachtete, keinerlei Veränderungen feststellen. Seine Fingernägel wuchsen weiter und seine Zehennägel auch. Sein Haar wuchs weiter, nichts hatte sich geändert. Er befand sich demnach in einer Übergangsphase, und erst danach nahmen wohl die Seelen Verbindung mit ihm auf. Wochenlang hatte ihn die Überlegung beschäftigt, was in dieser Übergangszeit von ihm erwartet wurde. Er betete und fastete, und eines Tages, als er halb verhungert die saftige Gazelle betrachtete, fiel es ihm wie Schuppen von den Augen.

Die Gazelle war keine wirkliche Gazelle. Sie war ein Tier, wie Menschenaugen es noch nie erblickt hatten. Die Gazelle war ihm gesandt worden. Warum aber war sie ihm gesandt worden?

Alles andere in der Schlucht – die übrigen Tiere, die Vögel, die Pflanzen – hatte seine Richtigkeit, war so, wie es sich gehörte. Mit dieser einen Ausnahme. Eine Kleinigkeit im Plan war verändert worden, um ihm klarzumachen, daß der Plan selbst nicht war, was er zu sein vorgab, sondern eine raffinierte Fälschung mit einem eingebauten Rätsel, eigens für ihn ersonnen, auf daß er es löse. Was aber konnte das sein?

Hamud fastete erneut, und als er eines Morgens aufwachte, sah er, wie die Gazelle zwei neugeborene Kitze leckte. Die Gazelle sah ihn an, und die Kitze sahen ihn an. Schwindlig vor Hunger und Erschöpfung gab Hamud den Blick der Tiere zurück und suchte seinen Sinn zu fassen. Das eine Kitz war ein Böckchen, das andere eine Geiß. Ein Männchen und ein Weibchen. Und endlich – schlagartig – kam ihm die Lösung. Männchen und Weibchen. Die Tiere waren gesandt, um sich zu paaren und zu mehren. Sie sollten erhalten und nicht gegessen werden. Alle anderen erlaubten Tiere durfte er essen, nicht aber diese. Die Geschichte von Adam fiel ihm ein, dem alles geschenkt worden war, bis auf die Früchte eines bestimmten Baumes. Von den Früchten dieses Baumes hatte Adam gegessen, und dann war das Urteil über ihn gesprochen worden. War es denkbar, daß er hier war, weil auch über ihn geurteilt werden sollte?

Hamud brach sein Fasten und überlegte. Es schien ihm recht naheliegend. Er erinnerte sich an einen Hadschi, der auf dem Rückweg von der Pilgerreise eine Nacht in Kufr Kassem Rast gemacht hatte. Der Hadschi, nunmehr ein Mann, der alles erfahren hatte, was es zu erfahren gab, hatte die Überzeugung geäußert, die Welt sei in den Augen Allahs nichts anderes als ein Traum. Auf Hamud hatte diese Bemerkung damals großen Eindruck gemacht, obschon er sich kränkte, weil er in dem Traum nur eine so untergeordnete Rolle spielte. Jetzt aber begriff er, daß ihm kein Unrecht widerfahren war. Alle Träume waren Gottes Werk. Vielleicht hatte sein früheres Leben zu eines anderen Menschen Traum gehört.

Je länger er darüber nachdachte, desto einleuchtender

dünkte ihn diese Erklärung. Er hatte immer gewußt, daß mehr in ihm steckte als das, was er in Kufr Kassem hatte zeigen können. Seine Seele war nicht einäugig, seine Seele hatte keinen Wolfsrachen. Vielleicht hatte das für den Traum seiner Frau so sein müssen. Gott hatte Hamuds Frau in ihrem Traum Schönheit und Mitgefühl geschenkt, das Mitgefühl hatte ihr Hamud gebracht, die Schönheit ihren Liebhaber, und an diesen beiden war ihre Treue auf die Probe gestellt worden, und sie hatte die Prüfung nicht bestanden. Alles, was danach geschehen war, hatte seine Wurzel in diesem Versagen. Hamud hatte den Vater seiner Frau und ihren Bruder getötet, und das hatte ihn in die Unterwelt gebracht. Und als er mit seinen Überlegungen so weit gekommen war, erhob er sich von seiner Mahlzeit, streckte die Hände flach vor sich hin und sprach:

»König am Tage des Gerichts!
Führe uns den rechten Weg,
Den Weg derer, die sich auf diese Gnade freuen,
Und nicht den Pfad jener, über die du zürnest
Oder die in die Irre gehen ...«

Er wiederholte die Sure mehrmals mit tränenüberströmtem Gesicht und konnte nur staunen, wie Gott es vermochte, aus dem Stoff eines Traumes augenblicklich einen anderen zu machen. Er begriff jetzt, daß er in einem eigens für ihn geschaffenen Traum lebte. Weshalb die Tiere erhalten werden mußten, wußte er nicht. Er wußte nur, daß dies seine Prüfung war. Und von Stund an begann er, in großen Dimensionen zu denken.

Die Gazellen würden sich vermehren. Seine Schafe und Ziegen in Kufr Kassem hatten im zweiten Jahr Junge geboren, und bei den Gazellen war das bestimmt nicht anders. In zwei Jahren konnte er demnach wieder mit Kitzen rechnen und im Jahr darauf mit weiteren Kitzen und im folgenden Jahr wieder, Nachkommen nicht nur von den ersten Kitzen, sondern von der Kitzengeneration, die dann keine Kitze mehr waren. Und so weiter. Er mußte mit einer sehr rasch wachsenden Herde rechnen. Er würde eine Menge Futter brauchen. Und Platz für das Futter und für die Gazellen und für sich und das, was er zum Leben nötig hatte.

Er wußte, daß die Übergangsphase lange währen konnte, und er hatte nichts dagegen, er fühlte sich sehr wohl in ihr. Eine Bewährungsprobe hatte er bereits bestanden. Er hatte bei der Überschwemmung nicht zuerst an seine eigene Sicherheit gedacht, sondern sogleich nach dem verschwundenen Kitz gesucht. Es war das Böckchen gewesen, und demnach war es eine besondere Bewährungsprobe gewesen, denn hätte er das Böckchen eingebüßt, wäre auch jede Hoffnung auf Fortpflanzung dahin gewesen, und er hätte versagt. Aber Gott hatte das Böckchen verschont. Gott hatte die Gazellen verschont.

Er rülpste leise in der Dunkelheit. Gott würde auch ihn verschonen. Er spürte, wie Gottes Auge in der Dunkelheit auf ihm ruhte.

Nicht alles an dem Traum war ihm völlig klar. Er wußte nicht recht, ob etwas geschah, weil es sein oder Gottes Wille war. Die Steine konnte er natürlich gut gebrauchen. Aber sie waren ihm nicht einfach zugefallen, weil er sie sich gewünscht hatte. Ehe es so weit war, mußte sonst noch allerlei geschehen, und diese Geschehnisse hatte Gottes allgewaltige Macht augenblicklich in Gang gesetzt. Hamud hatte das Gefühl, daß er sich alles, was er wirklich für den Traum brauchte, wünschen durfte und daß Gott es ihm gewähren würde, sofern seine Wünsche berechtigt waren. Die Erklärung leuchtete ihm ein. Irgendwie war er auf diese Weise Gottes Partner oder zumindest sein Assistent geworden.

Ehe er sich zur Ruhe legte, besah er sich noch einmal die Steine, bedachte, was ihm noch zu tun blieb, und fand, daß es nicht schaden könne, sich eine weitere Ladung zu wünschen.

Sie kam prompt am nächsten Tag. Sechseinhalb Tage lang –

mit einem Tag Pause dazwischen – kamen weitere Ladungen. Ihr Kommen kündigte sich stets durch Donnergrollen an, und als es eines Tages ausblieb, wußte Hamud, daß die Lieferungen eingestellt worden waren.

Einen ganzen Tag lang inspizierte er seinen Bestand, und am nächsten Morgen nahm er sein gewohntes Leben wieder auf.

2

Seine Pflichten waren so umfangreich, daß ihm hin und wieder ganz schwach wurde, wenn er sie überdachte. Manchmal, wenn ihm alles gut von der Hand ging, war er wie berauscht und lachte laut. Er konnte seine Zeit einteilen, wie er wollte. Das meiste konnte er zu jeder beliebigen Tages- oder Nachtzeit erledigen. Er war dabei, ein Dorf und einen Bauernhof aufzubauen, oder eigentlich zwei Dörfer und zwei Bauernhöfe, einmal unten in der Schlucht und einmal oben. Oben entstand das Winterquartier, aber der Winter war jetzt fast vorüber und die dringendsten Arbeiten waren unten zu erledigen. Dort war er mit dem Bau einer Zisterne beschäftigt.

Im Winter hatte er reichlich Wasser, im Sommer aber versickerte alles am anderen Ende der Schlucht. Eigentlich wäre das die beste Lage für die Zisterne gewesen, doch dort gab es keine Deckung, und diese brauchte er. Es war ganz erstaunlich, wieviele Menschen sich oben herumtrieben. Im Sommer waren es die Beduinen gewesen, die mit ihren Herden auf der Ostseite der Schlucht ihr Lager aufgeschlagen hatten, im Winter die Juden. Täglich waren Gruppen von ihnen zur Schlucht gekommen und hatten in die Tiefe gespäht. Ein Rotbart hatte sogar Anstalten zum Abstieg gemacht. Hamud hatte es mit der Angst zu tun bekommen und ihn mit gezücktem Messer erwartet. Aber auf halbem Wege hatte der Rotbart seine Kletterei eingestellt. Er hatte wohl nachsehen wollen, was sich unter dem Überhang abspielte. So weit jedoch konnte man nicht sehen. Eben dies hatte Hamud dazu bewogen, seine Zisterne an dieser Stelle zu bauen.

Sein erster Gang an diesem Tag galt der Zisterne. Am besten wäre sie natürlich unten in der Schlucht in einer Vertiefung aufgehoben gewesen. Doch dort gab es keine natürliche Vertiefung, und wie er es anstellen sollte, soviel Erde auszuheben, daß eine Grube entstand, war ihm noch nicht eingefallen. Als Ersatz benutzte er eine Höhle, deren Öffnung er mit einer kleinen Mauer versperrt hatte. Dabei hatten sich zwei Schwierigkeiten ergeben. Er hatte keine passenden Steine für die Mauer gefunden, und er mußte sich etwas einfallen lassen, um die Fugen zu verschließen. Er hatte gehofft, die zweite Schwierigkeit mit Hilfe einer großen Lehmgrube beheben zu können, die er am anderen Ende der Schlucht entdeckt hatte. Nur war es, wie er jetzt feststellen mußte, damit nicht getan. Die Zisterne war undicht.

Er spähte hinein. Der Lehm war in Ordnung. Es mußte an den Steinen liegen. Und tatsächlich, das minderwertige Zeug bröckelte an der Innenseite schon weg. Für den nächsten Durchgang hatte er bereits einen großen Haufen behauener Steine bereitliegen. Doch die konnte er jetzt gleich weglegen. Er mußte mit dem neuen Material noch einmal von vorn anfangen. Dadurch verlor er Zeit. Er mußte die Zisterne leeren und neu füllen. Doch da war nichts zu machen. Er straffte sich und kletterte in die Schlucht hinunter, um seine Ländereien auf der anderen Seite zu inspizieren.

Das Fallenstellen hatte sich gelohnt. In einer Woche hatte er zehn fette Klippschliefer gefangen, leider keine lebenden. Für lebende Klippschliefer hatte er bereits Pläne. Jetzt band er seine Beute zusammen und ging damit nach oben zu den Versuchsfeldern. Er hatte dort Alfalfa angebaut, Gerste und Zwiebeln, außerdem Kohl, Rettiche und Trauben. Jedenfalls vermutete er, daß es diese Pflanzen waren, die er angebaut hatte; beschwören können hätte er es nicht. Er hatte keinerlei Erfahrung mit dem Ackerbau, doch bei seinen Erkundungsgängen in der Schlucht hatte er allerlei Grünzeug entdeckt, das Ähnlichkeit mit Feldfrüchten aus seinem früheren Leben hatte.

Hamud hatte versucht sich zu erinnern, wie sie in Kufr Kassem mit diesen Dingen umgegangen waren. Dann fiel ihm ein, daß seine Frau die kräftigsten Pflanzen ausgewählt und ihre Samen aufgehoben oder von den Pflanzen Stücke abgebrochen und in die Erde gesteckt hatte. Er machte einen Versuch und stellte zu seiner Verwunderung fest, daß die Samen tatsächlich aufgingen, die Pflanzenstücke tatsächlich weiterwuchsen. Wie sie das machten, war ihm ein Rätsel. Das Wachsen und Gedeihen überhaupt war ihm ein großes Rätsel. Wenn alles gut ging, konnte er in Zukunft in seinem landwirtschaftlichen Betrieb praktisch alles anbauen, was er wollte. Er setzte seine Erkundungsgänge in der Schlucht fort.

Auch seine Versuchsfelder standen gut. Hier waren keine Steine niedergegangen, und nach einer Woche Regen und Sonnenschein waren die Reihen merklich üppiger geworden. Er zog etwas heraus, was nach einer Zwiebel aussah und betrachtete es genau. Es sah entschieden mehr nach Zwiebel aus als vor einer Woche. Auch die Kohlköpfe und Rettiche waren schon kohlkopf- und rettichähnlicher geworden. Bei dem Alfalfa und der Gerste war er seiner Sache nicht sicher, und bei den Trauben tat sich überhaupt noch nichts. Aber daß es Wein war, stand fest. Er hatte im vergangenen Sommer die Früchte gesehen, das Gewirr der Reben hatte sich von einem gut einen halben Meter dicken geschwärzten Weinstock in alle Richtungen geschlängelt.

Wie mochten all diese Sachen hierhergekommen sein? Mit Ausnahme der Leute in der noch jungen Judensiedlung hatte in dieser kahlen Gebirgslandschaft kein Mensch Ackerbau betrieben. Aber dann fiel ihm eines Tages, als er aufwachte, etwas ein, was ihm damals auf dem Weg zum Lager der Suleibba sein Vater erzählt hatte. Sie hatten sich an einem Berg orientiert, der Khirbet al Yahud hieß, der »Untergang der Juden«. Auf Hamuds Frage, wieso der Berg einen so eigenartigen Namen habe, erwiderte sein Vater, daß in jener Gegend vor Jahrtausenden die Juden überall Städte und Dörfer gehabt hatten, aber dann waren etliche Wunder geschehen, und dank der Wunder waren die Juden vernichtet und vertrieben worden, damit die Beduinen ungehindert ihres Weges ziehen konnten. Zu Tausenden hatte Gott die Juden in die Schlucht geworfen, und seit damals spukte es dort. Tatsächlich hatte Hamud inzwischen allerlei Interessantes gefunden, was die Behauptung seines Vaters erhärtete. Er holte einen seiner Funde aus einem kleinen Lager, das er sich in der Nähe angelegt hatte, und begann damit seine Beete zu hacken.

Hacken – soviel wußte auch Hamud – war unabdingbar, wenn etwas wachsen sollte, es war das, was er von Kufr Kassem her am lebhaftesten in Erinnerung hatte. Nachdem er einen langen Ast an das Ding gebunden hatte, ließ sich sehr schön damit hacken. Er hatte es vor ein paar Wochen gefunden und zunächst für eine christliche Reliquie gehalten, denn es sah aus wie ein geschwärztes Kreuz mit weißen Verkrustungen am Querstab. Bei näherer Betrachtung hatte sich herausgestellt, daß die Verkrustungen die Überreste einer Hand waren, das vermeintliche Kreuz der Griff eines Schwerts. Inzwischen hatte er die Überreste etlicher Hände und Schwerter und anderer Körperteile und einen Haufen verrostetes Eisenzeug gefunden, ein Stück weiter gleich eine ganze Sammlung, als seien da eine Menge Leute in kürzester Zeit hintereinander von der gleichen Stelle heruntergekommen.

Hamud hatte das Eisenzeug aus den Knochenhaufen herausgelesen und bewahrte es gut gefettet für künftige Verwendung in seinem Lager auf. Besonders freute er sich auf den Einsatz eines interessanten Stückes, dessen ursprünglichen Verwendungszweck er noch nicht enträtselt hatte. Es schien Teil eines Rades zu sein, aus dem ein gekrümmtes Schwert ragte. Wenn es dir gelänge, das Rad zu reparieren, überlegte er, und das Schwert geradezuklopfen, hättest du eine sehr nützliche und sinnreiche Pflugschar. Ob er der Erste war, der auf so etwas kam? Wieder einmal hatte er gestaunt, wieviele Einfälle ihm hier in der Unterwelt zuflogen.

Aber heute hatte er keine Zeit zum Staunen. Er hackte in Rekordzeit seine Beete, beeilte sich, seine anderen Aufgaben zu erledigen, und kam schließlich zur letzten Etappe, seinen künftigen Feldern. Sie waren so angelegt, daß sie möglichst viel Licht bekamen und trotzdem von oben nicht einsehbar waren. Wochenlang war er herumgelaufen, bis er den richtigen Platz gefunden hatte.

Auch dort waren keine Steine gefallen, aber das war eine zweifelhafte Wohltat, denn er brauchte sehr viele Steine. Die Felsplatte war an dieser Stelle zum Rand hin geneigt, der Boden der Schlucht fiel ab, überall mußte aufgeschüttet und terrassiert werden. Er sagte Dank, weil er jetzt das Material dafür hatte, erstieg die höchste Terrasse und blickte sich um. Er sah alles, was er bisher getan hatte, und er sah, daß es sehr gut war. Dann eilte er heimwärts, der nächsten Schöpfungsphase entgegen.

3

In den Jahren 1958 und 1959 war Hamud rastlos mit der Verwirklichung seiner Pläne beschäftigt. Er terrassierte und säte und pflanzte. Er verbesserte die Zisterne, so daß er nun immer einen Wasservorrat hatte. Er zog Büsche, die den Gazellen zu schmecken schienen, mit der Wurzel aus und pflanzte sie an verschiedenen Stellen der Schlucht neu an. Er fing die Klippschliefer lebendig und begann eine Zucht. Wenn er sonst nichts zu tun hatte, töpferte er, was ihm große Freude machte. Er verfertigte an die hundert irdene Gefäße in den verschiedensten Formen und Größen. Aus den mißratenen Gefäßen machte er Teller und Grenzsteine, auf die er mit nasser Holzkohle den Namen Gottes schrieb und einbrannte, und die er überall aufstellte, wo er lebte und arbeitete, an den Enden der Pflanzreihen und in den Gehegen der Gazellen und Klippschliefer.

Im Sommer 1958 begab sich etwas Sonderbares. Das Muttertier trennte sich von den Kitzen und schloß sich Hamud an. Wenn er die Geiß abends verließ, blökte sie hinter ihm her, und eines Nachts blökte sie so lange, bis er in das Gehege ging und sie hinausließ. Sie folgte ihm zu seinem Schlafquartier.

Nach dieser Störung seiner Nachtruhe dauerte es Stunden, bis Hamud wieder eingeschlafen war, und er schlief noch fest, als es Zeit zum Morgengebet war, aber die Gazelle weckte ihn zum Beten, und Hamud dachte lange nach und kam zu dem Schluß, daß Gott die Gazelle zu dieser Aufgabe berufen hatte, und danach durfte sie sein Quartier teilen.

Manchmal saß die Gazelle stundenlang still da und betrachtete ihn im Licht des Feuers. Sie war das schönste Geschöpf, das er je gesehen hatte, fand Hamud, ein Traumgeschöpf, kein Zweifel. Richtige Gazellen wirkten nur von weitem grazil, aus der Nähe waren es ungelenke, nervöse Biester mit spindeldürren Beinen, Rattengesichtern und schiefen Proportionen. Von all dem konnte bei seiner Gazelle keine Rede sein. Sie war schlank, aber kompakt gebaut, bewegte sich zielstrebig und gemessen und trug ihr Haupt wie eine Königin. Wenn sie, die kleinen Hufe gekreuzt, dasaß und ihn ansah, bewunderte Hamud immer wieder die majestätische Vollkommenheit des Kopfes und die Symmetrie der geschwungenen Hörner. Sie erinnerten ihn irgendwie an den Namen Gottes mit seinen fließenden Linien. Gespannt beobachtete er, ob die Kitze sich ebenso entwickelten, aber das war nur bei dem Weibchen der Fall. Das Gehörn des Männchens war nicht so lang und nicht so schön geschwungen. Der Bock war auch kleiner und ängstlicher. Wenn etwas die Tiere erschreckte, setzte er sich als erster in Bewegung. Sein Bein war geheilt, aber schief zusammengewachsen, so daß er lahmte. Als er älter und waghalsiger wurde, hielt Hamud ihn an kurzer Leine und fütterte ihn selbst, damit er nicht am Ende eines schönen Tages in seinem Schreck das Weite suchte, stürzte und sich den Hals brach. Wichtige Aufgaben erwarteten den kleinen Kerl, und bis er brav seine Pflicht getan hatte, gedachte Hamud kein Risiko einzugehen.

Daß die Aufzucht von Tieren nicht ganz unproblematisch war, hatte er bereits erfahren. Mit den Klippschliefern, einer Dachsart, hatte er Schwierigkeiten gehabt. Sie waren, wie alle Dachse, ungesellige Tiere. Die Männchen bekämpften sich erbittert, wenn sie zusammengesperrt wurden, und die Weibchen verweigerten die Nahrung. Er mußte getrennte Gehege für sie bauen, und trotzdem kränkelten die Tiere in der Gefangenschaft und gingen schließlich ein. Hamud aber ließ sich nicht entmutigen. Er hatte sich vorgenommen, eine Rasse zu züchten, die nicht kränkelte und einging. Er brauchte die Klippschliefer, brauchte die Felle für Abdeckungen und Seile. Fünf Klippschlieferfelle ergaben eine ordentliche Fußfessel, und wußte er denn, wieviele Fußfesseln er am Ende brauchen würde? Auch das Fleisch war nicht zu verachten, doch das war nicht so wichtig. Außer Fleisch gab es noch genug, womit er sich den Bauch füllen konnte. Wenn im Winter die Luft so feucht war, daß er kein Feuer machen konnte, lebte er zuweilen tagelang von Brot und Zwiebeln, die er mit Gazellenmilch hinunterspülte, und konnte sich nicht erinnern, jemals besser gegessen zu haben. Das mit den Blättern des Salzbusches gebackene Gerstenbrot hielt sich gut in seinem Lagerraum, und die durch ständige Auswahl veredelten Zwiebeln waren eine Delikatesse.

Er fand es fast erheiternd, daß die Feldfrüchte der Juden hier über viele Jahrhunderte, sich immer wieder aussamend, gewartet hatten, bis er gekommen war und eine Auslese vorgenommen hatte. Überhaupt – das alles hier unten war belustigend. Er hatte das alte jüdische Eisenzeug entrostet. Das Metall darunter war noch gut erhalten. Er hatte sich mehrere schöne Klingen daraus poliert und geschliffen, die er ständig benutzte. Auch das krumme Schwert hatte er geradegeklopft und das Rad repariert, und die Pflugschar arbeitete gut und schnell auf seinen Feldern, so daß ihm reichlich Zeit für seine vielen anderen anregenden Tätigkeiten blieb.

Alles in dieser unteren Welt stimulierte ihn. Es waren

harte, arbeitsreiche Jahre, aber auch Jahre des Dankes und der Freude, weil sein Leben so reich und so sinnvoll geworden war.

Seine ersten Versuche mit der Gazellenzucht machte er im Herbst 1958, und zu Winterbeginn stellte er fest, daß beide Geißen trächtig waren. Zwei Tage lang sagte er Dank dafür, und als die Regenfälle einsetzten, zog er sich auf den Felsvorsprung zurück, wo er den Rest des Winters verbrachte, bis zum April, als die Gazellen warfen. Das Muttertier setzte ein Männchen und ein Weibchen, die Tochter zwei Weibchen. Hamud ging wieder in die Schlucht hinab und arbeitete den Sommer über hart.

Er hatte jetzt sieben Gazellen zu versorgen.

Im Herbst kümmerte er sich wieder um die Nachzucht, und als sich im Winter herausstellte, daß die beiden Geißen trächtig waren, sagte er Dank.

Es war ein harter Winter mit heftigen Schneestürmen. Bis in die Schlucht hinein schneite es nicht, aber alles war gefroren. Dicke Eisplatten hingen in den verstopften Wadis und stürzten hin und wieder mit lautem Getöse in die Schlucht hinab. Ein eisiger Wind wehte, und Hamud trieb sein Vieh in die Höhlen, in denen er Feuer machte. Nachts mußte er aufstehen, um nachzulegen, und trotzdem waren morgens der Boden und die Höhlenwände mit Eis überkrustet. Der Wind heulte laut und versetzte die nervösen Tiere in Angst und Schrecken, und auch Hamud war nicht wohl in seiner Haut. In der vierten Frostnacht (inzwischen war es Januar 1960) war das Muttertier so unruhig, daß Hamud sich warm einpackte und hinausging. Zwei Wölfe ließen sich die Klippschliefer in der Nachbarhöhle schmecken. Hamud lief nach seiner Schleuder und nach seinem Messer, doch die Schleuder nützte ihm nichts, denn einer der Wölfe sprang ihn an. Hamud wehrte sich und stach mehrmals auf den Wolf ein, bis er floh. Beide Wölfe entkamen, Klippschliefer in den Fängen. Über dreißig tote Tiere ließen sie zurück.

Hamud war übel zugerichtet. Das rechte Ohr war ihm fast völlig abgerissen. Er sah darin eine neue Prüfung. Für ihn stand fest, daß die Wölfe zurückkommen würden, wahrscheinlich im Rudel. Er betete viel an diesem Tag, und am Abend machte er Feuer in den Höhlen und ging den Wölfen entgegen. Er mußte sie stellen, ehe sie ihn stellten, und deshalb nahm er reichlich Steine mit. Während des Wartens betete er, und er mußte lange warten. Der Mond stand schon hoch am Himmel, als die Wölfe kamen. Hamud drohte der Mut zu verlassen, als er sah, wie sechs schlanke schwarze Schatten nacheinander am Ostende der Schlucht in die Tiefe sprangen und sich unten zusammenrotteten. Das kleine Rudel, ein undeutlicher Haufen, rückte in seine Richtung vor.

Er wartete, bis er sie erkennen konnte. Wenn sie sich verteilten und ihn in die Zange nahmen, wurde es gefährlich. Er betete inbrünstig, während er den ersten Stein schleuderte. Der Stein traf einen Wolf direkt auf die Schnauze, und das Tier stürzte zu Boden wie vom Blitz gefällt. Die Wölfe verteilten sich nicht. Sie wirkten ein wenig ratlos. Hamud erledigte noch zwei, die übrigen flüchteten. Er blieb, wo er war, und kurz darauf waren die drei wieder zurück. Hamud erlegte noch einen, die beiden anderen verschwanden auf Nimmerwiedersehen. Hamud wartete noch eine Weile, dann schnitt er den getöteten Wölfen die Kehle durch.

Er wachte noch zwei Nächte, danach war es nicht mehr nötig.

Die Prüfung mit den Wölfen hatte Hamud doch ziemlich mitgenommen. Er hatte ein Stück Nase und ein Stück Ohr eingebüßt, und etliche Wochen konnte er den Kiefer nicht richtig bewegen. Aber während seine Wunden heilten, überkam ihn ein unvergleichliches Gefühl der Erleichterung. Es war eine schwere Prüfung, um sein Leben zu kämpfen, etwas Schwierigeres gibt es wohl kaum, und er dachte bei sich, daß er jetzt wohl alle Prüfungen hinter sich hatte.

Allerdings dauerte es geraume Zeit, bis die Wunden geheilt

waren, und in dieser Zeit litt er arge Schmerzen. Das Ohr wollte überhaupt nicht recht heilen, und das machte ihm Sorgen. Er hatte es zurückgebunden, aber es machte keine Anstalten, wieder anzuwachsen, und er wußte nicht, wie er sich verhalten sollte. Wenn das Ohr an dem Fleck, wo es gewesen war, nicht wieder anwachsen wollte, sollte das offenbar nicht sein. Was aber war seinem Ohr dann wohl bestimmt?

Der April kam, ohne daß er auf diese Frage eine Antwort gefunden hätte. Die Gazellen warfen wieder Junge, und er zog mit vier Jungkitzen von seinem Felsen in die Schlucht um.

In jenem April besaß Hamud statt der einen Gazelle, mit der er angefangen hatte, deren elf.

Die Religion untersagt Voraussagen über Paarung und Mehrung in der Natur, denn beides liegt allein in Gottes Hand. Doch Hamud war sich seiner Pflichten als Haushalter wohl bewußt und versuchte deshalb, Berechnungen anzustellen. Er kam so weit, daß ihm das Problem klar vor Augen stand.

Zur Zeit hatte er elf Gazellen, davon zwei geschlechtsreife Weibchen. Im Laufe des Jahres wurden noch drei Weibchen geschlechtsreif. Die fünf Geißen würden zehn Kitze werfen. Hamud nahm seine Holzkohle und schrieb: Herde insges.: 21 Gazellen. Wieviele von den neuen Gazellen Geißen sein würden, wußte er nicht. Aber wenn die Zahl seiner fünf geschlechtsreifen Geißen nur von fünf auf acht stieg, würden diese acht Geißen sechzehn neue Kitze in die Welt setzen. Hamud schrieb: Insges. 37 Gazellen.

Danach gab er das Rechnen auf. Die Zahlen machten ihm angst. Wie sollte er für eine sich so unglaublich vermehrende Herde sorgen? In wenigen Jahren konnten es Hunderte sein. Da war allein das Problem des Wassers. Jedes Tier brauchte mindestens zwei Liter pro Tag. Zwei Liter pro Tag in sieben regenlosen Monaten für Hunderte von durstigen Tieren... Er schrieb hastig mit seiner Holzkohle. Soviel Wasser hatte er nicht. Und selbst wenn er es hätte, könnte seine Zisterne es nicht fassen. Und selbst wenn sie es fassen könnte – wie sollte er sie füllen? Er müßte tausendmal hinauf und hinunter laufen. Selbst wenn jeder Gang nur fünf Minuten dauerte, wenn er zehn in einer Stunde, achtzig am Tag, zweitausend im Monat schaffte – wenn er ohne Rast und Ruh nur dies und sonst nichts tat (Hamud schrieb und löschte und schrieb neu), konnte er immer noch nicht soviel Wasser herbeischaffen, wie er brauchte.

Er erkannte, daß seine Zisterne nicht groß genug war. Er konnte sich keine Zisterne vorstellen, die groß genug gewesen wäre. Was er brauchte, war ein Zeichen. Als das Wasser in der Schlucht endlich sank, ging er hinaus und sah sich um. Und siehe, Gott hatte ihm ein Zeichen gesandt.

In der Schlucht standen noch Wasserlachen, aber der Zufluß aus den Wadis hatte aufgehört. Hamud bemerkte etwas, was ihm schon im Vorjahr aufgefallen war. Eine der Wasserstellen, am Rand der Schlucht gelegen, war jeden Tag voll, wenn er daran vorbeikam. Der Boden der Schlucht hatte Gefälle, so daß die anderen Tümpel versickerten. Warum blieb hier das Wasser stehen?

Hamud forschte nach. Auch hier versickerte das Wasser, er konnte förmlich zusehen, wie es heraus- und durch die Schlucht fortrann. Wie konnte eine Wasserstelle ständig versickern und trotzdem voll bleiben?

Er forschte genauer nach. Die Wasserstelle lag unter einer Felsspalte. Die Wand hinter der Spalte war naß. Er kletterte hoch. Das Wasser quoll sachte aus einem Loch im Fels. Es war ein kleines Loch, nicht größer als seine Hand, und es kam nicht viel Wasser heraus. Aber es kam stetig.

Hamud sah ein paar Minuten zu. Dann kletterte er die Schlucht hoch. Er kletterte vorsichtig und ließ sich Zeit. Dort oben schlugen zu Beginn des Sommers die Beduinen ihr Lager auf, es war nicht ausgeschlossen, daß sie schon da waren.

Droben war weit und breit kein Beduine zu sehen, dafür aber sah Hamud, wo das Wasser herkam, und er begriff jetzt auch, weshalb die Beduinen jedes Jahr hier lagerten. Dort oben war ein großer Teich. Der Winterregen hatte sich in einem flachen steinernen Becken gesammelt, das nicht, wie die Wadis, in die Schlucht mündete. Um das Becken herum war frisches Grün, und Hamud sah auch, warum das so war. Der obere Rand des Beckens war aus einer anderen Art von Stein, weichem, bröckeligem Material, das noch naß war, obschon das Wasser nicht bis dorthin reichte. Einen guten Meter hoch war der Stein feucht, so hoch hatte das Wasser gestanden, dann war es durch den schlechten Boden gesickert, so wie es durch das Mäuerchen seiner ersten Zisterne gesickert war, und ein Teil des Wassers hatte das Grün hervorgebracht.

Hamud wußte, wo der Rest geblieben war.

Er kletterte wieder nach unten und sah sich die Sache noch einmal an. Das Wasser strömte nicht gerade durch das Loch, es war eher ein stetiges Rinnsal, zwei, drei Liter in der Minute, die sich durch mehrere hundert Meter Fels ihren Weg bahnten. Was hier gebraucht wurde, war ein Pfropfen. Wenn er einen guten Pfropfen hatte, konnte er Wasser nach Belieben zapfen. Das Problem beschäftigte ihn, bis er wieder zu Hause war.

Er suchte nun täglich die Wasserstelle auf. Etwas über sieben Wochen vergingen von dem Zeitpunkt, als er sie zum ersten Mal bemerkt hatte, bis zu ihrem Austrocknen. Der Zufluß nahm in den letzten Tagen ab, immer noch aber kam etwa ein Liter pro Minute heraus.

Hamud machte mit seiner Holzkohle die Rechnung auf. Er rechnete mehrmals nach und betrachtete mit großen Augen seine Zahlen. Über eine Viertelmillion Liter Wasser mußten seit dem Tag, da er es entdeckt hatte, aus dem Loch gesickert sein, das nicht größer war als seine Hand. Gott hatte für ihn aus einem Fels eine Zisterne gemacht. Hamud fiel auf sein Antlitz nieder und dachte an seinen Pfropfen.

Im Sommer 1960 machte er Pfropfen in den verschiedensten Ausführungen und überlegte auch, wie es anzustellen sei, eine Viertelmillion Liter Wasser zurückzuhalten. Den Aufstieg zu dem Loch erleichterten ihm etliche sehr brauchbare Kletterhilfen. Die letzte war ein kleiner, steinerner Sims. Wenn er in diesen Sims eine schräge Nut meißelte, konnte er eine nach innen geneigte Säule bauen. Die letzten Steine der Säule mußte er so behauen, daß Druck von oben ihr nichts anhaben konnte, daß man aber mit einem leichten seitlichen Schlag den Schlußstein würde entfernen können, so daß der Pfropfen herausfiel und man die gewünschte Wassermenge entnehmen konnte.

Den Sommer über arbeitete er in jeder freien Minute an diesem Projekt. Wieder war es ein herrlicher Sommer, erfüllt von Arbeit und schöpferischem Schwung, und er war sehr glücklich. Nur manchmal überlegte er, was in Gottes Ratschluß wohl über sein Ohr bestimmt war. Es schlenkerte an seinem Kopf herum und störte ihn sehr. Wie zum Ausgleich für den harten Winter war der Sommer ungewöhnlich heiß, und weil er stark schwitzte, hatte er Schwierigkeiten, sein Ohr bei sich zu behalten. Er mochte die Schnur binden, wie er wollte, es rutschte immer wieder weg. Davon abgesehen war das Ohr jetzt wieder völlig in Ordnung; es war prächtig geheilt, auch wenn es seine Zeit gedauert hatte. Soweit er das beurteilen konnte, war es in vorzüglichem Zustand, es mochte eben nur nichts mehr mit seinem Kopf zu tun haben. Er ließ sich dadurch nicht an seiner Arbeit hindern, aber es störte ihn und er mußte immer wieder daran denken.

Der Sommer von 1960 war lang, die Hitze wollte nicht weichen. Im Oktober hätte der Regen kommen müssen, aber der Regen kam nicht, und im November war er immer noch nicht da. Hamud machte sich Sorgen. Das Wasser in seiner Zisterne stand tief. Er setzte sich und die Gazellen auf knappe Wasserrationen. Dieser Sommer 1960 kostete ihn viele Klippschliefer.

In der ersten Novemberwoche waren Säule und Pfropfen fertig und brauchten nur noch zusammengebaut zu werden. Er hatte eigentlich auf den ersten Regen warten wollen, damit der Pfropfen sich auf natürliche Weise in dem Loch ausdehnen und er sehen konnte, wo noch etwas zu ändern war. Doch

Mitte des Monats hielt er es nicht mehr aus, er mußte seine Erfindung ausprobieren. Er weichte den Pfropfen über Nacht ein und stieg am nächsten Morgen damit zu dem Loch hinauf.

Der Pfropfen hatte eine knappe Passung. Er mußte ihn mit dem Hammer hineinschlagen. Dann legte er die letzten Steine auf die Säule und klopfte den Schlußstein ein. Er hielt wunderbar. Hamud zerrte und wackelte kräftig, aber auch die Säule hielt. Jetzt brauchte er nur noch zu probieren, ob sich durch den seitlichen Schlag an die kritische Stelle das Loch öffnete. Er legte die Spitze seines Werkzeugs behutsam an den Schlußstein und schlug seitlich dagegen. Der Schlußstein fiel heraus, die Pfropfenstütze fiel heraus – aber der Pfropf blieb stecken.

Hamud saß da und betrachtete den Pfropfen. Der Wasserdruck würde ihn wohl früher oder später herauspressen – falls Wasser da war. Er mochte ihn jetzt nicht mit Gewalt herausholen, sonst ging der Pfropf am Ende noch entzwei, auch wenn er nun nicht genau wußte, ob die Form richtig war. Wenn er den Pfropfen in dem Loch ließ, konnte er ihn wahrscheinlich leicht herausnehmen, sobald er getrocknet war. Ja, das war wohl das Vernünftigste. Er war noch dabei, den Aufbau wieder in Ordnung zu bringen, als ihm plötzlich ein Schaf auf den Kopf fiel.

Er erschrak derart, daß er vom Sims kollerte. Das Schaf rannte kopflos durch die Schlucht und auf die Gazellen zu, kam jedoch nicht weit. Es war geschoren, ein verhungertes, kümmerliches kleines Tier. Für Hamud war es eine Kleinigkeit, es wieder einzufangen, sobald er sich wieder aufgerappelt hatte. Er überzeugte sich mit einem raschen Blick davon, daß es ein Bock war, also nicht zur Zucht taugte, und schlachtete es. Er war noch immer sehr erschrocken, und als er es getan hatte – das alles spielte sich binnen Minuten ab –, wußte er, daß er nicht klug gehandelt hatte.

Er hatte dem Schaf die Kehle durchgeschnitten, und nun saß er da, sah das Blut hervorschießen und die dünnen Beine zucken, obgleich das Tier schon tot war. Und er dachte daran, was seine unkluge Handlungsweise alles nach sich ziehen konnte.

Das Schaf hatte zweifellos einen Besitzer. Nach einem so harten Sommer zählt jedes Schaf – und wird gezählt! Sein Besitzer ruhte sicher nicht, bis er es gefunden hatte.

Hamud wartete, bis die Beine endlich aufhörten zu zucken. Wäre noch Leben in ihnen gewesen, um das Tier bis an den oberen Rand der Schlucht zu tragen, hätte er es hochscheuchen können. Er konnte es immer noch nach oben bringen. Dann fand es sein Besitzer mit durchschnittener Kehle und dachte, jemand der ihm nicht wohlwollte, hätte ihm das angetan. Das konnte zu einem Zerwürfnis unter Brüdern führen, und das wäre mißlich. Andererseits war es denkbar, daß der Besitzer herunterkam und das Schaf suchte, während Hamud gerade dabei war, es nach oben zu bringen, und das wäre noch mißlicher. Alles in allem war es wohl das beste, das Schaf verschwinden zu lassen.

Er trug das Tier nach Hause und verspeiste ein Stück zum Abendessen. Dabei dachte er unablässig weiter nach. Daß ein Beduine nachts in die Schlucht hinunterstieg, war unwahrscheinlich. Die Beduinen waren ein unwissendes, abergläubisches Volk und hatten noch mehr Angst vor der Schlucht als zivilisierte Menschen. Im Augenblick hatte er nichts zu befürchten. Und wenn der Regen kam, würden die Beduinen weiterziehen. Wann fing es wohl an zu regnen?

Er sprach sehr nachdenklich seine Gebete und tränkte und fütterte seine Herde. Er schlief nicht gut, und als er morgens zum Himmel aufblickte, sah er dort nichts Ermutigendes. Er war noch nachdenklicher geworden, nachdem er erneut die Gazellen getränkt und ihnen Fußfesseln angelegt hatte. Auch das Muttertier fesselte er. »Ich komme wieder«, sagte er beruhigend.

Er ging zur Wasserstelle und verbarg sich dort mit seinem Messer und seiner Schleuder. Er war zerschlagen und unausgeruht, aber auch als die Sonne sengend am Himmel stand, ließ seine Wachsamkeit nicht nach. In der Nähe einer seiner früheren Fallen trieb sich ein kleiner Klippschliefer herum, den er leicht hätte erlegen können, obgleich er über hundert Meter weit entfernt war. Hamud verhielt sich ganz ruhig, und der Klippschliefer bemerkte ihn nicht. Den ganzen Vormittag beobachtete er den Klippschliefer. Gegen Mittag, als die Sonne hoch stand, überlegte er, ob er zu den Gazellen gehen sollte. Die Beduinen, das wußte er, schliefen um diese Zeit. Da sah er, wie der Klippschliefer einen Buckel machte und verschwand.

Hamud gab es einen Ruck, sein Haar sträubte sich.

Ein kleiner Stein war in die Schlucht gefallen. Hamud sah ihn auftreffen und blickte an der Wand hoch. Sehr weit konnte er nicht sehen, Büsche und Sträucher wuchsen zu dicht. Sie standen reglos in der Mittagshitze. Hamud spürte, wie die Schweißbäche, die ihm übers Gesicht rannen, sein Ohr wieder ins Rutschen brachten. Daß sich bei großer Hitze Steine lösten, kam vor. Er hoffte inständig, daß keine Steine mehr kamen, damit er bald nach seinen Gazellen sehen konnte.

Dann fiel der nächste Stein, und noch einer. Kein Zweifel, irgend etwas kam von oben herunter.

Hamud hatte sich reichlich mit Steinen versehen, aus seinem Versteck warf er ein paar in die Luft und stieß den leisen Schrei eines Dschinn aus.

Das Steingekoller hörte auf. Lange Zeit passierte überhaupt nichts. Dann kam ein einzelner Stein. Er trudelte nicht an der Wand der Schlucht herunter, er fiel mitten hinein. Jemand hatte ihn geworfen.

Hamud unternahm zunächst gar nichts. Der Dschinn hatte das, was sich da oben herumtrieb, nicht in die Flucht geschlagen. Das war übel. Es mußte sich um einen berechnenden Menschen handeln, der Hamud dazu bringen wollte, seine Stellung zu verraten. Der dachte natürlich nicht daran. Er blieb reglos stehen, behielt die Fallinie im Auge und wartete darauf, daß der andere sich verriet.

Nach einer Weile tat er ihm den Gefallen. Hamud sah deutlich, wie der Stein im Bogen aus dem Busch geflogen kam und wußte nun genau, wo der Mann sich befand. Er kannte den Busch. Er hatte dort einmal eine Falle gehabt. Es war ein Wacholderstrauch, und die Klippschliefer waren ganz wild auf die Beeren, die zwischen das Wurzelgeflecht fielen. Der Mann stand auf den Wurzeln und hielt sich mit einer Hand am Haupttrieb des Busches fest, so wie Hamud selbst es oft genug gemacht hatte. Von dort aus konnte er ungehindert in die Schlucht sehen – und auf Hamud, sofern er wußte, wo er steckte. Der Mann war offenbar sehr gewandt, ein guter Jäger, der sich geschickt abstützte. In dem Busch regte sich nichts, auch bei dem Steinwurf hatte man keine Bewegung gesehen.

Hamud war klar, daß er diesen gewandten und berechnenden Menschen wohl töten mußte.

In diesem Augenblick rutschte sein Ohr aus der Schnur. Er machte keine Anstalten, es wieder zurückzubefördern. Schweiß rann ihm in die Augen, aber er blinzelte nur, bis er wieder klar sehen konnte, und beobachtete unentwegt den Busch. Von dort aus zog sich eine mit Sträuchern bestandene Rinne in die Schlucht hinunter, durch die bei starkem Regen Wasser lief. Beim Abstieg war der Mann größtenteils in Deckung, aber hier und da sah man sicher etwas durch die Blätter schimmern. Hamud war nur wichtig, wie groß er war und wo sich sein Kopf befand.

Fast eine Stunde blieb der Mann regungslos in dem Busch. Hamud beobachtete ihn ebenso unbeweglich. Langsam zog die Sonne über den Himmel. Dann setzte der Mann sich in Bewegung. Hamud sah eine Schnalle aufblitzen: eine Sandale. Den hellen Schimmer einer Keffiye: ein Kopf. Ein kleiner Mann, kleiner als er, dünn wie eine Schlange.

Beim Abstieg konnte er sicher nicht in die Schlucht blicken. Er mußte auf seine Füße sehen. Hamud griff sehr langsam nach der Schleuder und legte einen Stein ein. Am nächsten Busch würde der Mann stehenbleiben, und wenn er dort angekommen ist, dachte Hamud, habe ich ihn. Deckung hin,

Vorsicht her – Hamud wußte, wo der andere hintreten und wo er sich festhalten mußte. Und wo sein Kopf war.

Als der Mann wieder losging, hob Hamud langsam die Schleuder, spannte sie und wartete wieder, bis sich nichts mehr regte, dann legte er noch ein paar Sekunden zu und sagte für sich: »Im Namen des Gnädigen, des Barmherzigen!«, denn er hatte nichts gegen den Mann, und ließ den Stein von der Schleuder schnellen.

Der Mann stürzte aus dem Strauch, rollte noch drei, vier Sträucher nach unten und lag dann still, die Beine im Geäst verfangen, mit Kopf und Schultern auf einem schmalen Felsvorsprung. Hamud wartete eine Weile. Ich muß ihn herunterholen, dachte er, legte einen neuen Stein ein, zielte und traf den Mann am Kopf. Der Aufprall riß dem Mann den Kopf herum, aber er fiel nicht von dem Sims herunter.

Hamud stand auf, streckte sich müde, wischte sich den Schweiß von Kopf und Hals und band sein Ohr wieder an. Er mußte wohl oder übel zu dem Mann hinaufklettern, um die Sache zu Ende zu bringen. Er nahm einen tiefen Zug aus seiner Wasserflasche und begann den Aufstieg. Das Gelände war unwegsam, und er war müde, außerdem war es ihm leid um den Beduinen, einen armseligen, mageren kleinen Burschen, der um die zwanzig sein mochte.

In seinem früheren Leben hatte Hamud häufig Schafen und Ziegen die Kehle durchschneiden müssen. Später waren es Menschen, danach allerlei andere Tiere gewesen. Doch diesen armseligen, mageren Hals durchzuschneiden, widerstrebte ihm. Die Beduinen mußten sich mühsam genug durchschlagen. Sollte er mit einer einzigen Bewegung auf immer beenden, was sich so zäh behauptet hatte? Aber er tat es ja nicht für sich. Er kletterte also seufzend weiter, und dabei rutschte sein Ohr wieder aus der Schnur. Er beschloß, es erst wieder anzubinden, wenn er getan hatte, was er tun mußte.

Der Mann regte sich nicht, und so beugte er sich über ihn, legte sich den kleinen Kopf zurecht, murmelte wieder: »Im

Namen des Gnädigen, des Barmherzigen«, und beugte sich schon vor, als der Beduine die Augen öffnete und zubiß. Er biß in das, was ihm am nächsten war, nämlich Hamuds Ohr.

Hamud war sehr verblüfft und fuhr mit der freien Hand unwillkürlich an das Ohr. Dabei geriet ihm ein Finger in die Nase des Beduinen. Das gab diesem Gelegenheit, sich herumzudrehen und Hamud sein Messer abzunehmen. Sie kämpften, Hamud versuchte verzweifelt, sich zu befreien, aber da biß der Beduine ihm das Ohr ab. Fassungslos und entsetzt sah Hamud sein Ohr im Mund des Beduinen, und dieser selbst war so verblüfft, daß ihm Hamud das Messer wieder entwinden und zustechen konnte. Doch der Beduine behielt das Ohr zwischen den Zähnen. Mit wütendem Gurgeln drückte Hamud ihn mit dem Knie nach unten und fuhr ihm mit dem Messer über die Kehle, hin und her, und der Beduine machte den Mund auf, und das Ohr fiel heraus, und Hamud nahm es an sich.

In einer letzten Kraftanstrengung befreite der Beduine seine Beine aus dem Strauchwerk und schlang eines um Hamud. Hamud erhob sich halb, und in diesem Augenblick stieß ihm der Beduine den anderen Fuß mitten ins Gesicht. Hamud stolperte rückwärts über das Bein hinter sich und fiel von dem Sims. Er stürzte schwer in die Schlucht und landete mit dem Rücken auf einem großen Felsbrocken.

Er bekam kaum Luft, konnte nicht aufstehen, und ihm war sehr übel. Nach ein paar Minuten versuchte er es nochmals. Es ging noch immer nicht.

Oben rang der Beduine mit dem Tod. Hamud konnte ihn sehen. Der Beduine versuchte, sich mit den Armen hochzustemmen, aber sie trugen ihn nicht. Er war blutüberströmt. Kraftlos sank der Körper vornüber, so daß der Kopf über der Felsplatte hing und auf Hamud herunterblickte. Der Beduine scharrte mühsam ein paar Steine zusammen, aber er hatte keine Kraft mehr, sie nach Hamud zu werfen. Sie kollerten nach unten, ohne Schaden anzurichten. Der Mund bewegte sich, Worte waren nicht zu verstehen, aber Hamud wußte, daß der Beduine ihn verfluchte und Gott bat, ihn im Höllenfeuer brennen zu lassen.

Hamud sah ihn sterben und versuchte wieder aufzustehen, doch es ging noch immer nicht. Offenbar waren Muskeln zerrissen und Knochen gebrochen. Er wollte abwarten, bis der Schock nachgelassen hatte und er wieder etwas bei Kräften war, und dann versuchen, sich von dem Stein herunterzurollen. Er bekam wieder etwas mehr Gefühl in den Gliedern. Das Messer spürte er nicht, er hatte es wohl verloren. Aber in der anderen Hand spürte er etwas. Es war sein Ohr.

Im Laufe des Nachmittags versuchte er mehrmals, sich von dem Stein herunterzurollen. Er hatte kein Gefühl in den Beinen. Er konnte den Kopf hin und her drehen und die Arme ein wenig heben, aber nicht bis zur Höhe des Steins, auf dem er lag. Es war ein großer Stein, und er lag ganz mit dem Rücken darauf und fand seitlich keinen Halt, um sich hochzustemmen oder sich hin- und herzurollen. Vielleicht war seine Wirbelsäule gebrochen.

Die Sonne hatte sein Gesicht verbrannt, und er hielt die Augen geschlossen. Er sorgte sich sehr um die Gazellen und überlegte, was Gott wohl über sie beschlossen hatte. Sie waren an den Füßen gefesselt, sie konnten nicht ans Wasser. Er selbst hatte schrecklichen Durst, dabei hatte er noch einmal getrunken, ehe er den Aufstieg begonnen hatte, um dem Beduinen den Rest zu geben. Wie mochte es da erst den Gazellen gehen?

Die Sonne sank, und Hamud betete. Er hörte die Gazellen blöken, deutlich hörte er den Ruf des Muttertiers heraus, aber er versenkte sich in sein Gebet und hielt sich ganz still auf seinem Stein. Wenn er fertig war und Kraft gesammelt hatte, wollte er es, gestärkt durch das Gebet, noch einmal ganz energisch versuchen.

Er beendete sein Gebet, blieb noch ein, zwei Minuten liegen und versuchte es. Er befahl seinen Beinen, sich zu bewegen, aber sie folgten ihm nicht. Kopf und Arme konnte er bewegen, aber nichts sonst. Er machte noch einen Versuch und weinte.

In dieser Nacht fand er keinen Schlaf, und als es dämmerte, sprach er seine Gebete und versuchte es erneut und weinte.

Die Sonne ging auf, und er sah den Beduinen mit seiner durchschnittenen Kehle, wie er auf ihn herabblickte. Sein Mund war nach dem letzten Fluch noch leicht geöffnet, und als die Sonne wieder auf Hamuds Gesicht niederbrannte, überlegte er, ob Gott den Fluch vernommen hatte, ob vielleicht der Geist Gottes in der Schlucht den Fluch des Beduinen erhört hatte, weil er dachte, sein Diener Hamud habe ihn ausgestoßen. Nein, das konnte nicht sein, Hamud wußte, daß ihm die Gedanken entglitten, und er versuchte, sie wieder einzufangen. Doch die Sonne brannte ihm durch die geschlossenen Augen, es gab keinen Schatten, in den er sich mit seinen Gedanken hätte zurückziehen können, um nach einem Sinn zu suchen.

Nein, nirgends war ein Sinn in dem weißen, sengenden, dursterzeugenden Licht. Er hörte eine Stimme knistern wie brennendes Papier, das von einem Fluch geschwärzt war. Er suchte nach dem Gnädigen, dem Barmherzigen, überall suchte er nach ihm, und hinter dem dunkelnden Licht war der Gnädige, der Barmherzige, und antwortete ihm, aber ganz leise, ganz fern ... da war ein Blöken, nur noch Erinnerung ... verwehend ... verweht ...

In seiner Not fragte Hamud aus tiefster Seele, warum er verlassen worden war, und erflehte ein Zeichen. Doch als das Zeichen kam, vermochte er es nicht zu deuten. Er versuchte es in der Schwärze zu erkennen, versuchte es immer wieder, als es sich wiederholte und zu sprechen begann. Er wußte, daß irgendwo in dem Zeichen der Name Gottes geschrieben stand, aber das Zeichen war zu schnell, und er war zu langsam und zu unwürdig, und er weinte. Er weinte so sehr, daß sein Gesicht naß wurde. Er weinte so sehr, daß er naß wurde bis auf die Haut. Doch noch immer konnte er das Zeichen nicht deuten.

4

Oben, am Rand der Schlucht, erschien das Zeichen viel früher, denn es zog von Osten auf, und dort erkannte man es sogleich.

»Bei Gott, das ist vortrefflich. Eilt, meine Kinder, es kommt keinen Moment zu früh«, sagte Musallem. Er war einundachtzig und hatte noch erstaunlich scharfe Augen. Schon seit ein paar Tagen hielt er Ausschau nach dem Zeichen und war denn auch der Erste, der es erspähte. Seit einer Stunde ließ er sich darüber aus, den Blick noch immer aufmerksam nach Osten gerichtet, während um ihn herum alles in fieberhafter Bewegung war.

»Bei Gott, wieder! Seht doch nur! Wahrhaft vortrefflich, in der Tat. Wieder, wieder! Ja, ER ist gut, ER wird uns beschenken, meine Kinder, ihr werdet es sehen. Jetzt eilt euch!«

Er störte nicht sehr, es war nicht nötig, ihn zur Seite zu drängen, aber er rannte hin und her und sprang auf und ab und erschreckte die Kamele. Sein jüngster Enkel, Yasir, unterbrach auf Anweisung der anderen für ein paar Minuten die Arbeit, um dem Alten eine Haschischzigarette zu bereiten, damit er sich beruhigte.

Wenn er Haschisch hatte, wurde der Alte immer ruhiger. Er setzte sich zum Rauchen auf einen Stein am Rand der Wasserstelle, die nur noch eine schlammige Pfütze war, sah noch immer gen Osten und gackerte hin und wieder verzückt, wenn er dort die Blitze zucken sah. Die Schafe und Ziegen und Kamelstuten waren schon nach Osten unterwegs.

Sie hatten die fünfundzwanzig schwarzen Zelte abgebaut und die meisten schon den Kamelhengsten aufgepackt. Die Kamele waren in schlechter Verfassung und stöhnten erbärmlich beim Festzurren der Lasten, etliche waren nur mit einer Handvoll Datteln oder einem Tritt zum Aufstehen zu bewegen, doch von den großen Zelten lagen noch viele unverpackt auf dem Boden, als der Donner näher kam.

Trotzdem nahm sich Afra die Zeit, weinend zu dem Alten zu laufen, nachdem sie es vergeblich bei den anderen versucht hatte. »Wie könnt ihr ohne ihn weiterziehen? Bitte rede mit ihnen, Großvater.«

Der Alte nahm, ohne den Blick vom östlichen Himmel zu wenden, einen kleinen Zug aus seiner Zigarette und erwiderte abwesend: »Mische dich nicht in Männersachen, Kind. Dazu ist keine Zeit. Er hat nie was getaugt, das haben dir alle gesagt. Bei Gott, schau nur! Gottes Güte ist groß.«

»Er liegt irgendwo und kann sich nicht rühren. Er ist dem Schaf nachgegangen, ich lasse ihn nicht im Stich. Er war der einzige Mann im Lager.«

Der Alte wandte den Blick für einen Augenblick von Gottes Güte ab und betrachtete seine Enkelin mit einigem Mißfallen. »Deine Mutter war ein geschwätziges, nichtsnutziges Weib. Sie brennt jetzt in der Hölle. Und du bist nicht besser als sie. Wer hat dich geheißen, einen Ma'ara zu nehmen? Was haben sie an Überlieferungen? Was haben sie an Glauben? Er ist weggelaufen, das Schaf hat er mitgenommen. Du kannst froh sein, daß du ihn los bist, und er wird in der Hölle brennen, verlaß dich darauf.«

»Meine armen Kinder! Wer wird mir helfen?« jammerte die junge Frau verzweifelt.

»Gott wird helfen, du Dumme«, fuhr der Alte sie an. »So wie er allen hilft. Er wird einen anderen für dich finden, *wir* werden einen anderen für dich finden. Was ist schon dabei? Jetzt geh und faß mit an, solange dein Rücken noch heil ist. Wir müssen los. Bei Gott, schau nur, horch nur, es ist wahrhaft vortrefflich.«

Nicht nur zu hören und zu sehen gab es jetzt Vortreffliches. Tropfen fielen, groß wie Untertassen, unheimlich groß, die Luft schien sich zu verflüssigen. Das so sehnsüchtig Erwartete kam mit erschreckender Plötzlichkeit. Ein gewaltiger Wind erhob sich, noch ehe die Zelte aufgeladen waren. Der Alte war überall und nirgends, der Wind packte ihn und wehte ihn zur Seite, wehte ihn in Pfützen, er war leicht berauscht; alle waren leicht berauscht. Selbst die unglückliche Afra lachte und weinte abwechselnd. Die Zeit der Dürre war lang gewesen.

Endlich waren sie bereit zum Abmarsch. Der Alte lehnte es kategorisch ab, auf einem Esel zu reiten. »Was, ihr glaubt, ich kann nicht Schritt halten? Ich laufe besser als ihr alle miteinander, ich könnte euch allen noch davonlaufen. Mein Vater, möge er alle Wonnen genießen, nahm mich mit drei Jahren vom Esel. ›Lauf, kleiner Bedu‹, sagte er, und seither laufe ich, zweimal im Jahr. Und bei Gott, ich *werde* laufen, zweimal im Jahr, bis Erde meinen Mund füllt. Was? Wer sollte mich hindern? Gebt mir den Knirps da. Freilich, sein Vater war ein Ma'ara, aber bei Gott, der Kleine hier ist keiner.«

In der Feststimmung des ersten Marschtages ließ man dem Alten stets den Willen, also nahmen sie den kleinen Jungen vom Esel und ließen ihn neben ihm herlaufen.

»Wer bist du, Junge? Mansur?«

»Musallem, Urgroßvater.«

»Musallem? Ja, bei Gott. Vortrefflich, ja. Ganz vortrefflich«, freute sich der Alte. »Zwei Musallems auf dem Marsch, so hat Gott es gewollt. Du bist drei, Musallem?«

»Vier, Urgroßvater.«

»Um so besser. Vortrefflich, fürwahr. Gib mir deine Hand, *halaila*. Zwei Beduinen auf dem Marsch, wie? Zwei Musallems. Gottes Güte hat kein Ende, denke immer daran, Musallem, hast du mich verstanden?«

»Ja, Urgroßvater.«

»Ja. Was bist du, Musallem, weißt du das? Welchem Volke entstammst du?«

»Dem Volk der Beduinen, Urgroßvater, ich bin ein Bedu.«

»Ganz recht, kleiner Bedu, ganz recht, *halaila*. Welch vortreffliches Kind. Ein wahrlich vortreffliches Kind, vom Blute seines Urgroßvaters. Doch dein Stamm, Musallem... Was hat sie dir gesagt?«

»Mein Vater ist ein Ma'ara, meine Mutter eine Wahir.«

»Und du?«

»Ich komme aus den Zelten der Wahir, Urgroßvater. Wie du. Wir sind gleich.«

»Bei Gott, bei Gott«, sagte der Alte. »Ja, Gott ist groß. Wie weiß das Kind sich auszudrücken. Es ist eine Gabe Gottes. Höre mir zu, Musallem, ich werde dir viel erzählen. Alles werde ich dir erzählen, wenn Gott es will. Ich bin der Älteste, du bist der Jüngste, und was ist dazwischen nicht alles geschehen. Ach ja!«

Der Junge war nicht der Jüngste, aber er schwieg wohlweislich, was ohnehin am einfachsten war, denn sie gingen in östliche Richtung, der Wind blies ihm ins Gesicht und füllte ihm den Mund mit Sand, sobald er ihn aufmachte. Der Alte hielt den Kopf gesenkt und spuckte von Zeit zu Zeit Sand, doch er war berauscht von dem Marsch und von diesem vortrefflichen Urgroßenkel und konnte nicht aufhören zu reden.

»Wir stammen von Ismael ab, weißt du das, Musallem?«

»Ismael?«

»Das Volk der Freien. Sie versuchen uns zu vernichten, Musallem. Sie hassen die Freiheit. Sie wollen uns alle in die Gefängnisse stecken, die sie sich gebaut haben. Draußen haben sie Angst. Es gibt nur zwei Sorten von Menschen auf der Welt, *halaila.* Die *al Hadar,* die sich in Häusern gefangengesetzt haben, und die *al Baida,* das sind wir, die Beduinen. Wir sind frei. Wir bauen auf Gottes Güte. Holla, was ist das? Wo wollt ihr hin?« unterbrach er sich, als die Kolonne nach rechts schwenkte.

»Wir wenden uns etwas nach Süden, Großvater«, sagte Yasir und faßte neben ihnen Tritt. »Weißt du nicht mehr? Die Offiziere, die uns schon mal angehalten haben ... «

»Möge der Leib ihrer Mütter verdorren. Und der ihrer Weiber und Töchter«, setzte er hinzu, denn jetzt erinnerte er sich wieder. Damals hatte es auf Messers Schneide gestanden. Hätten sie nicht reichlich fette Lämmer gehabt, frisches Fleisch, das sie als Bakschisch bieten konnten, hätte man sie zurückgeschickt oder – was wahrscheinlicher war – der Polizei übergeben. Heutzutage mußte jedermann Papiere haben, sich numerieren lassen. Für die Gefängnisse. Diesmal hatten sie nichts zu bieten, die Schafe waren mager, die Kamele schleppten sich mühselig dahin. Bei Gott.

»Ach, Musallem, Musallem, wie anders war das früher«, sagte der Alte. »Unendlich war unsere Zahl. Nur Gott konnte uns zählen. Von der Wüste im Süden zu der Wüste im Osten gab es nur uns. Stell dir das vor. Als ich in deinem Alter war, mit drei Jahren – du bist drei, Musallem?«

»Vier, Urgroßvater.«

»Vielleicht war ich auch vier. Nur uns gab es dort. Wer die Wüste durchqueren wollte – sagen wir ein Hundesohn mit seiner Karawane aus Damaskus nach... nun, wohin du willst, Bagdad, Mosul, gleichviel... –, mußte uns darum bitten. Er mußte zahlen. Es war alles unser. Große Stämme habe ich noch erlebt. Bei Gott, was für Kämpfe, was für Überfälle! Die Kamele, die Herden, was für lohnende Raubzüge, wenn man etwas wagte. Ja, bei Gott. Aber es ist wohl Sein Wille. Doch der ist nicht leicht zu verstehen heutzutage. Die Gefängnisse sind größer geworden. Wieviele von uns sind übriggeblieben? Hörst du mir zu, Musallem?«

»Ja, Urgroßvater.«

»Sie treten Ismael in den Staub. Sie können es nicht ertragen, daß wir frei sind, daß nur Gott uns zählt. Sie meinen, sie könnten tun, was Gott tut, diese Gotteslästerer, mögen sie in der Hölle brennen. Du siehst ja, wie es geht, *halaila*. Sie siedeln auf einem Stück Land. Sie säen, sie müssen dableiben, um zu ernten, was sie gesät haben, sie bauen Häuser, mögen sie alle zusammenstürzen. Ja, und dann müssen sie sich Gedanken darüber machen, was sie anbauen sollen, um all die Menschen zu nähren und zu kleiden, ganze Dörfer voller Menschen, und wenn sie nichts anbauen, müssen sie sterben – wenn es doch nur geschähe. So sitzen sie fest wie Gefangene und müssen sich immer mehr Land nehmen, damit sie mehr anbauen und mehr Dinge verfertigen können, und das Gefängnis wird immer größer, und sie wollen, daß wir zu ihnen in das Gefängnis kommen. Weißt du, was das ist, Musallem?«

»Ja, Urgroßvater.«

»Was ist es? Sag!«

»Schlimm.«

»Es ist mehr als schlimm. Es ist wider Gott. Es ist des Teufels. Und auch dich wird er in die Falle locken wollen, *halaila,* glaub es mir, ich habe meine Erfahrungen. Er wird dir Samen geben und ein Haus, in dem du warten kannst, bis der Samen aufgegangen ist. Und daraus erwächst alles Übel. Das ganze Höllenreich ist daraus erwachsen. Lege nie einen Samen in die Erde, *halaila.* Denke daran, daß du von Ismael abstammst. Geh du, wohin Gott dich schickt, und iß, was Er dir schenkt, Musallem.«

»Wie du, Urgroßvater.«

»Bei Gott, bei Gott«, ereiferte sich der Alte. »Die Vortrefflichkeit dieses Kindes. Ach, Musallem, es gibt vielerlei, was ich dir erzählen muß.«

Und während sie weiterzogen, erzählte er.

Sie wanderten mehrere Stunden, erst nach Süden, dann, vor Anbruch der Dunkelheit, wieder in östliche Richtung. Auf steinigem Gelände, das nicht verschlammen konnte, schlugen sie ihr Lager auf, an einem Hang, an dessen Fuß es Wasser gab. Zehn Tage lagerten sie dort und rasteten, und danach hatte sich das Vieh erholt, denn um sie her wurden auf wunderbare Weise Gras und Weideland grün, wie jedes Jahr nach dem Regen. Es wurde immer besser, je weiter sie nach Osten kamen, zu ihren eigentlichen Weidegründen, die den ganzen Sommer über dürr gewesen waren. Sie lagerten und wanderten weiter und lagerten und wanderten weiter, zehn Tage hier, zwei Wochen da, und trafen es immer gut, und der Alte erzählte Musallem praktisch alles, was er wußte. Er merkte, daß der Knabe trotz des nichtswürdigen Ma'ara, der ihn gezeugt hatte, von seinem Blute war.

Überall regnete es stetig, denn dies waren die ersten, heftigen Regenfälle, und die Welt war ein Wunder. Auch auf den Lagerplatz, den sie verlassen hatten, regnete es, und die Wasserstelle an der Schlucht füllte sich bis zum Rand. Später aber sank der Pegel, denn oben sickerte das Wasser durch das poröse Gestein. Ein Teil des Wassers tränkte den umliegenden Boden, der bald wieder üppig grünte, der Rest begann, wie jedes Jahr, durch mehrere hundert Meter Fels hindurch nach unten zu rinnen.

V.
Jonathan

1

Motke Bartov verließ mit langen Schritten das Issischkin-Institut der Naturgeschichte im Kibbuz Dan und stieg in seinen Jeep. Er hatte im Kibbuz übernachtet, um früh keine Zeit zu verlieren, denn er hatte heute noch viel vor. Ehe er den Motor anließ, griff er in die Aktentasche und warf einen raschen Blick in seinen Terminkalender. Dienstag, 22. Juni 1965: Vormittags Kibbuzim Gei-Harim und Dafna, nachmittags Mayan Baruch und Kfar Yuval. Sein erstes Ziel war Gei-Harim. Also los. Es war ein herrlicher Tag, heiß, aber rappeltrocken, die Luft roch nach Bergen. Er liebte diese ganze Gegend, am allerliebsten aber war ihm die Fahrt nach Gei-Harim. Die gute Asphaltstraße folgte dem Auf und Ab der Hügel, schwang und schlängelte sich unter den Kiefernwäldern dahin, die sich an den Hängen entlangzogen. An dem Hinweisschild bog er ab und rollte zum Kibbuz hinunter. Auch diese Strecke liebte er. Sie war sehr ansprechend gestaltet, eine wahre Freude für den Naturfreund. Zypressen, Kiefern und Eukalyptusbäume säumten die Straße und verbargen die Maschinenhallen, die Sauerwarenfabrik und die Reparaturwerkstatt. Daran konnten sich andere Kibbuzim ein Beispiel nehmen!

Motke stellte den Jeep auf dem Parkplatz ab und ging mit seiner Aktentasche zur Schule. Auch hier konnte er vielerlei Erfreuliches registrieren. Die Leute vom Kibbuz Gei-Harim hatten entschieden Sinn für das Schöne und waren für seinen Plan bestimmt zu haben.

Unterwegs wurde er immer wieder von Kibbuznik angesprochen. »Schalom, Motke.«

»Schalom, Schalom.«

»Was macht die Natur?«

»Blüht und gedeiht.«

Er sprach kurz mit Esther, der Schulleiterin, während sich
die Kinder in dem größten Klassenzimmer zusammenfanden.
Auch an dem Klassenzimmer hatte er nichts auszusetzen. Die
Natur war hier auf ganz zwanglose Weise präsent. Das Wer-
beposter, das er so gut kannte, war sorgfältig an der Wand
befestigt. Er setzte die Brille auf. Auch die Briefmarken im
Werte von fünfzehn und vierzig Agorot, die des gleichen An-
lasses gedachten, hingen dort, zwei ganze Bogen. Von gezack-
ten Rändern eingerahmt, sah ihm in vielfacher Ausfertigung
Gazella smithii entgegen, deren prachtvolles Gehörn schwarz
vor dem hellen Horizont stand, so wie General Naftali Mor es
auf seinem berühmt gewordenen Foto festgehalten hatte.

Als alle Kinder da waren, räusperte sich Motke.

»Guten Morgen, liebe Kinder«, sagte er.

»Guten Morgen, Motke«, erwiderten die Kinder höflich.

»Ich habe euch etwas zu erzählen, Kinder.«

Und Motke erzählte.

Die Naturparkbehörde hatte einen Wettbewerb ausge-
schrieben, einen Wettbewerb mit wunderschönen Preisen.
Zu gewinnen waren zweiwöchige Ferienreisen in einen beliebigen Teil des Landes, jeder Tag mit langen Ausflügen und
Exkursionen. Aber ebenso aufregend wie die Preise war der
Wettbewerb selbst. Es ging darum, in Israel vorkommende
Arten zu sammeln, so viele wie möglich. Die Preise wurden regional vergeben, sonst wäre eine Region, die besonders
zahlreiche Arten aufzuweisen hatte, ja allzusehr bevorzugt
worden. Zuerst aber ein Wort über Arten.

Eine Art – das konnte ein Grashalm sein oder auch eine
Kuh. Bewertet wurde nach einem Punktsystem, und zwar
wurden jeweils um so mehr Punkte vergeben, je seltener eine
Art war. Um eine möglichst hohe Punktzahl zu erreichen,

war es ratsam, nach möglichst ungewöhnlichen Arten Ausschau zu halten. Nun gab es aber Leute, die nicht so scharfe Augen hatten und vieles übersahen. Oft waren das Träumer, die mit der Nase auf wichtige Dinge gestoßen werden mußten, sie aber dann sehr schön beschreiben konnten. Das war die Chance für künftige Poeten, denn im zweiten Teil des Wettbewerbs waren im weitesten Sinne literarische und künstlerische Talente gefragt.

Die gefundenen Arten mußten beschrieben und illustriert werden. Wie? Die Beschreibung mußte wissenschaftlich sein – das war wichtig –, aber auch so anschaulich, daß jeder etwas dazulernen konnte. Wenn man zwei Leuten eine Bohnensprosse zeigte, sah der eine darin schlicht und einfach eine Bohnensprosse, der andere das ganze Wunder der Schöpfung.

In Israel standen – das wißt ihr ja, Kinder – viele Arten unter Naturschutz, es war verboten, sie an sich zu nehmen. Das »Sammeln« war also in übertragenem Sinne gemeint. Man »sammelte«, indem man genau aufzeichnete, wo und wann man die Art gesichtet hatte, und möglichst viele zusätzliche und erläuternde Angaben dazu machte.

Startschuß für den Wettbewerb war in der folgenden Woche, genau am 1. Juli, mit dem Beginn der zweimonatigen Sommerferien. Er sollte sich über ein ganzes Jahr hinziehen, um alle Jahreszeiten zu erfassen. Die Ergebnisse mußten bis zum 1. Juli nächsten Jahres eingegangen sein, kurz darauf erfolgte dann die Bekanntgabe der Gewinner, die ihre Ferienfahrten im nächsten Sommer antreten konnten.

Motkes scharfem Blick war nicht entgangen, daß die Wartezeit bis zur Vergabe der Preise manch einem zu lang erschien und das Interesse zu erlahmen drohte. Er spielte deshalb seinen letzten Trumpf aus. Für die Gewinner gab es außer den Preisen noch etwas Aufregendes. Sie wurden nämlich durch ihre Beiträge zu Schriftstellern. Ganz recht, zu richtigen Schriftstellern, denn inzwischen – deshalb die sorgfältig abgestimmte Zeiteinteilung – erschienen alle prämiierten

Beiträge in einem Buch. Die Illustrationen konnten entweder die Gewinner selbst beisteuern – deshalb sollten die Beiträge nach Möglichkeit bebildert sein –, oder richtige Künstler übernahmen sie. »Die Arten Israels von den Kindern Israels« sollte das Buch heißen und nicht nur auf Hebräisch, sondern auch in anderen Sprachen erscheinen. Ein Gewinner aus – na, sagen wir Gei-Harim – konnte also sicher sein, daß sein Beitrag in der ganzen Welt gelesen wurde. War das nicht toll?

Erleichtert stellte er fest, daß seine Zuhörer es offenbar auch toll fanden, und ließ es dabei bewenden. »Esther hat die Anmeldeformulare, Kinder. Jetzt seid ihr am Zuge.«

»Trinkst du noch ein Glas Kaffee mit mir?« fragte Esther, als er seine Aktentasche zuschnallte.

»Schönen Dank, aber ich kann mich nicht aufhalten. Wie geht es so bei euch?«

»Alles beim Alten. Nächtliche Schießereien, wie üblich.«

»Irgendwas Besonderes?«

»Granaten und Mörser, wie immer. Neulich gab es mal Abwechslung, da haben die Fedayin nachts Brandbomben in die Baumwolle geworfen.«

»Die Kinder kommen um ihren Schlaf, wie?«

»Und schreiben rührende Aufsätze darüber, daß man die Araber nicht hassen darf, du weißt ja, wir pflegen das hier ein bißchen. Eine Spur geisttötend auf die Dauer.«

»Na, ich weiß nicht... Da gibt es bestimmt Schlimmeres«, versetzte Motke mit ernstem Gesicht. Er wußte nie so recht, wie er mit Esthers Humor umgehen sollte. »Wie ist meine Rede angekommen?«

»Sehr gut. Die meisten machen bestimmt mit.«

»Glaubst du?«

»Ganz sicher.«

»Sollte mich freuen. Also dann... Schalom.«

»Schalom, Schalom.«

Die meisten, dachte Esther. Aber nicht alle.

Als sie später an der Tür stand und Namen abhakte, sah sie ihre Voraussage bestätigt. Die Kinder drängelten sich nach den Anmeldeformularen, manche nahmen gleich zwei, weil sie jemandem eines mitbringen wollten, andere kamen noch einmal zurück, weil ihnen weitere Abnehmer eingefallen waren. Jonathan stahl sich ohne Formular an Esther vorbei.

»Und was ist mit dir, Jonathan?« rief sie ihm nach.

»Hab schon.«

»Bist du abgehakt?«

»Weiß ich nicht. Na schön, ich nehm nochmal«, murrte der Junge, als Esther die Namen durchging, nahm sich ein Formular und machte, daß er fortkam.

Esther stammte aus Brixton in Südlondon und fand insgeheim, daß diesem Lauser und Sprücheklopfer, Faulpelz und Außenseiter ein Satz heißer Ohren durchaus dienlich gewesen wäre. Als Kibbuznik und erfahrene Pädagogin durfte sie dies natürlich gar nicht denken. Ein Kibbuzkind, dessen Verhalten so augenfällig von dem der anderen Mitglieder seiner Altersgruppe abwich, hatte offensichtlich Probleme. Das konnte man in jedem Lehrbuch nachlesen. Sie konnte sich auch denken, was für Probleme das waren. Und sie traute es Jonathan durchaus zu, daß er es selber in den Lehrbüchern nachgelesen hatte. Er war ja schon lange, ehe das Problem akut geworden war, ein Märchenerzähler gewesen.

Ein Junge mit lebhafter Phantasie, verbesserte sie sich, während sie nach Hause ging.

2

Das Schulgebäude war noch nicht außer Sicht, da hatte der Lauser Jonathan sein Anmeldeformular bereits zerfetzt und die Schnipsel in alle Winde verstreut. Er überlegte, ob er heute nach Hause gehen sollte. In letzter Zeit hatte er sich dort nicht oft sehen lassen. Er war neun und hatte das brandrote Haar seines Vaters geerbt. Nein, er würde nicht nach Hause gehen, sondern ins Schwimmbad. Dorthin gingen seine Eltern nicht gern ohne ihn; sie würden zu Hause auf ihn warten. Wenn er nicht kam, konnten sie sich denken, wo er steckte. Und wenn sie ihn dann aufgestöbert hatten, machte er sich davon – und zwar so, daß sie sich furchtbar ärgern mußten. Es fiel ihm auch gleich etwas ein. Klar, das war es. Er sah förmlich das Gesicht seines Vaters vor sich, wenn er es sagte. Und das Gesicht seiner Mutter.

Dina war schon da. Mit ihren Eltern. Er machte einen weiten Bogen um sie, aber dann besann er sich. Warum soll ich eigentlich Dina aus dem Weg gehen, dachte er, richtig wäre es eigentlich anders herum. Er wußte, daß Dina furchtbar gern vom Fünfmeterbrett gesprungen wäre, sich aber nicht traute. Er wußte auch, daß ihre Eltern es gern sähen, wenn sie es lernte. Er kletterte die Treppe hinauf und federte am Ende des Sprungbretts, bis er sicher war, daß sie ihn gesehen hatte. Dann machte er drei Sprünge hintereinander. Astrein, dachte er.

Jonathan sah, wie Dinas Vater sich offenbar lobend über diese Leistung äußerte, und kletterte zum vierten Mal die Treppe hinauf. Zu einem vierten Sprung kam er nicht mehr ganz. Dina lief um das Becken herum und ließ sich direkt in seiner Sprungbahn ins Wasser fallen. Im Vorbeitreiben schielte sie zu ihm hinauf, wölbte den Bauch hoch und stieß kleine Quäklaute aus. Sie waren so leise, daß ihre Eltern sie nicht mitkriegten, doch Jonathan hörte sie und wäre Dina am liebsten mit dem Kopf voran auf den Bauch gesprungen, um ihr eklig wehzutun oder sie mittendurch zu brechen.

Ersatzweise paßte er es sekundengenau ab, daß er in Hockstellung direkt neben ihr im Wasser landete. Gedeckt durch die aufsprühende Wasserfontäne zog er Dina nach unten, setzte sich auf sie, schlang die Beine um ihren Hals und drückte fest zu. Dabei riß er sie so kräftig am Haar, daß ein Büschel in seiner Hand zurückblieb. Sie wehrte sich und biß ihn, aber es war keine Frage, wer gewonnen hatte. Das Ganze dauerte nur Sekunden, dann gab er sie frei und half ihr fürsorglich an den Beckenrand. Schon kam ihr Vater angelaufen.

»Du mußt wirklich besser aufpassen, Jonathan. Alles in Ordnung, mein Kleines?«

»Ich hab ja versucht, auszuweichen, ehrlich«, sagte Jonathan. »Aber ich war schon im Sprung, ich konnte nicht mehr zurück. Alles in Ordnung, Dina?«

Zufrieden vermerkte er, daß sie vor lauter Heulen und Spucken kein Wort herausbrachte. Er schlug ihr heftig auf den Rücken und legte den Arm um sie, und dabei kniff er sie so fest in die weiche Haut des inneren Oberarms, daß er spürte, wie seine Fingernägel sich trafen.

Es war ein guter Jux gewesen, aber mehr war nicht herauszuholen. Während Dina sich trösten ließ, ging Jonathan weg und tauchte nach einem Ziegelstein. Nach und nach kamen auch die anderen aus seiner Gruppe mit ihren Eltern, doch er mied sie geflissentlich. Der ganze Kibbuz schien im Schwimmbad versammelt zu sein. Er hielt die Augen offen und entdeckte schließlich auch seine Eltern. Zum Springen war es inzwischen zu voll, aber er machte seinen berühmten Salto rückwärts vom Rand aus, den sein Vater ihm beigebracht hatte, und wenig später war sein Vater neben ihm im Becken. »Wir haben auf dich gewartet, *motek*. Wo hast du gesteckt?«

»Ich hab trainiert.«

»Ist was, Jonathan?«

»Was soll denn sein?«

»Mama sorgt sich sehr. Komm und sag ihr guten Tag.«

Man sah ihr an, daß sie sich sorgte. Sie musterte ihn verstohlen. »Später«, sagte er. »Jetzt muß ich üben.«

»Das kannst du auch später noch. Nur für einen Moment.«

Er tauchte nach dem Ziegelstein, ohne zu antworten. Aber er war noch nicht fertig mit den beiden, und wenig später kam er aus dem Wasser, um guten Tag zu sagen.

»Ich muß jetzt gehen«, begann er das Gespräch.

»Gehen? Schon? Warum das denn? Was ist los mit dir?«

»Mein Kleiner«, sagte seine Mutter.

»Ich hab trainieren wollen, ehe es voll wird. Ich hab meine Schularbeiten noch nicht gemacht, deshalb geh ich jetzt nach Hause.«

»Ich kann sie ja mit dir machen, es eilt doch nicht so. Wir gehen dann zusammen.«

»Nein, es ist jetzt so schön ruhig dort, die anderen Kinder sind alle im Schwimmbad, da habe ich meine Ruhe *zu Hause*«, sagte Jonathan.

Zack, das hatte gesessen, genau so hatte er es sich vorgestellt. Als er das Gesicht seiner Mutter sah, hätte er sich am liebsten die Zunge abgebissen, wäre ihr um den Hals gefallen und hätte sie abgeküßt, aber das ging jetzt nicht. Es war nicht nur unmöglich, sondern irgendwie auch abstoßend, aus mancherlei Gründen. Er machte den Mund auf, um Schalom zu sagen, aber weil er sich nicht recht auf seine Stimme verlassen konnte, nickte er nur und machte sich davon. In seinem Zimmer griff er sich seine Sandalen und trocknete sich ab. In dem Zimmer standen vier Betten, das Haus hatte drei Schlafräume, seine Gruppe bestand aus zwölf Kindern. Dina schlief neben ihm, und sie hatte es ihm gesagt, sie hatte ihm die ganze Sache erklärt.

Im Eß- und Gemeinschaftsraum sah er auf die Liste. Er war mit dem Tischdecken dran: JONATHAN-DINA. Das konnte er auch allein, dazu brauchte er Dina nicht. »Möge ihr Leib verdorren«, sagte er auf Arabisch. Vorher hatte er überhaupt nicht kapiert, was damit gemeint war, er hatte den Satz Abdul nur nachgeplappert. Man konnte das über alles sagen, was weiblich war – Mensch oder Tier –, wenn man sich geärgert hatte. Inzwischen wußte er, daß es viele Ausdrücke gab, bei denen er bisher nicht verstanden hatte, was gemeint war. Er deckte den Tisch und machte seine Schularbeiten. Später kamen die anderen Kinder zurück, und noch später wollten seine Eltern nach ihm sehen. Aber er hatte sie schon durchs Fenster erspäht, und als sie ins Haus kamen, war er nicht aufzufinden.

»Ja, aber Herrgott nochmal, er sieht es doch überall«, sagte Amos. »Die Kinder aus seiner Gruppe haben alle Geschwister. Seit der Resolution wären die doch gar nicht da, wenn sie keine Geschwister hätten.«

Er meinte die 1963 verabschiedete Resolution, im Hinblick auf die zufriedenstellende Finanzlage jenen Eltern, die ein Kind bei sich behalten wollten, statt es im Kinderhaus unterzubringen, Zweieinhalbzimmerhäuser statt der üblichen Eineinhalbzimmerquartiere zur Verfügung zu stellen.

Die neuen Häuser waren nach Dienstalter vergeben worden, und Amos und Pnina als Gründungsmitglieder waren mit die ersten gewesen, die eins bekommen hatten. Daher hatte Jonathan seit fast zwei Jahren eins der zweieinhalb Zimmer für sich allein.

In diesen zwei Jahren aber waren viele Kinder, wenn sich in der Familie weiterer Nachwuchs eingestellt hatte, ohne viel Aufhebens wieder in die Kinderhäuser gezogen. Das war, wie Amos sagte, Herrgott nochmal doch nichts Anomales oder Undemokratisches. Die Kinder waren sowieso meist mit der Gruppe im Kinderhaus zusammen, sie lernten, aßen, spielten zusammen. Es ging im Grunde nur um die Schlafgelegenheit. Wenn von zuständiger Stelle die natürlichen Gegebenheiten erläutert worden wären...

»Es kommt eben immer auf das einzelne Kind an«, sagte Esther und griff wieder zur Zigarette. »Wir haben es hier mit... mit einem Jungen zu tun, der ungewöhnlich... sensibel ist.« Sie formulierte vorsichtig, weil sie das ungute Gefühl hatte, unter Beschuß zu stehen. Hier regte sich – sie sah es dem kampflustig vorgestreckten roten Bärtchen förmlich an – eine lokalisierte Aggression, die etwas mit dem biologischen Verhalten von Vögeln und Bienen zu tun hatte. Am besten war es wohl, die Aggression in andere Bahnen zu lenken. »Es ist eine Frage der Eltern-Kind-Kommunikation. Das sollte keine Kritik sein«, fügte sie hinzu, als Amos wieder den Mund aufmachte.

»Kommunikation, daß ich nicht lache. Es sind ja noch fünf Monate, man sieht überhaupt noch nichts. Wenn du präzisieren könntest, inwiefern du Kritik –«

»Das sollte keine Kritik sein«, wiederholte Esther. »Es geht einfach um die Frage, wo, wann und von wem jemand erfährt,

daß sein Leben, ein bestimmter Aspekt seines Lebens, in Zukunft...«

»Bis dahin vergehen noch Monate. Wenn du auf die Frage
der Unterkunft anspielst – und ich bezweifle sehr, ob die das
eigentliche Problem ist –, frage ich mich, welchen Sinn es
hat –«

»Und weil deine Frau den Besuch ihrer Mutter aus den Staa-
ten erwartet und sich vernünftigerweise schon frühzeitig deswegen an Baruch gewandt hat, der Sekretär des Unterkunfts-
und Verpflegungsausschusses ist, und weil Baruch darüber
nebenher mit seiner Frau gesprochen hat...« – sollte er nur
zu Baruch und Sascha gehen, wenn er Streit suchte – »...
während Dina daneben über ihren Schularbeiten saß, *hat er
es eben von Dina erfahren.*« Esther hob die Stimme, weil er
schon wieder dazwischenredete. »Und das ist ja im Grunde
ein durchaus glücklicher Umstand, nur ist die Situation jetzt
eben die, daß wir gar nichts weiter machen können. Allenfalls können wir ihn nach Hause schicken, wenn euch so viel
daran liegt. Wobei natürlich noch nicht gesagt ist, ob er sich
nach Hause schicken läßt«, setzte sie hinzu.

Amos schwieg.

»Pnina ist schon ganz elend deswegen«, sagte er schließlich.

»Das tut mir leid.«

»Zwei Wochen geht das nun so«.

»Ich spreche mal mit ihm. Eigentlich ist dafür ja Alizia zuständig.« Alizia war die Gruppenleiterin. »Nur kommt er mit
Alizia nicht besonders gut zurecht.«

»Ach nein?« Das klang fast erwartungsvoll.

»Na ja, mit wem kommt er schon zurecht...«

»Ach so... Es ist wegen Pnina, weißt du. Ihre Mutter
kommt erst in vier Monaten, und sein Zimmer steht leer.«
Esther zuckte die Schultern und klopfte die Asche ab. Das
mit den Vögeln und Bienen war natürlich nicht von der Hand
zu weisen. Weil die Kinder hier so freizügig aufwuchsen,
weil sie sahen, wie die Natur um sie herum ihr Recht verlangte, dachten alle... Aber das hatte im Grunde gar nichts

zu sagen. Mit diesen eigenartigen Gegebenheiten des eigenen Ursprungs mußte sich jeder selbst auseinandersetzen. Die meisten schafften das ohne größere Konflikte. Hin und wieder aber kam einer nicht damit zurecht.

Natürlich hütete sie sich, davon anzufangen. Auch so hatte sie Amos erfolgreich den Wind aus den Segeln genommen. »Man muß Geduld haben«, sagte sie. »Ihr müßt ihm weiterhin viel Zuwendung geben und so weiter, und ich will sehen, was ich tun kann.«

Damit war Amos nicht klüger als zuvor, und weil er nicht recht wußte, was er Pnina nun sagen sollte, ging er noch ein Stück spazieren und grübelte vor sich hin. Die Nacht war dunkel, aber über den Wegen lag ein sanfter grünlicher Glanz. 1961 hatten sie die Lampen in den Bäumen wieder aufgehängt. Vielerlei hatte sich getan im Jahre 1961 und in all den Jahren danach – Folgewirkungen der Baumwolle oder eigentlich, wenn man so wollte, des Schwimmbades.

Er umrundete das Becken, an dem er sich noch immer freute, obschon sich in diese Freude jetzt auch leise Wehmut mischte. Er erinnerte sich, wie er Jonathan darin das Schwimmen beigebracht hatte. Er erinnerte sich, wie der Junge auf dicken Beinchen zu ihm gerannt war, wie er ihn hochgehoben und in den Podex gebissen hatte. »Nu, Jonathan, was willste?« Und: »Schwimmen«, hatte Jonathan gesagt. Man muß Geduld haben... Manches ergibt sich früher oder später von selbst. Auch im Kibbuz hatte sich vielerlei von selbst ergeben.

Weil sie das Schwimmbad haben wollten, hatten sie mit der Baumwolle angefangen. Aus der wirtschaftlichen Notwendigkeit, ihre Baumwollmaschinen instandzuhalten, hatte sich die Übernahme von Instandhaltungsarbeiten auch fremder Maschinen ergeben. Mittlerweile schickten sie aus ganz Israel einmal im Jahr ihre Maschinen zur Wartung hierher. Es war ein gutes Geschäft. Und aus den Erfahrungen in dieser Sache hatte sich alles andere ergeben.

Die Fabrikation rollbarer Behälter beispielsweise. In den ersten Jahren hatten sie diese Behälter in unterschiedlichen Größen für die verschiedenen Baumwollsorten teuer erstehen müssen, bis einer auf die Idee gekommen war, daß sie nicht immer mehr Behälter brauchten, sondern eine größere Zahl von Rollen. Er hatte ein Verbindungsstück erfunden, mit dessen Hilfe zwei Paar Rollen entsprechend der Größe des verwendeten Behälters auf unterschiedliche Abstände eingestellt werden konnten.

Dann hatte er den neuen Behältertyp entwickelt, der aus Lochblechen in genormten Größen bestand. In wenigen Minuten ließen sich jetzt zwei Längs- und zwei Schmalseiten zu einem Behälter zusammenhauen, der auf beliebige Rollen paßte. Sie lieferten die Rollen und die Lochblechsätze in die ganze Welt, es war ihr bedeutendster Erwerbszweig.

Mit den Gewinnen aus dieser Fertigung hatten sie dann die Sauerwaren- und Konservenfabrik aufgebaut. Nicht, weil sie von den Sauerwaren und Konserven hätten leben müssen, sondern weil sie endlich aus der ideologischen Zwickmühle herauskommen wollten, in die der Araber mit seiner Sippe sie gebracht hatte. Sie hatten eine Aktiengesellschaft gegründet, und dadurch, daß die eine Hälfte der Anteile dem Kibbuz, die andere Hälfte dem Araberdorf gehörte, kamen sie um das peinliche Thema Arbeitgeber und Arbeitnehmer herum. Der Kibbuz stellte die Fabrikationsräume zur Verfügung und besorgte das Einlegen und Konservieren und den Vertrieb, die Araber lieferten die Rohprodukte aus Eigen- und Fremdanbau. Oliven, Gürkchen, Paprikaschoten und andere Sauerwaren aus Gei-Harim konnte man jetzt in jedem israelischen Supermarkt kaufen. Jedes Jahr wurde abgerechnet, die Gewinne gingen zu gleichen Teilen an die beiden Anteilseigner. Dank dieser Gewinne hatte das Dorf jetzt ein Kino, etliche Lastwagen und genug Geld, um vier junge Männer in Haifa Maschinenbau studieren zu lassen. Und der Kibbuz hatte Zweieinhalbzimmerhäuser.

Über all diese Dinge grübelte Amos nach. Es war nicht vergeblich gewesen, nein, so war es nicht, und doch hatte er ein schales Gefühl im Mund.

3

In den Sommerferien gab es *tiyuls* – Exkursionen und Wanderungen – für die Kinder, bei denen man sich im Hinblick auf den Wettbewerb ganz auf das Artensammeln verlegte. Im Juli fand ein Austausch mit einem Kibbuz in Shka'im statt, das zwar wesentlich weiter südlich, aber noch innerhalb ihrer geographischen Region lag, so daß dort gesammelte Punkte ebenfalls zählten. Und Punkte ließen sich dort viele sammeln.

Shka'im (der Name bedeutet »Mulden« oder »Becken«) liegt in einer Senke östlich der früheren Huleh-Moore. Dieses große malariaverseuchte Sumpfgebiet, das die Araber seit Hunderten von Jahren mieden und das zahlreichen begeisterten, aber unerfahrenen Zionisten im vergangenen Jahrhundert zum Grab geworden ist, war in den fünfziger Jahren vom Jüdischen Nationalfonds trockengelegt worden. Ein kleines Gebiet, gründlich besprüht zur Abwehr bösartiger Arten, die womöglich nach wie vor Schlimmes gegen Zionisten im Schilde führten, das sich zum Teil noch die ursprüngliche Tier- und Pflanzenwelt bewahrt hatte, blieb zur Erinnerung an das Gewesene und als Naturschutzgebiet erhalten. Wegen der ungewöhnlichen Mulden, in denen der Kibbuz angelegt worden war, und wegen seiner Nähe zum Jordantal waren Boden- und Klimaverhältnisse günstig für den Anbau subtropischer Pflanzen. Der Kibbuz hatte die einzige Bananenplantage in der Gegend, experimentierte mit Ananas und machte im Winter ein glänzendes Geschäft mit dem Export von Schnittblumen nach Europa. Zu der subtropischen Flora kam eine ebensolche Fauna. Die Kinder von Gei-Harim bildeten einen Ausschuß, um nur ja nichts zu übersehen und wußten trotzdem nicht, wohin sie mit ihren Kladden zuerst laufen sollten.

In zwei Wagenladungen waren sie in Shka'im (und dafür eine entsprechende Gegenlieferung in Gei-Harim) eingetroffen. Die Kinder sollten in dem Gastkibbuz Mittagessen, Abendessen und Frühstück bekommen und am Nachmittag des nächsten Tages zurückfahren, und das taten sie auch. Die meisten jedenfalls.

Jonathan hatte ziemlich bald die Lust an dem Unternehmen verloren und verzog sich in der Nachmittagshitze in die schattige Bananenpflanzung, um dort ein Schläfchen zu halten. Über Bananen wußte er Bescheid. Esther hatte ihnen einen Vortrag darüber gehalten. Die Bananenmutter produzierte jedes Jahr drei Triebe, zwei spritzte man ihr mit Paraffin weg, den dritten durfte sie behalten. Jonathan ging durch die Pflanzung, trat nach den Trieben und fetzte sie kurz und klein, und dann setzte er sich hin, um sich einen vor dem Kaputtmachen näher anzusehen.

Der Trieb war wie ein langer, schlanker, hellgrüner Stoßzahn. Er faßte sich weich und seidig an, aber wenn man an ihm herumdrückte, war er überraschend hart. Er endete in einer nadelscharfen Spitze. Jonathan piekte sich versuchsweise damit, dann mühte er sich, den Trieb abzureißen, aber er war zäh und unnachgiebig mit dem Rhizom der Mutterpflanze verbunden. Nachdem er eine Weile energisch daran gedreht hatte, bekam er ihn schließlich ab. Jetzt sah er, warum das Ding so hart war. Das Material, aus dem es bestand, war sehr dünn, und der Trieb war so hart, wenn man daran herumdrückte, weil er fest zusammengerollt war. Man mußte genau hinschauen, wenn man sehen wollte, wo die Rolle zu Ende war. Jonathan fand das Ende und fing an, es aufzuwickeln.

Er wickelte und wickelte. Der geöffnete Trieb war mindestens einen halben Meter lang, innen noch weicher und seidiger und hellgrüner als außen und von einem zarten Geflecht feiner Äderchen durchzogen. Als er aufblickte, sah er, daß es die gleichen Adern waren wie bei der riesigen, ledrigen, flaschengrünen Staude, die sich unter ihren Früchten bog. Das ganze große Ding, wahrscheinlich sogar die Frucht, war schon hier drin, auf raffinierte Weise in dem schlanken Zahn verpackt. Jonathan riß es in Fetzen, er riß und riß, bis es nichts mehr zu reißen gab. Seine Hände klebten und rochen danach. Er rieb sie an den großen Blättern der Bananenstaude ab, aber auch an ihnen war der Geruch, sogar noch stärker. Er rieb sich die Hände an der Hose ab und machte Flecken drauf, aber den Geruch wurde er nicht los. Es roch nach Wachstum, und alles Wachstum widerte ihn an. Das Wissen um das, was in seiner Mutter wuchs, widerte ihn an, und das Wissen um die groteske Art und Weise, wie es dorthin gelangt war.

Dina hatte es ihm erklärt. Dina war seine beste Freundin gewesen. Hinterher hatte er sie sofort windelweich geprügelt, sie hatte zwar geheult, aber weil ihr so viel daran gelegen war, daß er ihr glaubte, hatte sie ihm an sich selbst gezeigt, wie man es macht. Er hatte es ihr immer noch nicht geglaubt, und sie wollte ihn immer noch überzeugen, und da hatte sie ihm gezeigt, wie die Tiere es machen. Das war ihm nicht neu. Was bewies das schon? Nur, daß es Tiere waren und daß die ganze Sache etwas Tierisches an sich hatte.

Aber er wußte wohl, daß es viel mehr bewies. Manches, was er so nebenher beobachtet hatte, wurde ihm jetzt plötzlich klar.

Seine Hände klebten noch immer, er konnte den Geruch nicht ertragen. Irgendwo in der Plantage mußte eine Wasserleitung sein. Er suchte, bis er sie gefunden hatte, wusch sich die Hände unter fließendem Wasser, ließ das Wasser laufen und legte sich schlafen.

Als er aufwachte, hatte er Hunger. Es mußte um die Mittagszeit sein, aber er hatte keine Lust, wieder zu den anderen zu gehen. Er hatte sie satt. Er hatte auch keine Lust, in dem anderen Kibbuz zu übernachten. Die Kinder, die er kannte, mochte er nicht, und andere mochte er nicht kennenlernen. Der einzige, den ich mag, dachte er, ist Abdul aus dem Olivenhain. Besonders gern mochte er Abduls Flüche. Abdul hatte ihm ein paar beigebracht, die sonst niemand im Kibbuz kannte. Ein paar hatte er Dina weitererzählt, aber nicht alle. Jetzt tat es ihm leid, daß er ihr überhaupt etwas davon erzählt hatte. Er pflückte sich ein paar Bananen, aß sie und faßte einen wichtigen Beschluß. Am besten war es wohl, in Zukunft nur das zu machen, wozu er Lust hatte.

Am Abend schickten die Leute von Shka'im einen Suchtrupp nach Jonathan aus und fragten telefonisch in Gei-Harim an, ob er sich vielleicht dorthin durchgeschlagen hatte. In Gei-Harim war er nicht, und auch dort schickten sie einen Suchtrupp los und benachrichtigten die Grenzpolizei. Bis früh um zwei suchte alles nach Jonathan, dann bliesen die Leute aus den beiden Kibbuzim die Suche ab, und die Polizei alarmierte die Nachtstreifen. Esther war insgeheim überzeugt davon, daß er sich auf eigene Faust davongemacht hatte und irgendwo eingeschlafen war. Zum Frühstück tauchte er bestimmt wieder auf.

Jonathan tauchte nicht zum Frühstück auf und war auch noch nicht wieder da, als die Kinder zum Mittagessen nach Gei-Harim zurückfuhren. Gegen Abend kam er gemächlich von dem Araberdorf, in dem Abdul wohnte, in den Kibbuz herunter. Die Kibbuzleiterin sagte in Shka'im und bei der Grenzpolizei Bescheid und versuchte dann, aus Jonathan herauszubringen, was passiert war.

Jonathan war nicht sehr mitteilsam. Er habe auf der Suche nach Arten die Gruppe in Shka'im verloren, sagte er. In seinem Eifer habe er sich verirrt. Er sei eingeschlafen – wo, das wisse er nicht –, und am nächsten Morgen habe ihn jemand im Lastwagen mitgenommen. Es sei ein Lastwagen aus einem Araberdorf gewesen, und zum Glück sei er an Abduls Dorf vorbeigekommen. Seine Kladde müsse er in dem Laster vergessen haben, vielleicht sei sie auch herausgefallen, jedenfalls sei sie weg. Nein, er wolle jetzt nichts essen, er habe bei den Leuten im Dorf ein gutes Mittagessen bekommen. Es täte ihm leid, daß er allen so viel Scherereien gemacht habe, aber von unterwegs habe er eben nicht Bescheid sagen können.

Am nächsten Vormittag war »Arbeitsgemeinschaft« in dem größten Klassenzimmer, und bald ergingen sich die Kinder in poetischen Beschreibungen des Gesehenen. Weil Esther ihre Bande in- und auswendig kannte, hatte sie Motke den Erfolg der Aktion mit großer Sicherheit voraussagen können. Etliche Kinder hielten sich nicht lange mit Reden auf, sondern beeilten sich, die Notizen und Skizzen aus den Kladden in ihre besten Schulhefte zu übertragen. Jonathan hatte ja leider seine Kladde verloren und konnte sich nicht beteiligen, schien aber zuzuhören. Als Esther sich daranmachte, eine Liste aufzustellen, schaute er allerdings aus dem Fenster.

»Komm, Jonathan, mach mit. Das sind die Arten, die wir bisher haben. Nenne uns noch eine.« Sie hatte die Tafel in zwei Spalten geteilt. Über der einen stand »Flora«, über der anderen »Fauna«. In beiden hatte sie schon eine stattliche Liste von Namen. Jonathan besah sich die Listen. »Oleander«, sagte er.

»Oleander haben wir schon. Etwas anderes.«

Jonathan überlegte eine Weile. »Gelber Oleander.«

Esther hatte ihnen in der vergangenen Woche von dem seltenen gelben Oleander erzählt und warf ihm einen ziemlich scharfen Blick zu.

»Irrst du dich nicht, Jonathan?«

»Er steht in der Kladde, die ich verloren habe.«

»Na schön. Sehr interessant, Jonathan. Jetzt ein Beispiel für die Fauna.«

Erneut vertiefte sich Jonathan des längeren in die Liste.

»Gazelle«, sagte er.

»Gazellen haben wir.«

»Dann eine andere Gazellenart.«

Esther merkte, wie sie langsam die Beherrschung verlor, aber noch hatte sie sich in der Hand.

»*Sehr* interessant, Jonathan«, sagte sie. »Ich wußte nicht, daß wir noch andere Arten haben. Das mußt du uns mal genauer erzählen. Was für eine Art war es denn?«

»Steht alles in meiner Kladde.«

»Könntest du sie uns an die Tafel zeichnen?«

»Weiß nicht«, brummelte Jonathan.

»Versuche es einmal. Hier, nimm die Kreide.«

Jonathan sah sich einen Augenblick ziellos im Klassenzimmer um, dann nahm er die Kreide. Noch ehe er fertig war, fingen die Kinder an zu lachen. Esther lachte nicht.

»Findest du das sehr witzig, Jonathan?«

»Besser kann ich's nicht«, sagte Jonathan und stimmte in das Gelächter ein.

Esther hätte am liebsten zugeschlagen, aber das wäre natürlich auch nicht sehr witzig gewesen.

»Du findest dich wohl ganz toll, was?«

»Na ja, ein paar Feinheiten fehlen natürlich noch...« Jonathan betrachtete prüfend sein Werk.

»Und genau so hat das Gehörn ausgesehen, das du beobachtet hast?«

»Genau so habe ich nicht gesagt. Du hast ja bloß gemeint, ich soll es versuchen. In meiner Kladde wäre es genau. Wenn ich sie noch hätte.«

Esther nahm ihm die Kreide weg, die ihr unter der Hand zerbrach.

»Das ist die *Gazella smithii*‹, sagte sie.

»Was für'n *hihi*?«

»*Smithii*. Smith. Die Smith-Gazelle.«

»Smith?« wiederholte Jonathan.

»Smith. So heißt die Gazelle. Du weißt ganz genau, daß sie ausgestorben ist, daß es die Art nicht mehr gibt. Diese Gazelle kannst du unmöglich in deiner Kladde haben, Jonathan.«

»Abwarten«, sagte Jonathan. »Vielleicht taucht ja die Kladde irgendwann mal wieder auf.«

»Jonathan«, sagte Esther und versuchte, ruhig durchzuatmen. »Es würde mich freuen, wenn du zugeben könntest, daß du dich nicht an die Wahrheit gehalten hast.«

»Meinetwegen«, sagte Jonathan.

»Du gibst es also zu?«

»Warum nicht? Wenn es dich doch freut...«

Esther wußte nicht, was sie machen sollte. Sie war eine erfahrene Pädagogin. Aber auch Leute mit noch längerer Erfahrung, dachte sie, wären hier wohl überfordert. »Wir haben heute Arbeitsgemeinschaft, Jonathan«, sagte sie gepreßt. »Wenn du nicht mitmachen willst, kannst du gehen.«

»Ich soll gehen?« vergewisserte sich Jonathan.

»Du kannst gehen, habe ich gesagt. Was wir hier machen, ist freiwillig. Wenn du dich beteiligen willst, bleib hier. Wenn du lieber etwas anderes machen möchtest, steht dir auch das frei.«

»Ja, also wenn es dir wirklich nichts ausmacht«, sagte Jonathan höflich, »möchte ich lieber was anderes machen.«

Damit ging er.

Er ging in den Olivenhain.

Es war halb elf, und Abdul gönnte sich einen kleinen Imbiß: *Ful* – schwarze Bohnen in scharfgewürzter Soße. Er brach ein Stück *pita* ab und gab es Jonathan. Jonathan stippte seine *pita* in den *ful.*

»Geben sie euch im Kibbuz denn nichts zu essen?«

»Wir essen gut«, sagte Jonathan.

»Ich habe den Eindruck, daß ich dich ständig füttern muß.«

»Ich esse gern mit dir.«

»Ich esse auch gern mit dir, *halaiba*«, sagte Abdul. »Ich meine ja nur...«

Sie aßen schweigend.

»Magst du Oliven?«

»Ich esse ein paar Oliven mit dir«, sagte Jonathan.

Sie aßen unter den Ölbäumen, und Abdul machte eine Dose auf.

»Sie werden immer besser«, sagte Jonathan.

»Natürlich. Er macht sich gut, der neue Name.« Der neue Name war Mondstein. Die Olive war hell, oval in der Form und leicht säuerlich eingelegt. »Ein wirklich schöner Name, er klingt sogar in beiden Sprachen gut«, sagte Abdul. Sie sprachen arabisch miteinander.

»Hast du schon mal von einer Gazelle gehört, die Smith heißt?«

»Smith? Nein.« Abdul spuckte einen Stein aus. »Das ist ein englischer Name.«

»Auch ein schöner Name«, sagte Jonathan.

»Vielleicht gibt es in England eine Gazelle, die so heißt. Warum fragst du?«

»Wir haben über Gazellen gesprochen. Die Gazelle, die Smith heißt, gibt es nicht mehr, hat Esther gesagt.«

»Dann wird es schon stimmen. Esther ist eine sehr gescheite Frau. Und sie hat ein ausgeglichenes Temperament, eine Seltenheit bei Frauen. Ihr Ehemann kann sich glücklich schätzen.«

»Möge ihr Leib verdorren«, sagte Jonathan.

»Du kommst in der Schule immer noch nicht recht voran?«

»Voran? Wohin voran?«

»Sei nicht dumm, *halaila*. Nütze deine Chancen. Ich bin sechsundsechzig, und ich weiß, wovon ich rede. Gott hat dir einen klugen Kopf gegeben, einen unglaublich klugen Kopf für einen Neunjährigen. Erweise IHM Ehre, indem du diese Gabe nutzt.«

»Du bist ja noch viel dümmer als ich«, sagte Jonathan.

»Wie kann ein Sechsundsechzigjähriger an Gott glauben?«

»Ist das so schwierig?«

»Schau dich um. Das sind doch alles naturwissenschaftliche Vorgänge.« Gei-Harim war ein weltlicher Kibbuz, und in einer der ersten Resolutionen war festgelegt worden, die Kinder sachlich über die wissenschaftlichen Grundlagen des Universums aufzuklären.

»Kleiner Einfaltspinsel«, sagte Abdul und fuhr ihm durch den roten Schopf, »du mußt noch eine Menge lernen, und ER wird es dir nachsehen. Aber erzähle nicht mehr solche Sachen, sonst läßt ER dich in der Hölle brennen.«

»Nenn mir einen einzigen Beweis.«

Abdul stand auf und lachte leise. »Vor vielen Jahren hatten wir hier einen jungen katholischen Priester – die Katholiken sind eine christliche Sekte –, und dieser Bedauernswerte hatte nichts als Beweise im Kopf, von morgens bis abends nur seine Beweise.« Er zündete sich eine Zigarette an und betrachtete seine Bäume. »Ich muß wieder an die Arbeit. Geh und vertrag dich mit Esther, und sieh zu, daß du etwas Ordentliches lernst.«

Aber Jonathan ließ nicht locker. Er stand auf und lief neben Abdul her. »Einen einzigen Beweis«, sagte er. »Irgendwas.«

Abdul sah ihn nachsichtig an und nahm die Zigarette aus dem Mund. »Da, wo die neuen Olivenhaine stehen« – er deutete hin – »war früher mal ein Dorf, und in dem Dorf wohnten nur dumme Leute. Als die Zionisten kamen, haben die aus dem Dorf sie überfallen und vertrieben. Immer wieder haben sie die Zionisten vertrieben, aber die sind immer wiedergekommen, obgleich es oft gefährlich für sie war. Für einen einfältigen Menschen wie mich lag es auf der Hand, daß ER ihre Rückkehr wünschte, daß ER alle Juden wieder herbringen würde. Die aus dem Dorf waren anderer Meinung. Jetzt sitzen sie in Sack und Asche, und da, wo sie wohnen, stehen die Ölbäume. Nun?«

»Nun?«

»Gott hat den Sieg geschenkt.«

»Das ist eine alberne Vereinfachung«, sagte Jonathan.

»Mag sein«, sagte Abdul. »Wahrscheinlich haben alle Juden in einer Ausschußsitzung darüber diskutiert und den Sieg per Resolution beschlossen.«

»Sie haben gekämpft«, sagte Jonathan. »Sie konnten besser kämpfen, das ist alles.«

»Und wieso konnten sie plötzlich so gut kämpfen?«

»Sie waren immer gute Kämpfer«, sagte Jonathan.

»Darum geht es nicht. Du behauptest, Gott hat es so eingerichtet, daß sie verloren haben und aus ihrem Dorf weggelaufen sind.«

»Sie hätten in Frieden bleiben können.«

»Und warum haben sie das nicht getan?«

»Weil es dumme Menschen waren.«

»Und wer hat sie zu dummen Menschen gemacht?«

»Sie sich selber. Mit dir ist es so ähnlich. Warst du von Anfang an ein Dummkopf? ER gibt dir einen klugen Kopf, und was machst du damit? Suchst nach Beweisen, daß es IHN nicht gibt. Alles andere gibt es – aber nicht IHN. Zeugt das von Verstand, *halaila?* Wer hat alle Dinge gemacht, die es gibt? Wer hat dich gemacht?«

»Das ist auch so eine Sache«, sagte Jonathan. »Wie die Menschen gemacht werden. Ekelhaft ist das.«

Abdul sah ihn an. »In welcher Beziehung?«

»In jeder Beziehung. Wenn es einen Gott gäbe und ER alles machen könnte, hätte er sich dann nicht etwas Besseres einfallen lassen? Ist das eine anständige Art, Menschen zu machen?«

»Wie hättest du es denn lieber?«

»Irgendwas mit Blut«, sagte Jonathan. »Oder mit Chemie, ein naturwissenschaftlicher Vorgang. Nicht so was Tierisches. Müssen verantwortungsbewußte Leute sich so benehmen? Die Königin von England, General de Gaulle, ja, sogar Eltern?«

Abdul sah ihn prüfend an. »Erwartet deine Mutter ein Kind?«

»Ja.«

»Gesegnet sei Sein Name.«

Jonathan murrte.

Abdul löschte vorsichtig die Zigarette und steckte den Rest ein. »Du bist ein bißchen durcheinander, *halaila*«, sagte er . . . »Das merkt man deutlich. Und es ist auch verständlich. Ich vergesse immer wieder, wie jung du bist, weil du einen so hellen Kopf hast. Es ist ein Wunder, weißt du. Blut und Chemie! Für mich ist auch das wieder ein Zeichen Seiner Güte. Freilich ginge es auch mit Blut und Chemie. Aber so klug du auch bist, es gibt Dinge, von denen du noch nichts verstehst, Dinge, die der Mensch erst in einem bestimmten Alter zu schätzen weiß. Glaub mir, *halaila,* gegen die Art, wie die Kinder gemacht werden, ist absolut nichts einzuwenden. Ob nun ein Kind dabei herauskommt oder nicht, es ist eine erfreuliche Betätigung.«

»Erfreulich?« fragte Jonathan.

»Gewiß doch. Überaus erfreulich. Sogar die Königin von England hat ihren Spaß daran.«

»Und General de Gaulle?«

»Da fragst du mich zuviel. Möglich ist es. Du wirst deine eigenen Erfahrungen machen, und zwar nicht zu knapp, so wie du aussiehst, gesegnet sei Sein Name. Und jetzt laß die Dummheiten und versuche, ein bißchen vernünftig zu sein. Wäre es denn so schlimm, von Zeit zu Zeit Seinen Namen zu preisen?«

»Schlimm nicht«, sagte Jonathan. »Aber auch kein Zeichen von Intelligenz.«

»Wen meinst du damit – dich oder mich?«

»Ich sage ja nur ... «

»Mir brauchst du so etwas nicht zu sagen.«

»Bist du jetzt böse?«

»Ja, ich bin böse. Du bist wie ein Papagei mit deinen naturwissenschaftlichen Vorgängen und all diesen Klugheiten. Daß dabei irgendwelche Vorgänge im Spiel sind, versteht sich von selbst.«

»Es tut mir leid, daß du böse bist«, sagte Jonathan.

»Nun geh schon. Ich habe zu tun. Ihr in eurem Kibbuz habt die Weisheit auch nicht gepachtet. Gelegentlich könnt selbst ihr euch irren.«

»Ich weiß. Ich wollte auch gar nichts gegen deine Intelligenz sagen, Abdul.«

»Ja, und nun geh.«

Jonathan ging, aber nicht zu weit weg. Beim Mittagessen sprach er kein Wort, und hinterher, im Schwimmbad, hielt er sich abseits. Er mußte nachdenken. Als er im Bett lag, dachte er an einen Film, den sie einmal im Kibbuz gesehen hatten. Darin hatte sich ein junger Blödian alle zehn Minuten zum

Beten auf die Knie geworfen. Und wenn er sich hinwarf, warf sich auch Jonathans Gruppe hin, sie wälzten sich vor Lachen, einer machte sich vor Lachen buchstäblich in die Hosen. In dem Film ging es um ein Rennpferd und einen älteren Schafskopf, der sterbenskrank war. Der Jüngere betete so kräftig, daß das Pferd ein Rennen gewann und der Ältere wieder gesund wurde. Ab und zu ulkten sie immer noch über den Film. Jonathan dachte an die Witze der Gruppe, und er dachte an alles, was ihm an der Gruppe mißfiel, und er fand, daß es gar nicht so übel wäre, selbst einmal das Beten zu versuchen. Noch einmal aufstehen mochte er deswegen allerdings nicht, deshalb betete er im Bett.

Er hatte noch nie gebetet und wußte nicht, was er sagen sollte. Zuerst probierte er Abduls Formel »Gesegnet sei Sein Name«, aber irgendwie war ihm das nicht wuchtig genug. Danach versuchte er es mit ein paar Sätzen, die er von dem jungen Trottel in dem Film gehört hatte. »Gott segne meine Eltern«, sagte Jonathan. »Gott segne Abdul, Gott segne den Kibbuz, Gott segne Israel.« Er überlegte, ob er Dina segnen lassen sollte, entschied sich dann aber dagegen. Möge ihr Leib verdorren, sagte er statt dessen. Im Einschlafen fiel ihm ein, wie er überhaupt auf diese ganze Geschichte gekommen war, und er fügte noch einen Satz hinzu: »Gott segne Smith.«

Im Kibbuz waren drei junge Frauen schwanger, und in der folgenden Woche kam ein Rabbi mit dem Bus aus Kiryat Shemona, um sie zu trauen. In Israel gibt es keine standesamtliche Eheschließung, und der Kibbuz nahm die regelmäßigen Besuche des Rabbi als notwendiges, aber eher spaßhaftes Übel hin. Der Rabbi war sich darüber durchaus im klaren, weil er aber ein Optimist und tolerant war, betrachtete er seine Besuche als missionarische Aufgabe. Er wußte, daß im Kibbuz nicht koscher gekocht wurde, deshalb aß er dort nie etwas, ja, er faßte nicht einmal einen Teller an. Glas hingegen war ein Material, das sich durch Abwaschen in den Zustand ritueller Reinheit zurückversetzen ließ, deshalb trank er meist ein

Glas Wein mit den Leuten des Kibbuz. Im letzten Jahr hatte ihm ein kleiner Junge dabei zugesehen und ihn gefragt, weshalb er den Wein gesegnet habe.

»Das ist bei uns Juden so üblich, *motek*«, hatte der Rabbi geantwortet. »Vor dem Trinken sprechen wir immer einen Segensspruch.«

»Und für wen soll das gut sein?«

Der Rabbi betrachtete den auskunftheischenden Rotschopf interessiert.

»Für alle. Es erinnert uns daran, daß Gott den Wein gemacht hat.«

»Den hier nicht, der kommt aus Zichron. Ich war dabei und habe zugesehen.«

»Und woher kommen die Trauben?«

»Vom Kibbuz Ha Carmel. Da bin ich auch gewesen.«

»Glaube mir, *motek,* auch wenn alle Kibbuznik der Welt sich zusammensetzten, sie brächten keine einzige Traube zustande.«

»Woher willst du das wissen?«

»Es ist eine wissenschaftliche Tatsache. Es geht nicht. Ich gebe dir noch ein Beispiel. Haltet ihr hier Hühner?«

»Nein.«

»Macht nichts. Du weißt sicher, wie ein Ei aussieht. Etwas ganz und gar Alltägliches, so ein Ei, nicht wahr? Und doch könnten die gescheitesten Wissenschaftler der Welt es nicht wieder zusammensetzen, wenn es kaputtgeht.«

»Auch nicht mit Leim?«

»Die Schale schon. Aber nicht das Innere. Es ist wissenschaftlich unmöglich, ein kaputtes Ei wieder heilzumachen – von der Herstellung eines neuen ganz zu schweigen. Und doch macht Gott Millionen, Billionen von Eiern jeden Tag. Deshalb sprechen wir den Segen. Um uns Dinge ins Gedächtnis zu rufen, die für uns alltäglich geworden sind.«

»Das gehört wohl zu den wissenschaftlichen Vorgängen.«

»Ja, natürlich. Du glaubst doch nicht, daß Gott unwissenschaftlich arbeitet?«

In diesem Augenblick hupte der Bus, und der Rabbi mußte sich sputen.

Diesmal sah er sich vergeblich nach dem Jungen um. Er trank sein Glas Wein, lehnte Kekse und Kuchen ab und machte sich auf zu einem Rundgang durch den Kibbuz, bis es Zeit zur Rückfahrt war. Als er den Kreis der Feiernden hinter sich gelassen hatte, merkte er plötzlich, daß der Junge an seiner Seite war.

»Ich gehe ein paar Schritte mit dir.«

»Mit Vergnügen. Hast du schon herausbekommen, wie man ein kaputtes Ei wieder heilmacht?« fragte er scherzend.

»Hast du noch mehr Segenssprüche?«

»Was meinst du?«

»Ich brauche ein paar Segenssprüche«, drängte der Junge.

Der Rabbi wechselte seine Brille und sah ihn an. »Was für Segenssprüche brauchst du denn?«

»Was hast du für welche?«

»Sie stehen alle im Gebetbuch.«

»Haben wir hier nicht.«

Der Rabbi zog schleunigst sein Exemplar hervor. »Hier, nimm, behalte es, *motek*.« Kein Gebetbuch! »Was für eine Art von Segensspruch brauchst du denn?«

»Gibt es einen speziell für eine Gazelle?«

»Eine Gazelle?«

»Ein Tier mit Hörnern. Eine Gazelle eben.«

Der Rabbi blinzelte. Die Frage war neu für ihn. »Hast du die Gazelle zum erstenmal gesehen?«

»Wieso gesehen? Und überhaupt – das ist doch egal.«

»Das ist ganz und gar nicht egal. Es gibt zum Beispiel einen Segensspruch für Gazellen im allgemeinen. Den könntest du verwenden zum Lobe der verschiedenen Arten der Schöpfung. Wenn man ein Tier in einer bestimmten Jahreszeit zum erstenmal sieht, gilt ein anderer Segensspruch. Da könntest du sagen: ›Der du uns bis zum heutigen Tage geführt hast, da . . .‹ und so weiter. Wenn du aber eine Art siehst, die du vorher noch nie gesehen hast, wäre der Segensspruch für unbe-

kannte Gestalten besser – er gilt auch für Zwerge oder Buck-
lige –: ›Der du die Gestalt deiner Geschöpfe wandelst...‹ Jeder Segensspruch hat eine besondere Nummer, da läßt sich
schlecht raten, wenn man keine Einzelheiten kennt.«

»Aber sie stehen alle hier drin?«

»Ja, alle. Komm, ich zeige sie dir.«

Der Rabbi blätterte mit kundiger Hand bis zu den Segens-
sprüchen für besondere Anlässe.

Jonathan überflog sie rasch. Hier war bestimmt allerlei
Brauchbares zu holen. Wuchtig genug klang es jedenfalls.

»Und warum interessierst du dich speziell für Gazellen?«

»Es sind nette Tiere.«

»Wunderschöne Tiere sind es. Israel ist übrigens häufig
symbolisch als Gazelle bezeichnet worden.«

»Nicht als Löwe?«

»Der Löwe von Juda ist eine begrenztere Vorstellung, sie
unterstreicht das Königliche. Die Gazelle steht für Israel als
Volk. Weißt du denn auch, wie dieses Volk den Namen Israel
bekam?«

»Das weiß doch jeder. Von Jakob. Jakob hat einen Engel
umgebracht, und hinterher haben sie ihn Israel genannt. So
ganz hat mir das nie eingeleuchtet.«

»Gott behüte, Jakob hat den Engel nicht umgebracht, er hat
mit ihm gerungen. Es war, wenn du so willst, eine Prüfung
für Jakob, und als er die Prüfung bestanden hatte, wurde er
umbenannt in Is-Ra-El, und das bedeutet Gottesstreiter. Der
Name steht für die Sache der Juden, *motek,* die auch deine
Sache ist.«

»Ja, also, ich muß jetzt gehen«, sagte Jonathan. »Schönen
Dank für das Buch.«

Der Rabbi begriff, daß er in seiner Begeisterung über das
Ziel hinausgeschossen war.

»Begleite mich noch bis zum Bus«, sagte er. »Oder willst du
zurück zu dem Fest?«

»Ich komme mit«, sagte Jonathan.

»Einen schönen Kibbuz habt ihr.«

»Es geht.«

»Ich erinnere mich noch an die Zeit, als es hier nur eine Unmenge Steine gab.«

»Jetzt gibt es dafür eine Unmenge dummer Menschen.«

Der Rabbi sah ihn an. »Wie alt bist du, *motek*?«

»Neun.«

»Hast du viele Freunde?«

»Abdul aus dem Olivenhain ist mein Freund.«

»Und hast du das von Abdul, daß alle hier dumme Menschen sind?«

»Natürlich nicht. Er redet so wie du. Er sagt, daß Gott auf der Seite der Juden ist.«

»Ich würde es eher umgekehrt ausdrücken. Aber er meint es offenbar gut. Trotzdem – ich an deiner Stelle würde mich nicht zu oft mit Abdul unterhalten, *motek*. In dieser Welt gibt es grundsätzlich zwei Arten von Menschen, Jakob und Ismael.«

»Es gibt viel mehr Arten, Hunderte, das weiß doch jeder.«

»Ich sagte *grundsätzlich*. Wäre ich einer von den Übergescheiten, würde ich sagen, die beiden Arten seien Mann und Frau. Nu? Aber auch im weiteren Sinne trifft das zu. Jakob steht für die Seßhaftigkeit und die Gemeinschaft und die sie regelnden sittlichen Gesetze. Ismael, der ›wilde Mensch‹, tut, was ihm gerade in den Sinn kommt. Im übertragenen Sinne könnten wir sagen, daß Ismael die Steinwüste gemacht hat und Jakob den Kibbuz.«

»Wieso im übertragenen Sinne? Ganz genau so ist es gewesen.«

»In diesem Falle schon, ich weiß.« Es war ein warmer Tag, aber dem Rabbi wurde plötzlich noch wärmer, so warm, daß er sich fächeln mußte. »Man soll nicht übergescheit sein wollen, *motek*. Es ist ein Fehler, vor dem wir uns hüten müssen ... Ich meinte das natürlich im weiteren Sinne. Deshalb brauchen wir so zahlreiche Segenssprüche. Wer außer uns hat so viele? Wäre es nicht genug, die Schöpfung insgesamt zu preisen? Nein, uns genügt das nicht. Wir vertiefen uns in diese

129

Dinge, in alle Aspekte der Schöpfung. Wir betreiben wenn du so willst – die Sache wissenschaftlich.«

»Der Fahrer winkt«, sagte Jonathan.

»Ich sehe es. Hast du sonst noch Fragen?«

»Nein. Das war sehr interessant«, sagte Jonathan.

»Freut mich. Denke immer daran, daß du von Jakobs Stamm bist, *motek*.«

»Das mit den Gazellen meine ich«, sagte Jonathan.

»Auch gut.«

»Für eine neue müßte ich also sagen: Der du die Gestalt Deiner Geschöpfe wandelst, wenn ich sie sehen würde?«

»Oder: Der du uns bis zum heutigen Tag geführt hast, da ... Beides paßt.«

»Und wenn man alle zwei sagt?«

»Das kann auch nicht schaden.«

»Schönen Dank für den Rat.«

»Gern geschehen, *motke*.«

Jonathan ging zurück in das stille Kinderhaus und vertiefte sich in die Segenssprüche. Schön wuchtig hörten sie sich an. Vorläufig aber hielt er sich an Bewährtes. Abends im Bett sagte er: »Gott segne Smith.« Er sagte es früh, denn er mußte zeitig heraus.

5

Er fürchtete schon, es könne nicht früh genug sein, denn draußen war es nicht sehr dunkel. Neben Dina schlief Allon, und Allon trug eine Armbanduhr. Jonathan sah rasch hin. Noch nicht vier, um so besser. Er würde es vor dem Frühstück schaffen. Er schlüpfte in sein Hemd und seine Shorts, nahm die Sandalen in die Hand und tappte barfuß durch den Kibbuz. Als die Häuser hinter ihm lagen, zog er die Sandalen an und lief nach unten zu den Fischteichen. Er brauchte im Laufschritt eine Viertelstunde. Außer Atem kam er an. Weil er nicht wußte, wo das Militär lag, ging er durch die Zitruspflanzungen langsam und vorsichtig und schnupperte nach Rauch.

Er bahnte sich behutsam seinen Weg zwischen den Grape-fruits hindurch bis zu den Zitronen. Hinter den Zitronen lagen die Baumwollfelder mit den verkohlten Stellen darin und dahinter die Findlinge am Rande der Schlucht. Er rechnete damit, daß er bäuchlings durch die Baumwolle würde kriechen müssen: bestimmt hatten sie Posten in den Zitruspflanzungen.

»He!« sagte jemand, als er sich gerade auf den Bauch fallen ließ.

Er blieb liegen. Vielleicht galt das »He!« gar nicht ihm.

»Du da in der Baumwolle. Aufstehen. Herkommen.«

Jonathan stand auf und ging zurück.

Ein junger Mann mit schwerer MPi saß in der Bewässerungsgrube eines Zitronenbaums. Er hatte einen Stahlhelm auf und kaute Gummi. »Was hast du hier zu suchen?«

»Ich gehe spazieren«, sagte Jonathan.

»Auf dem Bauch?«

»Ich habe Arten gesucht, wir haben einen Naturkundewettbewerb.«

»Und was meinst du, was du in der Baumwolle gefunden hättest?«

»Das kann man nie wissen, deshalb muß man ja so genau hinsehen.«

»Ich muß dich melden, das ist dir wohl klar. Wie heißt du?«

»Allon«, sagte Jonathan.

»Wie oft hat man dir schon gesagt, Allon, daß du hier nichts verloren hast?«

»Weiß nicht.«

»Da draußen schleichen die Fedayin herum und warten nur darauf, dir ein Loch in den Kopf zu schießen. Sie sitzen auf der anderen Seite der Schlucht, ja, vielleicht sogar in den Baumwollfeldern.«

»Ich denke, ihr sollt aufpassen, daß sie nicht in die Baumwolle gehen?«

Der junge Mann hörte einen Augenblick auf zu kauen. Dann zückte er ein Notizbuch. »Allon – und weiter?«

»Avny.«

»Okay, Allon Avny, hoffentlich bist du gut im Fußbodenschrubben. Ich werde mich persönlich darum kümmern, daß du in den Ferien ein bißchen Übung kriegst. Und sieh zu, daß du nicht noch einmal herkommst, ist das klar?«

»Sieh du lieber zu, daß du nicht immerfort einpennst. Ich habe dich gute zehn Minuten beobachtet, andauernd bin ich in der Baumwolle herumgehüpft, weil ich sehen wollte, wann du endlich munter wirst. Auf deinen Bericht bin ich gespannt«, sagte Jonathan.

»Mach, daß du fortkommst«, sagte der Soldat.

Jonathan zog sich durch die Zitruspflanzung zurück und überlegte. Es wurde allmählich hell. Er konnte, wie er es aus Versehen beim erstenmal gemacht hatte, in einem weiten Bogen das Kibbuzgelände umgehen und sich dann wieder zum Kibbuz vorarbeiten. Aber dazu brauchte er Zeit. Er wußte nicht einmal mehr die genaue Stelle; er mußte sie erst suchen. Aber an die Losungen erinnerte er sich. Wenn die noch da waren und er sie gleich fand...

Er rechnete. Wenn alles klappte, schaffte er es bis zum Frühstück. Wenn nicht, half kein Schwindeln. Der Soldat hatte ihn in der Dunkelheit nicht erkennen können, aber er würde seine Meldung machen, und wenn Jonathan fehlte, war die Sache klar, auch wenn er sich Allon genannt hatte. Vielleicht konnte er es dann nie wieder versuchen.

Jonathan überlegte hin und her, ging dabei aber unbeirrt weiter. Er sichtete die Posten bei den Grapefruits, zwei Stellungen mit Panzern und Mörsern. Irgendwo mußte noch eine dritte sein. Er ging sehr vorsichtig weiter, bis er auch diese entdeckt hatte. Das kostete Zeit. Als er die Stellungen hinter sich hatte, setzte er sich in Trab.

Wo das Kibbuzland aufhörte, war alles voller Steine, er kam nicht so schnell vorwärts, wie er gedacht hatte. Außerdem waren vor einigen Nächten die Fedayin aus dieser Richtung gekommen, deshalb sagte er immer wieder leise vor sich hin: »Gelobt sei Sein Name, gelobt sei Sein Name.« Ein Gebet, darin schienen sich Abdul und der Rabbi einig zu sein, konnte nie schaden.

Vom anderen Ende der Schlucht her näherte er sich langsam wieder dem Kibbuz. Er entdeckte einige vertraute Punkte und sah sich um, aber es war noch nicht das Richtige. Als er die Stelle gefunden hatte, gab es keinen Zweifel mehr, er erkannte sie sofort, und wenige Minuten danach hatte er auch die Losungen gefunden.

»Gelobt sei Sein Name«, sagte Jonathan und folgte ihnen auf allen Vieren. Die Spur ging über die gewaltigen Steinbrocken hinweg, die an dieser Stelle die Schlucht säumten, und führten wahrscheinlich auf der anderen Seite in die Tiefe. Er wußte nicht recht, was er tun sollte. Die Schlucht war hier schmal, es war möglich, daß sie von den Fedayin benutzt wurde. Es war Wahnsinn, den Kopf über die Felsen zu heben, man konnte ihn von drüben deutlich erkennen.

Zentimeterweise richtete er sich auf und suchte vergeblich nach einer Lücke zwischen den Steinen, die sich als Ausguck hätte nutzen lassen. Langsam hob er den Blick zur Höhe der Findlinge und beobachtete genau die andere Seite. Dann richtete er sich auf, sehr langsam, um die Aufmerksamkeit nicht auf sich zu ziehen, und versuchte, nach unten zu blicken. Dort kragten einige große Steine über, der letzte war groß und flach. Wenn man sich bis dahin vorarbeiten konnte, war, was sich dort unten tat, bestimmt gut zu sehen.

Er überlegte. Es war verrückt, aber das war nun nicht mehr zu ändern. Und es war die einzige Möglichkeit, sich Gewißheit zu verschaffen.

Sehr langsam robbte er abwärts, den Blick nach drüben gerichtet. Dort stieg unvermutet die Sonne auf und machte ihn nahezu blind. Doch gelangte er wohlbehalten bis zu dem flachen Stein, legte sich hin und sah in die Schlucht hinunter. Er war noch immer geblendet von der Sonne, und zuerst sah er überhaupt nichts. Dann erkannte er Bäume und Büsche, die aus den Wänden wuchsen, viel mehr war von der Schlucht nicht zu sehen. Es war noch grau und düster dort unten. Erst allmählich gewöhnten sich seine Augen an das Licht, und durch die Bäume und Büsche hindurch sah er noch etwas anderes. »Der Du uns bis zum heutigen Tag geführt hast«, sagte Jonathan. »Der Du die Form Deiner Geschöpfe wandelst.« Er war noch nicht ganz fertig, als etwas direkt unter ihm aufprallte. Ein Steinsplitter brach ab und wirbelte durch die Luft.

Er zog sofort den Kopf ein und legte die Hände darüber – als ob das was geholfen hätte. Der Stein war von der anderen Seite gekommen, und soviel begriff er trotz seines Schreckens: Daß er in dem hellen Sonnenlicht von dort drüben jetzt ganz genau zu sehen war. Daß er, um sich in Sicherheit zu bringen, erst wieder die Treppe aus Steinblöcken bewältigen mußte. Und daß er es nicht schaffen würde, bis zum Frühstück wieder zurück zu sein.

VI.
Musallem

1

Daß nicht alles so war, wie es sein sollte, merkten sie zuerst am Pipeline-Posten Nummer 6. Seit undenklichen Zeiten verkauften sie dort ihre Lämmer. Die vom Posten Nummer 6 waren immer scharf auf frisches Fleisch. In guten Jahren kauften ihnen die Männer dort auch Teppiche und Satteldecken und sonst noch so manches ab, was sie nach Damaskus – oder woher auch immer Gott sie auf diesen Posten geschickt hatte – mit auf Urlaub nahmen. Jetzt gab es am Posten Nummer 6 Soldaten und Offiziere in blankgeputzten Stiefeln und eine Landebahn. Und tiefgefrorenes Fleisch, das mit einem Transportflugzeug aus Damaskus angeliefert wurde. In diesem Jahr, erfuhren die Beduinen, brauche man weder Lämmer noch sonst etwas.

Mit eigenen Augen sah der Alte, wie die verwünschte Maschine landete und entladen wurde, und minutenlang verschlug ihm der Zorn die Sprache. Als er wieder reden konnte, bat er Gott inständig, die Leiber der Mütter und Weiber und Töchter aller Männer im Posten Nummer 6 verdorren und die Männer selbst, nachdem ER sie mit Aussatz geschlagen und unfruchtbar gemacht hatte, im Höllenfeuer braten zu lassen.

Er versuchte mit den Oberen des Postens zu disputieren und wurde an einen Proviantmeister verwiesen. Ein Proviantmeister am Posten Nummer 6! Der Mann, gleichzeitig Politoffizier, befahl dem Alten, mit seinen Leuten sofort das Gebiet zu verlassen, es sei militärische Sperrzone. Er zeigte ihm auf einer Landkarte eine Linie und wies ihn an, sich östlich davon zu halten. Der Alte konnte die Karte nicht lesen, aber der Offizier nannte ihm die Stellungen, die auf ihr eingetragen waren. Mit ungläubigem Entsetzen vernahm der Alte, daß an ihrer gewohnten Wasserstelle nun ein Blockhaus mit einem Artillerieposten stand.

»Du schickst uns ins Verderben«, sagte er zu dem Offizier. »Ich bin sechsundachtzig Jahre alt und habe Zeit meines Lebens diese Wasserstelle benutzt. Wir kommen gerade aus dem Osten, jedes Jahr kommen wir im Sommer hierher. Wir brauchen Wasser.«

»In den Dörfern ist Wasser. Siedelt euch in den Dörfern an, die Revolution will es so. Sollen denn eure Kinder in Unwissenheit aufwachsen? Wollt ihr nicht, daß sie frei werden?«

Der Alte wollte sich erneut aufs Bitten verlegen, aber da fragte der Offizier nach seinen Papieren, und darauf gab es natürlich nichts mehr zu sagen. Zwei Soldaten brachten sie aus der Sperrzone heraus. Als sie abends ihr Lager aufschlugen, kehrten die Soldaten um, und so bauten sie eine Stunde später die Zelte wieder ab und wandten sich erneut, allerdings in sicherer Entfernung von der Pipeline, westwärts.

Fürchterlich fluchend forschte der Alte in seinem Gedächtnis nach weiteren Wasserstellen. Zum Schluß entschieden sie sich für Barata, wo ebenfalls eine Wasserstelle war. Soweit der Alte sich erinnerte, hatte der Offizier nichts von irgendeiner besonderen Einrichtung dort gesagt, allerdings war der Ort noch in der Sperrzone, die Wasserstelle lag gute zehn Kilometer östlich von ihrer früheren und war nicht so zuverlässig. Außerdem gehörte sie den *Ma'ara,* und diese Elenden würden für die Benutzung vermutlich die Hand aufhalten. Inzwischen waren allerdings die meisten Ma'ara – wie auch viele Wahir, welch Unglück für den Stamm – in Dörfer gezogen und seßhaft geworden, so daß zumindest in den nächsten Wochen Wasser für alle da sein würde. Bestimmt würde es Reibereien geben, aber was sollten sie machen?

»Ach, Musallem«, sagte der Alte, »Ismael ist schwer geschlagen. Jahr für Jahr verlassen uns die Abtrünnigen, und man kann ihnen wohl keinen Vorwurf daraus machen. Aber warum tut ER uns das an? Welche Absicht steht dahinter?«

»Vielleicht will er uns prüfen«, sagte der Junge, der schon wußte, welche Antwort von ihm erwartet wurde.

»Dann müssen wir versuchen, die Prüfung zu bestehen.«

»Wie du es immer getan hast, Urgroßvater.«

»Wohl gesprochen, vortreffliches Kind. Gott ist mein Zeuge, *halaila,* daß du mein wahrer Erbe bist. Ich werde sie enterben, diese Abtrünnigen.«

»Daran darfst du nicht einmal denken.«

»Wir wollen sehen. Ich werde mich an die *Scharia* in Kuneitra wenden, dort findet sich gewiß ein gottesfürchtiger Mann, der mir Bescheid geben kann. Diese Dinge sind in Gesetzen geregelt, mußt du wissen. Man kann nicht nach Lust und Laune seine Leute enterben. Du bist jetzt acht, Musallem?«

»Neun, Urgroßvater.«

»Nur noch ein paar Jährchen wünsche ich mir ... Wenn ich bewahrt bleibe, bis du alt genug bist ... mehr verlange ich gar nicht.«

»Sage nicht so etwas. Bis zu deinem hundertzwanzigsten Jahr mag ER dich bewahren.«

»Das wird nicht angehen, *halaila.* Ach, ich bin recht verzagt.«

»Dann sage ich dir einen Vers.«

Er sagte ein paar Koranverse auf, und der Alte faßte wieder ein wenig Mut. Der Junge munterte ihn immer auf, und der Alte liebte ihn.

Erwartungsgemäß kam es in Barata bald zu Reibereien. Die Ma'ara drängten kraft ihres Rechtes darauf, daß die Wahir ihre Herden verkleinerten. Es sei nicht genug Wasser da. Die Zeit war ungünstig für Verkäufe, denn andere hatten ähnliche Schwierigkeiten, und die Lumpen in den Dörfern nützten das weidlich. Die Preise waren schlecht, sehr schlecht. Sie verkauften jede Woche ein paar Tiere, sogar von wertvollen Mutterschafen mußten sie sich trennen, aber je tiefer der Wasserspiegel sank, desto nachdrücklicher bestanden die Ma'ara auf weiteren Verkäufen und forderten für weniger Wasser den gleichen Preis wie vorher.

Alles, was sie kauften, wurde teurer, und alles, was sie verkauften, mußten sie billiger hergeben. Selbst für die von den Frauen verfertigten schönen Teppiche und Decken bekamen sie nur noch ein Spottgeld. Überall hatten die Lumpen jetzt die Oberhand, denn die Beduinen konnten es sich nicht leisten, ihr Vieh zu behalten. Die Ma'ara, die sich ihr Wasser bezahlen ließen, behielten fast das ganze Vieh, auch ihre Teppiche und Decken blieben ihnen, sie sahen sich in einer starken und immer noch stärker werdenden Position. Natürlich gab das böses Blut.

Auch innerhalb der Wahirsippe gab es böses Blut. Die seßhaft Gewordenen kamen nach Barata und forderten eine genaue Abrechnung über das Vieh, das sie der Sippe anvertraut hatten und für das sie Hüte- und Weidelohn zahlten. Es kam zu erbittertem Streit, als sie hörten, wie wenig die Tiere beim Verkauf gebracht hatten. Von verschleudertem Erbe war die Rede, von Vermögen, die verdient und beiseite geschafft worden seien, und ohnehin, so hieß es, sei es nicht erlaubt, ohne Genehmigung Zuchtvieh zu verkaufen. Vergeblich waren alle Versuche, ihnen klarzumachen, wie die Dinge lagen. Zum Schluß verfluchte der Alte alle Beteiligten gleichermaßen.

»Da siehst du, Musallem, was dabei herauskommt, wenn die Menschen vom Althergebrachten lassen. Der Teufel gewinnt Macht über sie. Nur weil sie ein Körnchen eigenen Boden besitzen. Das schafft Eigensucht. Aber nicht genug damit, daß sie vom Althergebrachten lassen. Vernichten wollen sie es, und damit vernichten sie auch uns.«

»Wollen die Ma'ara uns nicht auch vernichten?«

»Was haben die Ma'ara schon an Althergebrachtem? Sie waren von jeher hinterlistige Halunken. Aber zumindest ist es ihnen nicht darum zu tun, uns zu vernichten. Nur auf unsere Kosten bereichern wollen sie sich. Sie haben kein Gespür für das Böse, haben es nie gehabt. Sie glauben nicht an Dschinnen.«

»Nicht?«

»Wenn ich es dir sage... Laß dir das, was du hier erlebst, eine Lehre sein, Musallem: Lege nie ein Samenkorn in die Erde.«

In diesen Monaten wurde Musallem von allen Seiten geraten, sich das, was er erlebte, eine Lehre sein zu lassen. Seine Mutter, die wieder geheiratet hatte, erzählte von dem Dorf, in dem sie seßhaft geworden war.

»Wenn es kalt ist, *halaila,* hast du dort ein warmes Bett, und wenn es heiß ist, kühle Getränke. Keiner braucht immer nur das Vieh zu hüten. Du bezahlst jemanden dafür und machst inzwischen etwas Interessanteres. Die Jungen im Dorf spielen Fußball, *halaila.* Sie gehen zur Schule und lernen nützliche Dinge, und alle sind stolz auf sie. Und wenn sie einen Polizisten sehen, brauchen sie nicht wegzulaufen. Die Zeit des Herumziehens ist vorbei. Du bist jung, du verstehst das noch nicht, aber ich kenne beides und weiß, was besser ist. Höre nicht auf Leute, die nur eines kennen. Geh mit mir, *halaila.*«

»Ich will es mir überlegen«, sagte Musallem.

In den Zelten der Ma'ara redeten sie anders. Dort lernte er das Rauchen, und oft saß er mit seinen Vettern beisammen und rauchte eine Zigarette. Er erfuhr allerlei Neues über seinen Vater.

»Hat man schon mal eine solche Ähnlichkeit gesehen? Der Junge ist ihm wie aus dem Gesicht geschnitten.«

Das hatte noch niemand zu Musallem gesagt, und er spitzte die Ohren.

»Warum ist er mit dem Schaf weggelaufen?« fragte er.

»Weggelaufen? Mit einem Schaf? Es war sein eigenes Schaf. Warum sollte er damit weglaufen? Das sind Lügenmärchen der Wahir, kleiner Dummkopf. Die Wahir sind aus Dung gemacht und haben keinen einzigen eigenen Gedanken im Kopf.

Hätten wir es nicht erfahren, wenn er irgendwohin gelaufen wäre? Er hat für deine Mutter gutes Geld bezahlt und hat sein Erbteil mitgenommen. Das sagen sie nur, weil sie sich um ihre Verpflichtungen drücken wollen. Wir haben nichts von dem wiedergesehen, was er mitgenommen hat.«

Musallem wußte, daß die Meinungen über dieses Erbteil – sein Erbteil, wohlgemerkt! – geteilt waren, und enthielt sich wohlweislich jeder Bemerkung dazu. »Was ist denn aber wirklich mit ihm geschehen?« fragte er.

»Er hat ein Schaf in der Schlucht verloren und ist ihm nachgestiegen.«

»Das war gefährlich.«

»Natürlich. Aber nicht so, wie du glaubst. Dschinnen gibt es dort nicht.«

Auch hierzu äußerte Musallem sich nicht. »Was für Gefahren gibt es denn da sonst noch?«

»Wilde Tiere vielleicht. Man hat dort Wölfe gehört.«

»Und warum ist er in die Schlucht gestiegen, wenn er das gewußt hat?«

»Er war ein Ma'ara, und die Ma'ara handeln, wie es ihnen beliebt. So sind wir. Du auch, das merkt man sofort. Komm zu uns, es ist dein Recht durch deinen Vater, Musallem. Schütze dein Erbe, solange du es noch hast.«

»Mein Urgroßvater hat mir ein größeres Erbteil versprochen, er will alles mir vermachen.«

Darüber mußten sie lachen. »Mag er es versuchen, der alte Narr. Es sind zu viele vor dir, Musallem, sie würden es dir streitig machen. Aber selbst wenn er es könnte, was würdest du bekommen? Bis dahin ist doch nichts mehr übrig. Wie lange können die Wahir noch durchhalten?«

»Wie lange können wir alle noch durchhalten? Wir sind erledigt, sagt meine Mutter. Sie sagt, ich soll zu ihr ins Dorf kommen.«

»Es wäre nicht das Schlechteste, wenn es wirklich das ist, was du willst. Hier überleben nur die Besten. Aber wir sind die Besten, Musallem. Für uns wird es immer mehr als genug geben. Wenn die Zeiten schlecht sind, kann man zu den Fedayin gehen, selbst die ganz Jungen, für Sondereinsätze. Sie nehmen uns gern, weil sie wissen, daß wir keine Angst haben. Sie zahlen gutes Geld für die einfachsten Sachen.«

»Was für Sachen?«

»Sie geben dir ein Gewehr und Munition, die kannst du manchmal verkaufen, auch Bomben. Von unseren jungen Männern sind zur Zeit einige bei den Fedayin, das ist praktisch. Du bekommst deine Verpflegung, Unterkunft, guten Lohn, dafür bringen sie dich in das gestohlene Land und lassen dich ein paar Juden umbringen. Jedesmal, wenn du welche umgebracht hast, zahlen sie dir mehr. Was kann daran unrecht sein?«

»In welches gestohlene Land?«

Die Ma'ara staunten, wie unwissend der Junge bei den Wahir gehalten worden war, und hatten ihren Spaß an seinen drolligen Aussprüchen.

»Das Land drüben im Westen, auf der anderen Seite der Schlucht. Es heißt, daß die Juden die Al-Hadar von dort vertrieben, daß sie ihnen das Land gestohlen haben. Die von der Regierung geben den Fedayin Geld, damit sie hingehen und die Juden schwächen, und planen unterdessen einen Feldzug, um sie endgültig zu schlagen. Warum, glaubst du, mußten alle Leute dieses Gebiet verlassen? Was glaubst du, wozu die Waffen und die Soldaten gut sein sollen? Wenn sie ihre Revolution unter Dach und Fach haben, kommen sie mit einem Heer und holen sich das Land zurück.«

»Haben die Juden es wirklich gestohlen?«

»Wer weiß? Auch sie gehören zur Al-Hadar, aber sie sind schon sonderbare Leute. Wenn sie versuchen, Arabisch zu sprechen, brechen sie sich die Zunge. Die Frauen laufen halbnackt herum und bieten sich den Männern an. Allen. Auch den Fedayin.«

»Ist das wahr?«

»Frag die Fedayin. Wenn die hingehen und ein paar von den Männern umbringen, laufen die übrigen davon, und die Frauen geben sich den Fedayin bereitwillig hin.«

»Das ist schändlich.«

»Freilich ist es schändlich, aber was tut es? Für uns zählt nur das Geschäft. Alles geschieht nach Gottes Fügung. Wenn es nicht dieses Geschäft ist, gibt es andere. Wir sind gut dran. Aber die Wahir stehen auf verlorenem Posten. Überleg es dir, Musallem.«

»Ja, das will ich tun«, sagte Musallem.

Es gab viel zu überlegen. Er dachte an das, was seine Mutter ihm erzählt hatte. Das Fußballspielen und die kühlen Getränke konnten ihm schon gefallen, aber das, was er von der Schule und den freundlichen Polizisten gehört hatte, gefiel ihm ganz und gar nicht. Auch dem Gedanken, immer an einem Ort wohnen zu müssen, konnte er nichts abgewinnen. Ein solches Dasein schien ihm, wie sein Urgroßvater gesagt hatte, sündhaft und anstößig. Wieviel schöner war das Leben in einem Zelt, das sich nach Belieben aufschlagen und wieder abbauen ließ! Und am allerschönsten war es im Zelt seines Urgroßvaters. Es war zwar mittlerweile recht zerschlissen, aber es war das Dreipfostenzelt eines Scheichs. Er hatte, wenn er mit den Männern zum Viehverkauf gegangen war, die elenden Löcher gesehen, in denen die Dörfler hausten. Dennoch – das alles wollte gut überlegt sein.

Auch an sein Erbe dachte er, und an einem Junitag begleitete er seinen Urgroßvater nach Kuneitra. Der Alte tat recht geheimnisvoll um sein Vorhaben. Allein ritten sie auf ihren Eseln durch die Hitze, nur ein paar Schafe, die sie verkaufen wollten, hatten sie mitgenommen. In Kuneitra zahlte man ihnen bessere Preise für die Schafe als in den Dörfern, und das stimmte den Alten heiterer. Als er aber einige Stunden später vom Gericht kam, war ihm die Heiterkeit vergangen.

»Es ist nicht gut gegangen, Urgroßvater?«

Nein, es war nicht gut gegangen. Etliche Söhne und Töchter hatten zwar vor dem Alten das Zeitliche gesegnet, einige aber waren noch am Leben. Zudem war, wie es schien, der Alte als Patriarch der Sippe verpflichtet, auch für entferntere Abkömmlinge seiner Familie aufzukommen.

»Du kannst einen größeren Anteil beanspruchen, *halaila.*
Die Kinder deiner Mutter nämlich können in der Summe mitgezählt werden, brauchen aber beim Verteilen nicht gezählt
zu werden. Es ist in mein Ermessen gestellt, hat der fromme
Mann gesagt. Aber es ist bei weitem nicht das, was ich dir
hatte geben wollen; nicht ein Bruchteil davon.«

»Habe ich je etwas von dir verlangt? Ich bete zu Ihm, daß
er dich hundertzwanzig Jahre alt werden lasse.«

»Das weiß ich, Musallem, ich weiß es wohl, *halaila.* Und
ich gebe mich auch noch nicht geschlagen. Ich werde eine
zweite Beurteilung einholen. Es muß noch andere Beurteilun-
gen geben. Durch die Abtrünnigen ist ja eine ganz neue Lage
entstanden. Wenn sie die Tradition auf den Kopf stellen können, kann ich das auch. Trotzdem, es macht mir Kummer.«

Von dem Geld, das sie für die Schafe bekommen hatten,
zweigte er ein wenig für Haschisch ab und rauchte etwas davon auf dem Rückweg. Abends im Zelt rauchte er weiter und
hieß Musallem, sich zu ihm zu setzen, damit er unter dem Vor-
wand, unpäßlich zu sein, Besuchern die Tür weisen konnte.
Musallem hatte nichts dagegen. Das Zelt war ihm zu jeder Ta-
geszeit lieb, besonders aber nachts. Das feste schwarze Tuch,
die langen, in den traditionellen Wahirmustern eingenähten
Streifen – so und nicht anders mußte es sein, so und nicht anders war es gut. Das Zelt hatte einen rechteckigen Grundriß,
durchgehende Trennwände aus Tuch teilten es in drei Abtei-
lungen. Eine war das Reich der Frauen und gleichzeitig die
Küche, eine das Männerquartier, und die mittlere Abteilung
war der Empfangs- und Gästebereich. Dort lagen die beiden
jetzt auf Schaffellen, die über Sättel gebreitet waren, und die
vier an den Pfosten und Querstreben hängenden Öllampen
tauchten die Teppiche und die vertrauten Messing- und Kup-
fergegenstände in mildes Licht. Nebenan saßen ein paar Wit-
wen und andere Weiber der Sippe und unterhielten sich leise,
aus der Küche zogen appetitliche Gerüche zu ihnen hinüber,
auch das Haschisch und das in der Mitte des Raumes glim-
mende Feuer verbreiteten einen angenehmen Duft.

»Ich hätte gern Kaffee, *halaila.*«

Musallem stand auf, legte aus dem Sack mit getrocknetem Kamelmist Brennmaterial nach und fachte mit dem Blasebalg das Feuer an. Dann schüttete er ein paar Kaffeebohnen zum Rösten in die Pfanne. Inzwischen mahlte er etwas *Kardamom* im Mörser, gab die gerösteten Kaffeebohnen dazu, zerstampfte sie und schüttete alles für eine Minute zurück in die Pfanne, die er rüttelte, während er Wasser zum Kochen brachte. Dann gab er das Kaffeepulver in eine Kupferkanne, goß das Wasser dazu, ließ es dreimal aufkochen und stellte die Kanne neben das Feuer, um sie warmzuhalten, während der Alte einige Täßchen trank. Der Urgroßvater schwieg, und auch Musallem schwieg.

»Was ist?« fragte der Alte.

»War mein Vater wirklich so ein Lump?«

»Er war kein Lump. Er war ein Ma'ara.«

»Ja.«

Der Alte sah ihn an. »Was ist?« wiederholte er.

»Warum ist er mit dem Schaf weggelaufen?«

»Ich glaube nicht, daß es so war. Eine Tasse nehme ich noch.«

Musallem schenkte ihm ein und sah zu, wie er in kleinen Schlucken den schwarzen bitteren Trank schlürfte.

»Es war wegen deiner Mutter«, sagte der Alte. »Der Regen hatte eingesetzt, und wir mußten weiter. Sie wollte nicht mit. Man mußte ihr etwas sagen, damit sie mitkam. Bist du nun zufrieden?«

»Ich bin froh, daß er kein Lump war.«

»Das macht dir Ehre.«

»Was war mit dem Schaf?«

»Es ist in die Schlucht gelaufen. Vielleicht ist er ihm nachgestiegen.«

»Das hätte er nicht tun sollen.«

»Natürlich nicht.«

»Die Ma'ara sagen, daß es keine Dschinnen dort gibt.«

»Das hat dein Vater auch gesagt.«

»Sie sagen, daß ihn vielleicht die Wölfe gerissen haben.«

»Im Sommer sind dort keine Wölfe.«

Musallem bedachte das. »Sie sagen auch, daß ich ihm ähnlich sehe.«

»Das stimmt«, meinte der Alte. »Es hat nichts zu bedeuten. Ich sehe einem Raschid ähnlich, von meiner Großmutter her. Was wir sind, hängt davon ab, welcher Überlieferung wir folgen. Sorge dich nicht, Musallem. Du bist ein Wahir und kein Ma'ara. Heute sind es die Ma'ara, die vom Glück begünstigt sind, und wir wissen nicht, warum ER es zuläßt. Aber eines Tages wirst auch du vom Glück begünstigt sein, ich werde dafür kämpfen.«

»Sind die Ma'ara keine so guten Kämpfer?«

»Sie gehen – meist aus Habgier – Wagnisse ein, die ein vernünftiger Mensch nicht eingehen würde. Vor sechzig Jahren sind sie fast ausgerottet worden, weil sie sich auf eine Blutfehde eingelassen hatten, die gar nicht ihre Sache war. Nur weil sie sich Gewinn davon versprachen. Sie haben nichts gelernt aus diesem Schicksalsschlag. Die primitiven Listen, mit denen sie arbeiten, mögen ihnen in guten Zeiten Nutzen bringen, aber letztendlich werden sie ihr Verderben sein. Gott hat uns Prophezeiungen verboten, aber das, immerhin, können wir guten Gewissens sagen: Eines Tages werden die Ma'ara mehr wagen, als ihnen gut tut.«

»Ist es unrecht, etwas zu wagen?«

»Das hängt vom Beweggrund ab. Der Prophet selbst gebietet uns in manchen Fällen das Wagnis. So setzen unsere Männer immer wieder in Kriegen gegen die Ungläubigen ihr Leben aufs Spiel.«

»Mit welchem Beweggrund?«

»Um für das Recht einzutreten, was sonst? Um dem wahren Glauben zum Sieg zu verhelfen.«

»Um der Wahrheit zum Sieg zu verhelfen, dürfen wir also etwas wagen?«

»Das müssen wir sogar, es ist ein Gebot. Das Recht will erkämpft sein«, sagte der Alte, »und das gedenke auch ich zu tun. Ich bin noch lange nicht davon überzeugt, daß mein Kadi heute begriffen hat, was rechtens ist in meiner Sache – und mag er noch so gelehrt sein. Alle diese Gesetze lassen sich oft auch ganz anders auslegen. Es kann nicht rechtens sein, ein überliefertes Erbe an Menschen zu verschleudern, deren einziges Ziel es ist, die Überlieferung zu zerstören. Sorge dich nicht, Musallem, noch bin ich nicht tot.«

»Ich sorge mich nicht, Urgroßvater.«

»Du bist müde, *halaila*. Geh zu Bett.«

»Wenn ich sonst nichts mehr für dich tun kann.«

»Wann hast du mir zum letzten Mal einen Kuß gegeben?«

»Wer zählt so etwas?«

»Ich zähle es. Wie weit muß ich zählen?«

»Bis hundertzwanzig«, sagte Musallem, gab ihm einen Kuß und legte sich nieder, um jene Gesichtspunkte von Wahrheit und Wagnis zu überdenken, die ihn neuerdings so lebhaft interessierten.

2

Es war langweilig in Barata. Wegen der Reibereien mit den Ma'ara gab es Tage, an denen Musallem sie nicht besuchen konnte und an denen jedermann schlechter Laune war. Die Tränkzeiten waren streng geregelt. Die Sippen konnten nicht nach Lust und Laune umherstreifen, weil sie fürchten mußten, der Armee oder Polizeistreifen, vielleicht in Begleitung eines Politoffiziers, in die Arme zu laufen. Es war nicht so wie an der alten Wasserstelle. Nichts war mehr so wie früher.

Alle Beduinen an der Wasserstelle hatten Bedenken, ob sie noch lange ihr althergebrachtes Leben führen konnten, und nicht wenige entschieden sich dafür, es – zumindest vorläufig – aufzugeben. Die Tage schleppten sich dahin, die Nächte aber belebte zuweilen Geschützfeuer im Norden und im Süden von Barata. Alle Geschütze waren nach Westen, auf das gestohlene Land, gerichtet. Das nächtliche Feuerwerk erfreute sich großer Beliebtheit, und Musallem war enttäuscht, wenn es einmal ausblieb.

Seinen Urgroßvater ließ die Schießerei kalt. »Das geht uns nichts an.«

»Aber dort geht Schändliches vor.«

»Überall geht Schändliches vor.«

»Du hast selber gesagt, daß das Recht erkämpft werden will.«

»Das gedenke ich auch zu tun, sorge dich nicht, Musallem.« Der Junge wußte, daß sein Urgroßvater inzwischen sehr alt war und in eingefahrenen Gleisen dachte, und deshalb widersprach er ihm nicht. Er selbst aber war in letzter Zeit auf allerlei neue Gedanken gekommen, über die er mit seinen Vettern sprach, sobald wieder Besuche bei den Ma'ara möglich waren.

»Wie kann ein Mann in der Schlucht sein Leben verlieren, wenn es dort keine Dschinnen gibt?«

»Durch die Wölfe, das hat man dir doch schon gesagt.«

»Im Sommer sind dort keine Wölfe.«

»Wer will das beweisen? Man kann auch einen Sturz tun. Die Wände sind steil.«

»Aber wenn man sich sehr in acht nimmt . . . «

»Wer weiß . . . «

»Hätten andere Leute ihn sehen können?«

»Andere Leute? Wer denn?«

»Die auf der anderen Seite.«

»Die Juden?« Wieder mußten die Ma'ara lachen. Der Junge war zu drollig. »Die Juden . . . Dumme Schafe sind das. Die Fedayin haben sie vertrieben.«

»Vor fünf Jahren aber noch nicht.«

»Gewiß, aber einen Ma'ara hätten sie nie angegriffen. Das wäre heller Wahnsinn gewesen. Und überhaupt – was hätten sie wohl von ihm gewollt?«

»Würden sie jetzt einen angreifen?«

»Es gibt keine mehr, die Fedayin haben sie vertrieben.«

»Worauf schießen dann aber die Geschütze?«

»Jetzt höre sich einer den Jungen an! Schlagfertig wie alle Ma'ara! Gleichwohl, *halaila*, gibt es Dinge, die du nicht verstehst. Wenn ein Staat große Geschütze aufstellt in gewaltigen Bollwerken, kostet das ein Vermögen. Glaubst du, man läßt sie dort verrosten? Geschütze sind zum Schießen da und damit die Soldaten etwas zu tun haben. Außerdem reichen diese Geschütze über gewaltige Entfernungen. Sie treffen die Juden, wo sie auch sein mögen. Natürlich kommen die manchmal wieder angekrochen, deshalb gibt es für die Fedayin immer noch Arbeit. Aber wo sie auch herumkriechen, müssen sie um ihr Leben zittern. Sie wissen, was ihnen blüht.«

»Sie würden sich also nicht in die Nähe der Schlucht wagen?«

»Natürlich nicht.«

»Und wenn sie doch da wären, würden sie weglaufen, wenn sie einen Bedu sehen?«

»Wie der Blitz.«

»Ja, das dachte ich mir«, sagte Musallem.

Doch er überstürzte nichts. In letzter Zeit war er sich seines gemischten Blutes sehr bewußt. Nur die Ma'ara handelten überstürzt – und gerieten dadurch prompt in Schwierigkeiten. Die Wahir handelten überlegt – und gerieten dadurch häufig ins Hintertreffen. Andererseits hatte sein Urgroßvater gesagt, es sei nicht unrecht, im Interesse der Wahrheit ein Wagnis einzugehen. Es gab etliche Aspekte der Wahrheit, die Musallem interessierten.

Vor allem aber langweilte er sich. Er langweilte sich entsetzlich, wenn Streit tobte, und überlegte, ob er nicht vielleicht doch lieber Fußball spielen und sich an kühlen Getränken laben sollte. Aber nicht immer tobte Streit. Anfang Juli ging es friedlich zu, und Musallem fragte seinen Urgroßvater, ob er bei den Ma'ara übernachten dürfe.

»Weshalb?«

»Sie führen interessante Gespräche über das Erbteil von meinem Ma'ara-Großvater.«

»Was bedeutet das dir?«

»Wer weiß?«

Der Alte sah ihn lange an, dann küßte er ihn. »Ich werde alt, Musallem. Du tust recht daran, dich in diesen schlimmen Zeiten zu sichern. Mehr denn je überzeugt mich das davon, daß du mein wahrer Nachfolger bist. Wir gehen noch einmal nach Kuneitra, allmählich eilt es. Die ganze Welt scheint den Verstand verloren zu haben, ich bin entsetzt.«

»Ich darf also hin?«

»Gewiß darfst du hin. Sprich wenig, aber sperre die Ohren auf.«

Am späten Nachmittag ging Musallem los. Er schlug zunächst den Weg zu den Ma'ara-Zelten ein, wandte sich aber dann nach Westen. Er hatte sich genau erkundigt, eine gefüllte Wasserflasche mitgenommen und einen Ziegenkäse in Pitabrot. Er hatte sich auch die Bollwerke beschreiben lassen. Es waren feste, aus dem Fels herausgehauene Unterstände, die Geschütze waren mit Tarnnetzen überzogen, so daß auch sie aussahen wie Felsen. Sie waren nicht leicht auszumachen, aber er hielt die Augen offen und umging sie in einem weiten Bogen. Auch ihre alte Wasserstelle, die ebenfalls zum Bollwerk geworden war, mied er und hielt sich weiter nördlich. Hier stieg das Gelände an, und das letzte Stück mußte er klettern.

Die Sonne sank, als er zum Rand der Schlucht kam. Die letzten Strahlen beleuchteten ein phantastisches Bild.

Musallem sah das gestohlene Land.

Er sah es zum ersten Mal. Vor ihrer alten Wasserstelle war die Wand der Schlucht steiler angestiegen und hatte ihnen die Sicht versperrt. Jetzt sah er Grün, soweit das Auge reichte. Die Berge waren grün. Die Täler waren grün. Die weite Ebene zwischen den Bergen war ein riesiges grünes Schachbrett. Es gab Wälder und Felder und weidendes Vieh. Es war wie ein Blick ins Paradies. Kein Wunder, daß die Juden dieses Land gestohlen hatten.

Musallem hatte nach Luft geschnappt, hatte ein, zwei Minuten den Atem angehalten, und jetzt lag er auf dem Bauch und betrachtete jene erstaunliche, unvorstellbare Welt, die unter ihm hingebreitet lag. Es war unglaublich, daß es unterhalb der wirklichen Welt noch diese andere gab.

Allmählich nahm er weitere, noch unbegreiflichere Einzelheiten wahr. Es gab Straßen, ein ganzes Netz von Straßen, und auf den Straßen war Verkehr. Auf den Feldern waren Maschinen. Auf dem Schachbrett standen hier und da Gruppen von Häusern. Vor den Häusern waren Menschen, und auf den Feldern waren Menschen. Sie krochen nicht herum. Vielleicht waren es Fedayin?

Nein, das war ausgeschlossen, soviel erkannte er selbst aus dieser Entfernung. Beduinen waren es auch nicht. Es waren überhaupt keine Araber, sondern Menschen einer anderen Rasse, Menschen mit nackten Beinen. Es mußten die Juden sein. Musallem mühte sich, aus dem, was er sah, schlau zu werden. Was hatten sie hier zu suchen, wenn sie Juden waren? Und warum, wenn sie schon da waren, krochen sie nicht herum?

Es war zu viel auf einmal, er verstand es nicht. Er hielt nach den Frauen Ausschau, die halbnackt herumliefen, aber es wurde rasch dunkel, und er sah sie nicht.

So lange blickte er dort hinunter, daß er darüber ganz vergaß, weshalb er eigentlich hergekommen war. Als es ihm jählings wieder einfiel, begriff er, daß er sich in einer ungünstigen Position befand. Von seinem vorgeschobenen Posten aus konnte er nichts von dem sehen, was sich direkt unter ihm tat. Er sah die gegenüberliegende Wand, sah große Steine, die stufenförmig nach unten führten und sich im Unterholz verloren. Er mußte die Stellung wechseln. In dem schwindenden Licht tat er das nicht gern. Er konnte unversehens einer Stellung zu nahe kommen oder einem Trupp Fedayin in die Arme laufen.

Es war wohl das Vernünftigste, wenn er bis Sonnenaufgang blieb, wo er war. Er suchte sich eine geschützte Stelle zwischen den Steinen, trank ein paar Schlucke und aß etwas von seinem Pitabrot und von seinem Ziegenkäse. Er horchte in der Stille nach Dschinnen oder Wölfen, hörte aber nichts. Dafür hörte er andere Laute, die er sich nicht recht erklären konnte. Ein fernes Blöken. Vielleicht, sagte er sich, waren es die Rufe einer unbekannten Tierart aus dem gestohlenen Land, die in der stillen Nachtluft zu ihm herüberdrangen.

Stundenlang betrachtete er in der Dunkelheit das gestohlene Land, in dem jetzt überall kleine Lichter aufgegangen waren, Trauben aus Licht, ganze Flechtwerke aus Licht, grünlich und orangefarben, glitzernd und schimmernd wie Sternbilder, nur schöner. Bei Nacht wie am Tage – ein Juwel.

Früh, noch ehe es hell geworden war, stand er auf. Er war noch nicht volljährig, deshalb war das Morgengebet für ihn nicht Pflicht. Trotzdem beschloß er zu beten. Das Morgengebet konnte als Rückversicherung nur nützlich sein. Er wartete, bis der letzte Stern verblaßt war, dann goß er Wasser aus der Flasche auf seine Hände und netzte Gesicht und Füße. Den zweiten Wasserguß sog er in die Nasenlöcher, dann steckte er die nassen Finger in die Ohren. Zum dritten Mal goß er Wasser in seine Handflächen und legte sie auf den Kopf.

Er räumte sorgsam die spitzen Steine auf dem Boden beiseite, wandte sich vor dem heller werdenden Himmel zu seiner Linken nach Süden, gen Mekka, und vollführte die vorgeschriebenen Bewegungen. Er richtete sich auf und verbeugte sich mit den Händen auf den Knien. Dann kniete er nieder, berührte die Erde mit der Stirn, richtete sich erneut auf, streckte mit nach oben gerichteten Handflächen die Arme vor – und wußte nicht mehr weiter. Das Gebet war ihm entfallen. Im Gedächtnis geblieben war ihm nur noch der Text, der jedem Gebet vorangeht. Als Ersatz wollte er den ein paarmal hintereinander hersagen.

Im Namen Gottes, des Gnädigen, des Barmherzigen!
Lob und Preis sei Gott, dem Herrn der Welt!

Dem Gnädigen, dem Barmherzigen!
Richter am Tage des Gerichts!

Gewiß drückte der Gnädige, der Barmherzige, ein Auge zu, zumal Musallem das Morgengebet eigentlich gar nicht zu sprechen brauchte. Die Hauptsache war, daß der Gnädige, der Barmherzige, ihm seine Aufmerksamkeit schenkte. Die konnte er gut gebrauchen, denn jetzt, da der Himmel im Osten rasch heller wurde, bemerkte er plötzlich, daß über der Schlucht ein ganz sonderbarer Nebelpfropf saß, der sie verschloß und schützte wie ein Korken. Die Sache war ihm nicht recht geheuer. Sein Unternehmen wollte gut überlegt sein.

Eine leichte Morgenbrise blies den Nebel weg. Musallem schnupperte. Aus der Schlucht stieg ein Geruch auf, den er kannte, wenn auch nicht genau zu bestimmen wußte. Es roch nach Leibern und nach Verbranntem. Es roch, wie es im Lager riecht, gleichzeitig jedoch säuerlich-modrig. Es riecht nach Alter, dachte Musallem, und das gefiel ihm nicht. Er beschloß, hierzubleiben, bis die Sonne aufgegangen war, und dann entweder nach einer günstigeren Stelle zu suchen oder sich davonzumachen. Man brauchte schließlich nicht alles auf einmal zu erledigen. Immerhin kannte er jetzt den Weg hierher. Ja, dachte er, das ist das Beste: Die Entscheidung verschieben, bis die Sonne aufgegangen ist. In der Zwischenzeit kann ich etwas essen.

Er aß noch ein Stück von seinem Pitabrot und seinem Käse und trank sparsam, während der Himmel heller wurde. Das geschah nicht allmählich, sondern in scharf abgegrenzten, wahrnehmbaren Phasen, indes die Sonne ferne Hindernisse überwand. Jählings erschien die vertraute malvenfarbene Aura über den Bergen im Osten, wo sie Sekunden zuvor noch nicht gewesen war. Ebenso abrupt, in einem fast hämmernden Rhythmus, stetig wie das Schlagen eines Herzens, vergrößerte sich der Halbkreis, wurde rot, rosa, flammenfarbig, während das noch unsichtbare Gestirn auf seinem vertrauten Weg höherstieg. Musallem, der all dies kannte, solange er denken konnte, aß ruhig zu Ende, ohne recht hin-zusehen. Eine Zigarette wäre jetzt nicht schlecht, dachte er und bedauerte, daß er keine mitgenommen hatte. Es dau-erte noch einige Minuten, bis die Sonne aufgegangen war. Die Zeit konnte er nutzen, um sich zu erleichtern.

Dabei behielt er nicht die aufgehende Sonne im Auge, son-dern hockte sich so hin, daß er auf das gestohlene Land blickte, das jetzt wieder in Sicht kam. Nebelschwaden zo-gen darüber hin, rissen aber immer wieder auf. Unter seinen Augen erglühten sie tiefrosa, wurden jählings heller, rosen-, aprikosenfarben, und nun, wußte er, würde gleich hinter ihm die Sonne aufgehen. Gleichzeitig aber nahm er etwas anderes wahr. Eine Bewegung auf der anderen Seite der Schlucht.

Musallem hörte unvermittelt auf, sich zu erleichtern.

Woher die Bewegung gekommen war, wußte er nicht, er hatte sie nur gespürt. Da war sie wieder. Diesmal sah er, wie sich etwas Rötliches über dem Felsen erhob. Ein Menschen-kopf. Ein Körper folgte. Der Mensch da drüben erstieg den Fels, blieb dort sitzen und spähte zu ihm hinüber.

Musallem wußte, daß man ihn nicht sehen konnte. Das Licht kam von hinten und beleuchtete die andere Seite. Je-den Augenblick mußte jetzt die Sonne aufgehen, und dann konnte es überhaupt keinen Zweifel mehr geben. Sie würde den Menschen da drüben blenden. Musallem war froh dar-über. Er sah jetzt, daß es ein Junge war, ungefähr so groß wie er. Kein Araber. Ein Jude also. Der Jude stand tiefer als er und völlig ungeschützt. Fast so nahe, dachte Musal-lem belustigt, daß ich auf ihn spucken kann. Schön, vielleicht nicht ganz so nahe, aber nicht weiter als hundert Meter ent-fernt.

Musallem wartete auf den unvergleichlichen Augenblick des Sonnenaufgangs, und als dieser gekommen war, been-dete er sein Geschäft, ordnete seine Kleidung, griff sich ein paar scharfkantige Steine und stand auf. Er wußte, daß er noch gut gedeckt war und hätte am liebsten laut losgelacht, als er sah, wie der andere Junge, der sich jetzt die Steinstufen heruntertastete, zu ihm hinüberspähte, ohne zu ahnen, daß er da war.

Es war an der Zeit, dem Jungen beizubringen, daß er da war, dachte Musallem. Er zielte genau und schleuderte den Stein mit aller Kraft. Der Stein verfehlte sein Ziel, traf den Felsen direkt darunter und kollerte in die Schlucht hinab. Doch die Wirkung war fast so gut wie ein Treffer, und Musallem lachte sich fast tot. Der Jude fiel hin wie vom Blitz gefällt und legte schützend die Hände über den Kopf. Musallem ließ ihn eine Weile zappeln. Wenn der Jude sich in Sicherheit bringen wollte, mußte er sich umdrehen und wieder bergauf steigen. Er konnte auf dem Bauch nach oben robben, aber das war mühsam. Wenn es schneller gehen sollte, mußte er sich aufrichten. Und ich werde ja wohl nicht jedesmal danebentreffen, dachte er.

Jetzt war der Jude am Zuge. Er, Musallem, würde warten, bis er den Kopf hob. Er wartete diesen schönen und vorhersehbaren Moment ab, traf aber leider wieder daneben. Was danach geschah, hatte er nicht vorhergesehen. Der Jude sprang auf, stand kerzengerade da und hatte einen Stein in jeder Hand.

»Beim nächsten Mal kriegst du einen zurück«, rief er. »Ich kann dich sehen.«

Musallem wußte, daß der Jude ihn nicht sehen konnte. Andererseits wußte man denn, was Juden sahen? Noch verblüffender aber war etwas anderes: Der Jude hatte arabisch gesprochen. Musallem schwieg und überlegte.

Aber als der Jude sich langsam abwandte, fühlte er sich gedemütigt. So billig sollte er nicht davonkommen. Er schleuderte seinen Stein. Der Jude schleuderte einen zurück. Musallem verfehlte sein Ziel, aber der Jude auch, obwohl dessen Stein nur eine Handbreit von Musallems Ohr entfernt gegen den Felsen prallte, und Musallem begriff zweierlei gleichzeitig.

Erstens, daß der Jude – ob er nun Musallem sehen konnte oder nicht – gemerkt hatte, woher der Stein gekommen war

154

und deshalb ungefähr abschätzen konnte, wo er steckte. Zweitens, daß der Jude darauf gekommen war, ehe er, Musallem, die Sache durchschaut hatte. Und während er einigermaßen erschüttert dastand, begriff er Sekunden später noch ein Drittes: Daß der Jude besser zielen konnte als er.

Musallem blieb ganz still stehen und überlegte. Er wußte, daß der Jude nicht rückwärts wieder nach oben gehen konnte. Irgendwann mußte er sich umdrehen. In diesem Moment konnte er selbst die Stellung wechseln und es noch einmal versuchen. Aber da rief der Jude:

»Warum wirfst du mit Steinen nach mir? Bist du verrückt?«

Musallem schwieg.

Sie belauerten einander eine Weile. Musallem wußte, daß der Jude ihn nicht sehen konnte. Vielmehr: Es war sehr unwahrscheinlich, daß der Jude ihn sehen konnte. Sein Gesicht war jetzt voll in der Sonne und krebsrot, aber er blinzelte nicht. Musallem wußte, daß er die Probe aufs Exempel machen konnte, indem er sich bewegte und aufpaßte, ob die Augen des Juden mitgingen. Aber das machte vielleicht Lärm, es war wohl besser, wenn er dem Juden den nächsten Schritt überließ. Der überraschte ihn erneut.

»Gut, sag nichts, wenn du nicht willst«, rief er. »Aber ich rate dir gut: Hör auf, mit Steinen zu werfen. Wir wollen nicht auf dich schießen, aber wenn das nochmal passiert, zwingst du die Soldaten dazu. Sie haben ihre Befehle. Ich drehe mich jetzt um und gehe zurück. Noch ein Steinwurf, und du bist tot.«

Musallem stand da wie gelähmt. Soldaten? Was für Soldaten? Der Jude log natürlich. Höchstwahrscheinlich log er. Das heißt... Plötzlich fiel Musallem ein, daß sein Vater nicht von hier zurückgekommen war. Wenn nun tatsächlich... Was für Soldaten denn? Die Juden hatten keine Soldaten. Und daß die Juden kein Arabisch sprachen, wußte jedes Kind. War es denkbar, daß dieser Jude gar kein Jude war, daß er irgendwie... Nur die Fedayin hatten zur Zeit Truppen im gestohlenen Land.

»Was für Soldaten?« fragte Musallem schroff.

»Soldaten eben. Du wirst wohl wissen, was Soldaten sind. Männer mit Gewehren. Hinter den Felsen ist eine Streife.«

»Fedayin?« fragte Musallem.

Er bekam keine Antwort, und dann sah er, daß der andere Junge ganz entspannt lächelte und den Stein von einer Hand in die andere wandern ließ. »Was denkst du denn?« fragte er zurück.

Musallem atmete auf.

»Das habe ich nicht gewußt.«

»Du scheinst vieles nicht zu wissen. Was hast du hier zu suchen?«

»Nichts. Ich ... bin bloß so hergekommen.«

»Du kannst Gott danken, daß man dich rechtzeitig entdeckt hat. Hätte ich nicht gesehen, daß du nur ein Junge und unbewaffnet bist, hättest du im Höllenfeuer brennen müssen. Ist in Ordnung«, rief er nach hinten. »Ich glaube, der Junge ist allein, ich rede mit ihm. Sag jetzt die Wahrheit. Sind noch andere bei dir? Dann kann ich mich nämlich für nichts verbürgen. Mit Spionen machen wir kurzen Prozeß.«

»Ich bin allein, das schwöre ich. Hier sind keine Spione.«

»Was willst du hier?«

Musallem fuhr sich mit der Zunge über die Lippen.

»Ich wollte mir die Schlucht ansehen. Mein Vater ist vor fünf Jahren hier verschwunden. Er ist nie wieder aufgetaucht.«

»Ach so«, sagte der andere Junge nachdenklich. Er schwieg eine Weile und sah in die Schlucht hinunter. »Und dann?«

»Ich wollte nur sehen, was da unten ist.«

»Und was ist da unten?«

»Das weiß ich nicht, man kann nichts sehen.«

»Du hast nicht ausspionieren wollen, was wir dort haben?«

»Ich schwöre es bei Seinem Namen.«

»Den du nicht leichtfertig aussprechen sollst, sonst läßt Er dich im Höllenfeuer brennen«, mahnte der andere Junge, so daß Musallem schamrot wurde. »Was hattest du vor, kleiner Schafskopf? Wolltest du da runterklettern?«

»Vielleicht. Ich hab nicht gewußt, daß es geheim ist. Ich bin kein Schafskopf«, sagte Musallem gekränkt und faßte wieder ein wenig Mut. »Ich kann sehr gut klettern. Und ich bin sehr vorsichtig. Wenn ich mit meinem Vater gegangen wäre, wenn ich damals schon alt genug gewesen wäre, hätte ich ihn vielleicht nicht verloren.«

Der andere Junge sah ihn lange an.

»Ich weiß nicht, ob man dir trauen kann«, sagte er.

»Ich schwöre es.«

»Wir werden sehen. Wartet dort«, rief er nach hinten. »Ich will dem kleinen Schafskopf etwas zeigen. Rührt euch nicht, aber gebt mir notfalls Feuerschutz.« Er wandte sich wieder an Musallem. »Geh zweihundert Meter nach rechts«, sagte er. »Von dort kannst du in die Schlucht sehen. Ich gehe auf meiner Seite mit. Lauf los, mach schon.«

Musallem lief los. Er lief schnell. Am sichersten war es wohl, zu warten, bis er hinter einem Felsen war, und dann ins Lager zurückzurennen, als sei der Teufel hinter ihm her. Aber er rannte nicht zurück ins Lager. Er war verwirrt, aber auch sehr aufgeregt. Etwas so Aufregendes war ihm in seinem ganzen Leben noch nicht passiert. Wer war dieser Junge? Daß auch Jungen bei den Fedayin waren, wußte er. Aber daß sie das Recht hatten, andere Fedayin herumzukommandieren, war ihm neu.

Wenige Minuten später hatte er die Stelle gefunden. Der Junge auf der anderen Seite wartete schon auf ihn.

»Unter dir sind ein paar Steine. Steig bis zu dem dritten hinunter.«

Musallem überlegte.

»Los, mach schon! Wenn wir schießen wollten, könnten wir es doch wohl von hier aus tun. Los, zeig, was du kannst.«

Musallem stieg sehr vorsichtig hinunter.

»Jetzt leg dich auf den Bauch und schau nach unten.«

Musallem bedachte auch das lange, aber dann tat er wie geheißen und rief im Stillen den Höchsten an. Er mußte zweimal hinsehen. »Im Namen des Gnädigen«, sagte er. »Im Namen des Barmherzigen.«

»Und das ist noch gar nichts«, sagte der Junge. »Es ist nur ein Bruchteil, aber es macht dich zum Mitwisser. Wenn du auch nur ein Wort verrätst, hast du keine Zunge mehr. Schwöre!«

»Ich schwöre es«, sagte Musallem. »Ich schwöre es bei allem, was mir heilig ist.«

»So, und jetzt schau zu der Stelle hin, wo du mich zuerst gesehen hast. Sag, wenn du so gut klettern kannst, ob man von da aus nach unten kommt? Ich will dich auf die Probe stellen.«

Musallem sah hinüber. »Bis auf die halbe Höhe sicher«, sagte er. »Weiter hinunter kann ich nicht sehen.«

Der Junge brummte.

»Wer hat dir gesagt, daß du so gut klettern kannst?«

»Das wissen alle.«

»Wie heißt du, Bedu?«

»Musallem.«

Der Junge schwieg eine Weile.

»Ich denke, daß auf dich Verlaß ist, Musallem. Willst du mit mir in die Schlucht gehen?«

»Ja«, sagte Musallem.

»Sei morgen um diese Zeit wieder hier. Früher noch. Vor Sonnenaufgang. Denk an deine Zunge. Wir erfahren alles.«

»Das hättest du nicht sagen müssen«, erwiderte Musallem würdevoll.

»Das muß immer gesagt werden. Es gibt Beispiele. Und fehlende Zungen«, sagte der Junge.

»Wie soll ich dich ansprechen?«

»Wir dürfen keine Namen nennen. Du weißt, wer ich bin?«

»Ja. Nein«, sagte Musallem.

»Eben. Lassen wir es zunächst dabei. Ich riskiere viel, wenn ich dir traue. Aber nicht soviel wie du, wenn du etwas verrätst.«

»Du kannst mir glauben«, sagte Musallem.

»Das tu ich auch. Sei morgen hier. Und jetzt verschwinde.«

»Geh mit Gott«, sagte Musallem und ging davon.

Auch Jonathan ging davon. Er ging schnell. Und er lachte sich halb krank. Er war sehr zufrieden. Es war kaum zu glauben, aber als er sich in den Schlafsaal zurückschlich, fing gerade erst der Wecker an zu rasseln. Und ebenso unglaublich war es, daß Allon schon im Bad unter der Dusche stand. So früh war Allon sonst nie auf. Alles verlief nach Wunsch. Er zog sich rasch bis auf die Unterhose aus und war rechtzeitig wieder im Bett, um zusammen mit den anderen gähnend aufzuwachen.

»Allon ist früh dran«, sagte er und deutete schlaftrunken auf das leere Bett. »Das war ja bei Allon noch nie da.«

VII.
Smith

1

Seit ein paar Jahren gab es im wesentlichen zwei jahreszeitliche Probleme in der Schlucht. Im Winter die Verpflegung, im Sommer das Wasser. Im ersten Jahr nach dem Unglück war beides problematisch gewesen, inzwischen hatten sich Lösungen gefunden. Der Winter war noch immer gefährlich. Das Wasser in der Schlucht stand hoch, und die Gazellen mußten auf schlüpfrigen Simsen herumklettern, um sich ihr Futter zu holen, eine andere Möglichkeit gab es nicht. Es hatte Unglücks- und Todesfälle gegeben. Im Sommer aber war das Hauptproblem jetzt die Zeit.

Es war ein gewaltiges Problem.

Die Gazellen kamen zum Äsen und zur Tränke, solange es dunkel war. In den kurzen Sommernächten aber blieb es nicht lange dunkel. Als oben die Granatwerfer und Mörser zu knallen angefangen hatten, waren die Gazellen selbst in dieser kurzen Phase gestört worden. In ihrer Angst hatten sie keinen Schritt mehr getan. Die Erfahrung hatte gezeigt, daß man sich während der Knallerei gefahrlos bewegen konnte. Selbst tagsüber konnte man sich gefahrlos bewegen, wenn die Granaten und Mörser lärmten, denn dort oben hatten die Leute so viel mit sich selbst zu tun, daß sie sich um das, was in der Schlucht vorging, überhaupt nicht kümmerten. Doch alte Gewohnheiten haben ein zähes Leben, und tagsüber blieben die Gazellen in ihrer Deckung.

In dieser Deckung hatten sie sich gemehrt, und eben deshalb war das Zeitproblem entstanden. Es war langwierig, so viele Gazellen zu tränken. Weil es so viele waren, mußte alles in Ruhe und Ordnung vor sich gehen, so daß es jetzt oft schon hell war, ehe alle Gazellen getrunken und den Rückweg angetreten hatten.

Weil sie sich so schnell vermehrt hatten, war abzusehen, daß das Problem zunehmend heikler werden würde. Bisher war noch keine Lösung in Sicht, so aufmerksam Hamud auch danach Ausschau hielt, und er hatte große Angst, er könne vor Schlafmangel am Ende das Zeichen nicht erkennen, wenn es gesandt wurde. Zum Schlafen kam er so gut wie gar nicht mehr. Allenfalls durch eine Abkürzung seiner Gebete hätte er noch Zeit gewinnen können, und das ging nicht an. Auch so betete er nur viermal am Tag, und ohne die vorgeschriebenen Bewegungen, denn jede Bewegung war ihm sehr mühsam geworden.

Er brauchte jetzt eine Stunde bis zur Wasserstelle: Eine Stunde hin, eine Stunde zurück. Eineinhalb Stunden zu den Feldern: Drei Stunden. Fünf Stunden täglich war er nur unterwegs. Und so ging es ihm auch mit allen anderen Stunden, ja, Minuten seines Tages.

Im Sommer stand er, von der Gazellenmutter geweckt, abends um sechs auf, öffnete den Pferch und ging zur Wasserstelle. Wenn er dort angekommen war, pfiff er, und die Gazellenmutter führte die Herde hin. Bis sie eingetroffen war, hatte Hamud mühselig den Sims erklommen und zur ersten Füllung der Wasserstelle den Pfropfen herausgeschlagen.

Das Tränken der Herde dauerte zwei Stunden, danach ästen die Gazellen bis zwei Stunden vor Tagesanbruch, und er tränkte sie noch einmal. Dann brachte die Gazellenmutter die Herde zurück, und eine Stunde später war auch Hamud wieder da, zählte die Herde und schloß den Pferch. Danach konnte er sein eigenes Tagewerk in Angriff nehmen.

Er wusch sich, betete und aß und versorgte die Klippschliefer. Danach ging er aufs Feld. Bis dahin war es schon fast Mittag, und ehe er zurückkam, war der halbe Nachmittag vorbei. Er betete, aß, versorgte erneut die Klippschliefer und schlief.

Etwa drei Stunden später weckte ihn das Muttertier, er stand auf, und alles begann von vorn.

Gerade weil die Herde so groß geworden war, brauchte sich Hamud um die Gazellen kaum mehr zu kümmern. Für so viele ließ sich nicht mehr viel tun.

Im Augenblick waren es 209. Im nächsten Jahr würden es wohl 350, im übernächsten 600 und im Jahr darauf leicht über tausend sein. Solchen Massen war ein einzelner Mensch nicht mehr gewachsen. Gott würde ein Zeichen schicken. Wichtig war nur, daß er auf dem Posten blieb, um es auch gleich zu erkennen.

So, wie es nun war, hatte Hamud es schwer, auf dem Posten zu bleiben, obgleich er sich die größte Mühe gab. Alles Unwichtige hatte er aus seinem Leben gestrichen. Er baute nur noch Alfalfa, Gerste und Zwiebeln an und lebte hauptsächlich von der Gerste und den Zwiebeln. Manchmal aß er ein paar Klippschliefer und kochte sich eine Suppe, aber so recht wollten sie ihm nicht mehr schmecken. Dafür trank er viel Gazellenmilch und machte Käse, denn er wußte, daß er stark bleiben mußte. Für einen Mann mit gebrochenem Rückgrat und täglich nur drei Stunden Schlaf war er in erstaunlich guter Verfassung. Seine gute Gesundheit war ihm ein Wunder und ein weiteres Zeichen von Gottes Güte. Ein falscher Schritt, eine kleine Unpäßlichkeit und er konnte überhaupt nichts mehr tun. Doch das ließ Gott sicher nicht zu; so wie er es damals auch nicht zugelassen hatte.

Gott hatte einem Tier so viel Verstand gegeben, daß es die Fußfessel durchgebissen und ihn von dem Stein gezerrt hatte, auf den er gestürzt war. Gleichzeitig hatte Er das Wasser so schnell steigen lassen, daß Sein Diener Hamud – halb gezogen, halb in den Fluten treibend – wieder zu seiner Wohnstätte gelangt war. Im Wasser treibend hatte Hamud erkannt, daß Gott ihn damit von allem Makel reingewaschen hatte. Danach hatte er keine Prüfungen mehr bestehen müssen – bis auf die eine, lebenslange, die ihn zwang, sein Tagewerk in gebückter Haltung zu verrichten.

Den ersten Winter hatte Hamud auf dem Felsen verbracht. Er hatte kaum kriechen und kein Feuer machen können, es war kalt gewesen, und er hatte meist zusammengerollt dagelegen, um möglichst viel Wärme zu bewahren. In dieser Stellung war seine Wirbelsäule wieder zusammengewachsen. Er hatte sich hauptsächlich in der Klippschlieferhöhle aufgehalten, weil dort die Vorräte waren und weil die Klippschliefer versorgt werden mußten. Weil er kein Brot hatte und die Zwiebeln so hoch lagen, daß er sie nicht erreichen konnte, mußte er, um zu überleben, rohe Klippschliefer essen. Deshalb wollten sie ihm jetzt nicht mehr so recht schmecken.

Aus den ersten Tagen konnte er sich nur noch daran erinnern, daß er die Gazellenmilch direkt aus dem Euter getrunken und daß die Geiß die anderen Gazellen bei sich hatte. Sie hatte demnach die anderen befreit, und sie folgten ihr. Sie folgten ihr nach wie vor, alle, auch die neuen. Das hatte Gott so gefügt, damit Sein Diener Hamud weiter Seine Herde hüten konnte.

Hamud dankte Gott viermal am Tag für all seine gütigen Fügungen, und er dankte Ihm insbesondere dafür, daß er auf so wunderbare Weise den Traum seines Dieners Hamud gefügt hatte. Auch in kleineren Dingen gab es allerlei Wunderbares. Das betraf vor allem das Wasser, das sich neuerdings sehr wunderlich benahm. In den letzten Jahren hatte er jeden Winter die Zisterne leerlaufen lassen, um im Frühjahr frisches Wasser zu haben. In den vergangenen Jahren hatte es Wochen gedauert, bis das Wasser abgelaufen war. In diesem Winter war es nach wenigen Tagen verschwunden.

Oben an der Wasserstelle tat sich etwas. Hamud konnte nicht mehr hochklettern, um nachzusehen, aber er hatte den Eindruck, daß jemand ein Geschütz in die Wasserstelle gestellt hatte. Lautes Knallen kam aus der Richtung, allerdings nie dann, wenn er in der Nähe war, so daß er es nicht genau bestimmen konnte. Er überlegte, was wohl mit dieser eigenartigen Entwicklung beabsichtigt war. Denn wenn sie in seinem

Traum vorkam, hatte sie gewiß auch einen tieferen Sinn, und diesem Sinn meinte er jetzt auf der Spur zu sein.

Inzwischen war klar, daß in wenigen Jahren die Herde nicht nur einen einzelnen Menschen überfordern, sondern auch zu groß sein würde, um in der Schlucht zu bleiben. Darin sah Hamud einen deutlichen Fingerzeig darauf, daß Gott ihm Hilfe für seine Sachwaltung schicken und die Herde aus der Schlucht herausführen würde.

Wohin führte Er die Gazellen dann wohl? Sicherlich nicht nach Osten, dort schlugen sich sonst nur die Beduinen die Bäuche mit ihnen voll. Eher schon nach Westen. Er dachte an die Geschichte seines Vaters von dem Wunder, das Gott in jenem Land getan hatte, damit die Beduinen ungehindert darin herumziehen konnten. Nun hatte es, solange Hamud zurückdenken konnte, Bemühungen gegeben, den Beduinen das Herumziehen überhaupt zu verleiden. Da würde man es ihnen im Westen schwerlich erlauben. Andererseits wußte er, daß die Revolution gedachte, sich das Land einzuverleiben, und er erinnerte sich an das, was der Anwalt aus Homs ihnen dazu gesagt hatte. Die Revolution würde große Geschütze aufstellen, hatte der Anwalt gesagt, und die Juden aus dem gestohlenen Land herausschießen, und dann würde die Revolution eine Armee schicken und es sich zurückholen.

Hamud fragte sich, was die Armee mit dem Land anfinge, wenn sie es sich genommen hatte. Daß sie es den Palästinensern gab, konnte er sich nicht vorstellen. Hin und wieder hatte er Kontakt mit Palästinensern gehabt, die auf der Durchreise in Kufr Kassem Station machten und offenkundig nicht der Meinung waren, daß Palästina zu Syrien gehörte. Nein, daß die Revolution ihnen das Land zum Geschenk machen würde, war nicht sehr wahrscheinlich. Es war schließlich das Heilige Land, das Land Abrahams und der Propheten Moses und Jesus. Freilich, Gott hatte es den Juden geschenkt, aber dann hatten sie Unrecht getan, und Er hatte sie vertrieben. Vielleicht hatten auch die Palästinenser Unrecht getan und waren vertrieben worden. Hamud hatte eine interessante Theorie aufgestellt: War es denkbar, daß Gott keine Menschen mehr im Heiligen Land haben wollte?

War es denkbar, daß Er statt dessen Gazellen haben wollte?

Wenn dem so war, konnte es gut sein, daß die Revolution dazu diente, die Menschen mit Gewalt aus dem Land zu vertreiben. Und daß Hamud in die Schlucht geschickt worden war, um die Gazellen in das Land hineinzuführen. Es schien logisch. Überaus logisch. Und wenn das alles zutraf, dann war das Geschütz in seiner Wasserstelle keine Belanglosigkeit, sondern faktischer und unabdingbarer Bestandteil des Traums. Noch nicht ganz klar war Hamud, wie er selbst aus der Schlucht herauskommen sollte. Aber Spekulationen waren sinnlos, das wußte er. Wenn etwas geschehen sollte, schickte Gott ein Zeichen.

2

Hamud konnte jetzt, von dem Herausschlagen des Pfropfens zweimal in der Nacht abgesehen, nicht mehr viel für die Gazellen tun. Zum Füttern oder Anbinden waren es zu viele, so daß er zu ihnen keine so enge Beziehung mehr hatte wie in der Anfangszeit. Aber er kannte sie alle.

Da er die ganze Nacht auf war, um sie zu tränken oder zu hüten, hatte er viel Zeit, um sie zu beobachten, und er hatte etliche interessante Beobachtungen gemacht. Die Geißen kamen schneller zu ihm als die Böcke, und umgekehrt waren die Böcke schreckhafter als die Geißen. Daraus zog er einige generelle Schlüsse. Würde man Jagd auf die Gazellen machen, würden die Geißen die größten Verluste erleiden. Wahrscheinlich, sagte er sich, hat Gott deshalb so viele Geißen gemacht. Nach einigen Jahren kannte Hamud den Rhythmus der Fortpflanzung ziemlich genau. Er wußte, daß etwa doppelt so viel Geißen wie Böcke geboren wurden, und deshalb konnte er den in bestimmten Jahren zu erwartenden Bestand recht genau vorausberechnen.

Interessehalber hatte er ein paar Zahlen ausgerechnet. In zehn Jahren etwa würde sich, wenn alles gut ging, ihre Zahl auf etwa 55 800 belaufen. Zehn Jahre danach waren es – bei normaler Sterblichkeit dann etwa 16 740 000. Eine Gazellenherde dieser Größe, dachte er, müßte sich im Heiligen Land wunderschön entfalten können und ihm ein ganz eigenes, prächtiges Gepräge geben, das mit Juden oder Beduinen oder überhaupt mit Menschen wahrscheinlich gar nicht zu erreichen war.

Hamud selbst rechnete nicht damit, diese schönen Dinge noch zu erleben. Er wußte, daß er nur eine Aufgabe auf Zeit hatte, aber er war froh und glücklich, daß er nun wußte, worin sie bestand. Nicht vielen Menschen ist es gegeben, den Sinn ihres Lebens zu erkennen. Die Zahl einäugiger, einohriger Schäfer mit gebrochenem Rückgrat und Wolfsrachen, die wissen, wozu sie auf der Welt sind, kann man vermutlich an den Fingern einer Hand abzählen. All das war Grund genug zur Lobpreisung und zum Frohlocken, und daran ließ Hamud es nicht fehlen. Er wußte, daß es seine Aufgabe war, die Herde zu mehren und zu schützen, und das tat er, so gut es eben ging.

Ein Sommerquartier am Boden der Schlucht gab es nicht mehr, denn die winterlichen Überschwemmungen trugen alles, was er dort errichtete, mit sich fort. Dafür hatte er auf dem Felsen oben einen sehr schönen Pferch gebaut. Er mußte ihn jedes Jahr erweitern, aber das war schnell getan, er brauchte nur eine Schmalseite herauszunehmen und die Seitenwände zu verlängern.

Der Pferch war mit Steinen ummauert und mit Zweigen und Blattwerk gut getarnt, er hatte eine massive Holztür mit Scharnieren, die in Pfosten verankert waren, und ein Dach aus Fellen. Auch die Wand an der Wetterseite war innen mit Fellen verkleidet. Wegen der Winterstürme mußte er das Dach mit Stricken festbinden, und auch diese waren aus Fellen gemacht.

Wegen der Felle brauchte Hamud die Klippschliefer.

Hauptsächlich ihretwegen mühte sich Hamud auf den Feldern in einer endlosen Folge aus Säen, Hacken, Ernten und Lagern. Dazu kamen das Füttern und Tränken und das mühselige Schlachten und Häuten.

Vorbei waren die Zeiten, da die Klippschliefer in der Gefangenschaft kränkelten und eingingen, und er brauchte sie auch nicht mehr in Einzelkäfigen zu halten. Aber er trennte sie noch immer nach Geschlechtern, damit er die Zucht nach seinen Wünschen steuern konnte. Für einen Meter Strick brauchte er fünf Klippschliefer, für einen Quadratmeter Pferchauskleidung zehn, und für all diese Dinge eine stattliche Zahl lebender Tiere. In der Paarungs- und Wurfzeit wußte Hamud oft nicht wohin vor Arbeit. Doch auch sonst hielten ihn die Klippschliefer in Atem. Zur Zeit war er mit Ernte und Neusaat beschäftigt (alle vierzehn Tage schnitt er Alfalfa, jedes zweite Jahr säte er neu), und er dachte an all das, was vor ihm lag, als er eines Morgens von der Zisterne herabstieg und, der letzten Gazelle folgend, mühsam wieder den Weg in die Schlucht antrat. Inzwischen war, wie meist in letzter Zeit, die Sonne schon aufgegangen, und er mußte sich sputen. Seine schleifenden Schritte erzeugten ein seltsames Geräusch auf den Steinen, einen Laut wie ein Echo oder eine Stimme. Hamud blieb stehen, aber das Geräusch war immer noch da.

Hamud legte den Kopf schief und lauschte. Kein Zweifel, es *war* ein Echo. Oder eine Stimme. Eine schwache, leise Stimme der Art, wie sie bei den Propheten Moses und Samuel vorkommt. Hamuds Herz hämmerte, und er sagte, wie die Männer Gottes vor ihm gesagt hatten: »Herr, hier bin ich«, und er wartete und horchte angespannt.

»Geh zweihundert Meter nach rechts«, sagte die Stimme. Jedenfalls verstand er es so. Die Stimme war so schwach, daß er nicht ganz sicher war. Ein leichter Wind hatte sich erhoben, und mehr hörte er nicht. Er wußte jetzt nicht einmal mehr genau, ob er die wenigen Worte wirklich gehört hatte. Zweihundert Meter nach rechts? Die Schlucht war nicht zweihundert, sondern an dieser Stelle knapp zwanzig Meter breit. Dennoch ging er in die angegebene Richtung und wartete geduldig auf weitere Anweisungen. Doch die blieben aus.

Hamud wußte, daß er in letzter Zeit ein bißchen konfus war, weil er so wenig schlief. Oft war ein Klingen in seinen Ohren, und manchmal sah oder hörte er Sachen, die später gar nicht da waren. Hatte er so angestrengt nach einem Zeichen Ausschau gehalten, daß seine Phantasie ihm einen Streich gespielt hatte?

Weil Hamud nicht nach oben sehen konnte, wenn er stand, legte er sich auf den Rücken und erkannte nun ganz deutlich, wie sich eine menschliche Gestalt im Strauchwerk bewegte. Sie blieb stehen und gestikulierte, die Stimme und das Echo waren wieder zu hören, und Hamud sah jetzt, daß es zwei waren. Enttäuscht vermerkte er, daß er nicht Gottes Stimme gehört hatte, sondern Kinderstimmen.

Weitere Worte konnte er nicht verstehen, aber nach ein paar Minuten begriff er, was für eine außergewöhnliche Sache sich hier zutrug. Kinder in der Schlucht? Kinder, die über die Schlucht hinweg miteinander sprachen? Das war nicht normal. Es war im höchsten Grade unnormal. Das gleiche galt für die Haare, die das eine Kind auf dem Kopf hatte. Sie waren brandrot.

Kein Zweifel, dies war ein Zeichen. Vermutlich eine Warnung. Er verstand, so sehr er sich auch bemühte, nur noch ein weiteres Wort. Es klang wie »morgen«. Morgen? Welcher Morgen? Und dann merkte er, daß die Kinder fort waren. Er mühte sich hoch und ging nach Hause.

Er zählte die Gazellen und schloß sie ein und nahm sich vor, keine Zeit mit Essen oder Arbeiten zu vertun. Er betete und legte sich sogleich zur Ruhe. Er mußte ausschlafen, denn morgen mußte er hellwach und auf dem Posten sein.

Hamud schlief den ganzen Tag, und als er aufwachte, war er erholt und ganz da. Die Gazelle hatte ihn zur abendlichen Tränke geweckt. Hamud sprach seine Gebete und machte sich auf den Weg zur Wasserstelle. Er ließ die Gazellen lange trinken und eine Weile äsen, aber die zweite Tränke ließ er ausfallen. Er rief sie in den Pferch zurück und schloß sie ein. Dann nahm er Brot und Zwiebeln und seine Wasserflasche, zwei Schleudern und sein Messer und stieg wieder in die Schlucht hinab.

Er suchte geraume Zeit nach einer Stelle, die ihm Ausblick nach beiden Seiten gewährte. Dann schichtete er ein Mäuerchen auf, um sich dahinter zu verbergen, machte sich eine Stütze aus Steinen für seinen Rücken und legte sich hin. Das war seine übliche Stellung, wenn er Raubzeug den Garaus machen wollte. Mit seinem einen Auge sah er so scharf wie eh und je, er verfügte über außergewöhnliche Stärke und Treffsicherheit, und wenn er alle Kraft zusammennahm, brauchte er immer noch kein Raubtier zu fürchten.

Noch hatte es gute Weile bis zum Sonnenaufgang, und er aß etwas. Er fühlte sich sehr ausgeruht und kräftig. Sein Kopf war klar, alle seine Sinne waren hellwach. Die Zeichen konnten kommen, er war bereit.

Seit er aufgestanden war, beschäftigte ihn unausgesetzt die Frage der Kinder. Er hatte sie nicht herbeigewünscht, soviel stand fest. Demnach waren sie entweder ein Zeichen oder Eindringlinge. So oder so – sollten sie versuchen, sich an die Gazellen heranzumachen, würden sie es augenblicklich mit ihm zu tun bekommen.

Um diese Jahreszeit deckte nachts Nebel die Schlucht, der sich jetzt allmählich auflöste. Es wurde Zeit, die Mahlzeit zu beenden. Er trank einen Schluck, vergewisserte sich, daß seine Schleudern und Steine griffbereit lagen, und rührte sich nicht mehr.

Die ganze Zeit, während der Himmel lichter wurde, lag er wie ein Stein in der Schlucht.

Wiewohl er sie weder sehen noch hören konnte, wußte er auf die Sekunde genau, wann sie mit dem Abstieg begannen. Von beiden Seiten kam das leise Geräusch fallender Steine. Er spürte, wie sich seine Nackenhaare aufstellten, das Gefühl war nicht unangenehm, es war schon eine Weile her, seit er gegen Raubzeug hatte angehen müssen. Und dann hörte er die beiden, sie schienen einander den Weg zu zeigen. Nein, verbesserte sich Hamud nach ein paar Minuten, der eine kannte offenbar den Abstieg, er schien den anderen auf die Probe stellen zu wollen.

Erschrocken griff er zur Schleuder. Woher kannte der Junge den Abstieg? Hamud lebte jetzt seit acht Jahren in der Schlucht. Nur ein einziger Mensch war in dieser Zeit zu ihm herabgestiegen, und der war aus der unteren Welt nicht mehr zurückgekehrt. Wie war es möglich, daß dieses Kind sich bei ihm auskannte? Einigermaßen ratlos kniff er sein Auge zu. Hier zog ein Zeichen herauf, soviel war sicher.

Er wartete, bis sie unten waren. Der von der Ostseite mußte erst noch den Felsvorsprung bewältigen. Der von der Westseite gab ihm auch dazu genaue Anweisungen. Hamuds Unruhe verstärkte sich. Er durfte nichts überstürzen, aber irgend etwas mußte er unternehmen. Nur was? Er ließ sie so nahe herankommen, daß er sie deutlich sehen konnte; ungemütlich nahe ließ er sie herankommen, weil er auf einen Wink wartete, einen Hinweis, wie er sich verhalten sollte. Als sie nur noch fünf Meter von ihm entfernt waren, ohne daß ein Wink gekommen wäre, rief er: »Halt!« Die beiden blieben wie angewurzelt stehen. Dann drehte der Dunkelhaarige sich um und lief weg. Hamud schickte ihm mit seiner Schleuder einen Stein nach, der über seinen Kopf hinwegpfiff wie eine Kugel, und rief ihn zurück. Der Junge gehorchte. Der Rotschopf war, starr in Hamuds Richtung blickend, stehengeblieben. Hamud war sich nicht sicher, ob der Junge ihn sehen konnte. Das Licht in der Schlucht war noch dämmergrau, und die Steine, zwischen denen er lag, boten ihm gute Deckung. Beim Schleudern hatte er sich kaum bewegt. Hamud erkannte, daß es der Rotschopf war, mit dem er sich auseinandersetzen mußte, deshalb legte er einen neuen Stein in die Schleuder und schwenkte sie hin und her, damit der Junge sie sehen konnte. »Was willst du?« fragte er.

Der Junge gab keine Antwort, aber der andere, der zurückgekommen war, schien, nachdem er Hamud ausgiebig betrachtet hatte, wieder Mut gefaßt zu haben. »Kennst du ihn nicht?« fragte er den Rotschopf.

Der ließ sich Zeit mit seiner Antwort. Dann sagte er: »Doch.«

»Du kennst mich?« fragte Hamud erstaunt.

Diesmal nickte der Junge nur.

»Wer hat dir von mir erzählt?«

»Du weißt es«, sagte der Junge.

Hamud spürte, wie seine Nackenhaare waagerecht vom Kopf wegstrebten. »Du bist *gesandt*?« fragte er. Er wußte, daß seine Redeweise undeutlich war, der Dunkelhaarige hatte ihn gar nicht verstanden. Doch der Rotschopf konnte ihm offenbar folgen, denn er nickte nachdrücklich.

»*Wer* hat dich gesandt?« fragte Hamud, so deutlich er konnte.

»Wer sendet einen hierher?« fragte der Junge zurück.

Hamud begann zu zittern.

»Warum liegst du auf dem Rücken?« fragte der Junge.

»Verzeih, bitte verzeih.« Hamud stand auf, beugte sich langsam nach vorn, was er bisher nicht einmal zum Beten getan hatte, und berührte mit dem Kopf den Boden. Als er sich aufrichtete, sah er, daß der Dunkelhaarige den Mund aufsperrte und der andere ihn sehr eingehend musterte. Bebend stand Hamud auf »Gesegnet sei, der da kommt im Namen des Herrn«, sagte er.

»Amen«, sagte der Rotschopf.

Der andere stand noch immer mit offenem Mund da.

»Sag mir, was ich tun soll«, sagte Hamud.

Wieder merkte er, wie undeutlich er sprach, denn der Dunkelhaarige fragte: »Was sagt er?« Doch abermals hatte der andere ihn verstanden, denn er nickte erneut und diesmal sehr bestimmt, wiewohl er Hamuds Frage nicht direkt beantwortete.

»Wo sind die Gazellen?« fragte er.

Hamuds Herz tat einen freudigen Sprung.

»Du bist gesandt worden, um die Gazellen hinauszuführen?«

»Was sagt er?«

»Es gibt hier eine Gazelle namens Smith«, sagte der Rotschopf.

»Smith?« wiederholte Hamud.

»Smith. So heißt die Gazelle.«

»Gesegnet sei Sein Name«, sagte Hamud inbrünstig. Daß die Gazelle einen Namen haben könnte, hatte er sich noch gar nicht überlegt. Er wußte, welche Gazelle gemeint war. Natürlich hatte sie einen Namen, da sie ja Gott und diesem Boten bekannt war. Smith. Ein besonders schöner Name.

»Wo – sind – die – Gazellen?« fragte der Bote sehr langsam und deutlich.

Hamud begriff, daß er mit der Antwort zu lange gewartet hatte und daß der Bote ihn betrachtete, als hielte er ihn für einen dummen Menschen. Hamud wollte nicht, daß der Bote ihn für dumm hielt. Er wußte nicht recht, ob es sich schickte, den Boten bei der Hand zu nehmen. Er streckte die seine aus, und der Bote erfaßte sie. Hamud küßte ihm die Hand und sah, daß der Dunkelhaarige wieder den Mund aufsperrte.

Schwach vor Erleichterung und Freude und ein paar Tränen vergießend stützte Hamud sich auf den Boten und führte ihn zum Pferch. Dabei versuchte er zu reden, ihm seine Probleme klarzumachen.

»Sprich langsamer«, sagte der Bote, wie sie so oft in Kufr Kassem gesagt hatten. Es war so lange her, daß er es vergessen hatte. Hamud sprach langsamer. Er sprach so langsam, daß ihm, bis sie am Pferch waren, selbst der Dunkelhaarige folgen konnte. Hamud öffnete den Pferch.

»Im Namen des Gnädigen«, sagte der Dunkelhaarige.

»Im Namen des Barmherzigen«, sagte der Bote.

Die Gazellen erschraken, und Hamud rief die Gazellenmutter, aber nicht durch einen Pfiff, sondern indem er sie zum ersten Mal beim Namen nannte. »Smith«, rief er. Smith näherte sich etwas unsicher. »Komm, Smith«, sagte er und ging mit ihr durch die Herde, die sich alsbald beruhigte. Die Jungen folgten ihm staunend.

»Wo kommen die bloß alle her?« fragte der Dunkelhaarige.

»Laß das jetzt«, sagte der Bote.

»Aber es sind Hunderte.«

»Zweihundertneun«, sagte Hamud. »Im nächsten Jahr werden es 350 sein und im übernächsten 600, so Gott will. Es liegt an der großen Zahl der Weibchen.«

»Aber es sind mehr Böcke«, wandte der Dunkelhaarige ein.

»Das sind Weibchen«, verbesserte der Bote.

»Die mit dem größeren Gehörn sind die Böcke.«

»Geißen, du Schafskopf, gesegnet sei Sein Name.«

Hamud hörte das alles und frohlockte.

»Wer hat dir erzählt, daß die Geißen größere Hörner haben?« fragte der Dunkelhaarige.

»Du fragst zuviel.«

»Und woher weißt du, daß die Gazelle Smith heißt?«

»Du redest auch zu viel. Entschieden zuviel.«

Hamud gab ihm empört recht. »Wer ist dieser Schafskopf?«

»Musallem, ein junger Beduine. Er ist harmlos.«

»Ist es erlaubt, deinen... Namen zu erfahren?«

»Nein.«

»Verzeih mir«, sagte Hamud zerknirscht.

»Du kannst mir deinen Namen nennen.«

»Hamud.«

»Ganz recht«, sagte der Bote. »Ja, Hamud, das ist nur eine kurze Inspektion. Sage mir, was du brauchst, ich will sehen, was sich tun läßt.«

Hamud erklärte es ihm eingehend. Er wußte, daß er langsam sprechen mußte. Er brauche Hilfe beim Tränken, sagte er. Er beklage sich nicht, Gott wußte, daß er nie klagte. Er war ein treuer Diener. Doch wenn Gott meinte, er habe wohlgetan, so sei er dankbar für Seine Hilfe.

»Womit wäre dir im Augenblick am meisten gedient?«

Im Augenblick, sagte Hamud, wäre ihm am meisten gedient, wenn er einmal richtig ausschlafen könnte. Er würde gern einmal die ganze Nacht durchschlafen, sagte Hamud, oder den ganzen Vormittag oder den ganzen Nachmittag, es käme nicht so genau darauf an, nur ausschlafen würde er eben gern einmal. Wenn er fünf Stunden ungestört schlafen könnte, hätte er keine Mühe, seine Arbeit fortzusetzen. Natürlich nur bei dem derzeitigen Stand. Was Gott über die Zukunft beschlossen habe, das wisse Er am besten.

Gottes Ratschluß für die Zukunft stehe bereits fest, meinte der Bote, aber was Hamud über die Gegenwart gesagt hatte, gab ihm offenbar zu denken. »Du brauchst also jemanden, der das Tränken für dich übernimmt?«

Das wäre ein Segen, meinte Hamud.

»Und wenn es nur eine Tränke sein könnte?«

Dann, sagte Hamud, sei die erste Tränke am günstigsten, die bei Sonnenuntergang. Im Augenblick könne er überhaupt nur am Nachmittag schlafen, und da blieben ihm nur drei Stunden. Wenn ihm jemand das Tränken abnähme, könnte er noch zwei Stunden zulegen, das wären dann fünf, und das wäre ein Segen.

Versprechen könne er nichts, sagte der Bote, voraussichtlich aber würde ihm Hilfe zuteil werden. Wahrscheinlich nur unregelmäßig, damit Hamud sich nicht angewöhne, fest darauf zu bauen. Aber jetzt müsse er gehen.

Hamud hätte sich gern wieder verbeugt, aber dazu blieb ihm keine Zeit. Es gelang ihm nur, noch einmal die Hand zu fassen und zu küssen. Doch als der Bote gegangen war, warf er sich nieder und betete.

»Der Alte ist verrückt«, sagte Musallem.

»Nicht so verrückt, wie du glaubst.«

»Er hat sich vor dir verbeugt. Er hat dir die Hand geküßt.«

»So etwas hat man hin und wieder. Es ist ein einsamer Posten.«

»Soll das heißen, daß er zu den Fedayin gehört?«

»Frag nicht soviel.«

»Aber was tut er da?«

»Lagerhaltung«, sagte Jonathan.

»Lagerhaltung?«

»Hör mal, Bedu. Es könnte sein, daß ich ein gutes Wort für dich einlegen kann. Wärst du bereit, beim Tränken zu helfen?«

»Zu den Fedayin zu gehen, meinst du?«

»Als Aushilfe.«

»Was zahlt ihr?«

»Gezahlt wird nichts.«

»Jeder weiß, daß sie zahlen.«

»In der Probezeit?« Jonathan lächelte. »Du weißt so vieles nicht, Bedu, daß man kaum mit dir reden kann. Im übrigen gibt es Sachen, die man um der Ehre willen tut. Schwamm drüber, es war nur so ein Gedanke.«

»Nein, hör mal, ich mache es ja. Ich mache es gern«, sagte Musallem.

»Mal angenommen, es ließe sich einrichten. Wann könntest du es machen?«

»Das muß ich erst mal sehen. Ich komme wieder und sag dir Bescheid.«

»Komm morgen um die gleiche Zeit. Wenn ich nicht da bin, komm am nächsten Tag, ich mache es ebenso, wenn du nicht da bist. Unter keinen Umständen gehst du ohne mich in die Schlucht, hast du mich verstanden?«

»Es gibt da so allerlei, was ich noch nicht verstanden habe«, bekannte Musallem.

»Sehr gut.« Jonathan nickte beifällig. »So soll es auch bleiben. Ich brauche dir nicht zu sagen, was passiert, wenn du auch nur ein Wort von all dem verlauten läßt. Wir haben unsere Leute überall. Sogar unter den Beduinen.«

»Ich weiß. Meine Vettern sind bei den Fedayin, ich unterhalte mich oft mit ihnen. Sie haben mir alles mögliche erzählt«, verkündete Musallem stolz.

»Soso.« Jonathan runzelte die Stirn. »Glaub ihnen nicht. Die Burschen lügen wie gedruckt.«

»Ich weiß. Sie haben mir lauter Lügengeschichten über das gestohlene Land erzählt.«

»Was für ein Land?«

»Das gestohlene Land.«

»Ach so. Ja. Sieh mal an. Na ja, das war nicht anders zu erwarten. Wer Bescheid weiß, redet nicht. Der führt nur Befehle aus. Das wirst du schon merken, falls du den Mund zu weit aufmachst.«

»Das brauchst du mir nicht zu sagen.«

»Man muß wissen, woran man ist, das ist nur recht und billig.«

»Also dann bis morgen«, sagte Musallem.

»Geh mit Gott«, sagte Jonathan. Der Ausdruck gefiel ihm. Um ein Haar hätte er sich gestern damit verraten. »Wo hast du denn diesen Beduinenspruch aufgeschnappt?« hatte Abdul gefragt. »Och, irgendwo«, hatte er erwidert.

3

Ende Juli gingen der Bote und Musallem daran, die Gazellen zu tränken. Hamud konnte sich herrlich ausschlafen und fühlte sich wohl. Oft nützte er nicht die ganze Zeit, die ihm zum Schlafen zur Verfügung stand, weil er die Gelegenheit, sich mit dem Boten zu unterhalten, nicht versäumen wollte. In der ersten Woche aber hatte er ein Gespräch, das ihn beunruhigte und das ihm eine Warnung war, nicht allzu offenherzig zu sein. Es war ein Gespräch mit Musallem.

»Hast du mal meinen Vater hier gesehen?« fragte Musallem.

»Deinen Vater?«

»Er hatte ein Schaf verloren und war ihm nachgestiegen.«

Hamud lief es kalt über den Rücken. »Nein, nie.«

»Es soll vor fünf Jahren gewesen sein. Was wohl aus ihm geworden ist...«

»Was meinen denn die Leute so?«

»Sie sagen, daß ihn die Wölfe zerrissen haben. Oder die Dschinnen.«

»Dann wird es wohl so sein«, sagte Hamud.

»Hast du hier Dschinnen gesehen?«

»Die sieht man nicht.«

»Warum haben sie dich nicht zerrissen?«

»Das verstehst du nicht«, sagte Hamud und sah den Boten an, der ihn aufmerksam betrachtete. »Das verstehst du nicht«, wiederholte er.

Am nächsten Tag wollte er nachsehen, ob etwas von Musallems Vater übriggeblieben war, aber er schaffte es nicht bis dort hinauf. Wahrscheinlich war nichts mehr da. Er hatte an einer Stelle gelegen, an der eine Wasserrinne vorbeiführte, das Wasser hatte hin und wieder Knochen mitgebracht, wahrscheinlich hatte es inzwischen alles heruntergespült, was übriggeblieben war. Er überlegte, ob er den Boten um Rat fragen sollte, aber der hatte ihn auf die Sache nicht angesprochen, deshalb ließ er es sein. Der Bote beunruhigte ihn etwas. Er war nicht bereit, mit Hamud über die Zukunft zu reden, und lenkte ab, wenn Hamud auf das Thema zu sprechen kam. Demnach, dachte Hamud, soll ich noch immer nicht erfahren, was die Zukunft für mich bereithält.

Zum ersten Mal in den acht Jahren seines Lebens in der Schlucht verließ Hamud die Zuversicht. Und er wußte nicht warum.

VIII.
Das Spiel

1

Im Beduinenlager wie im Kibbuz Gei-Harim war für ihr Unternehmen viel Einfallsreichtum nötig. Nicht, daß es den beiden Jungen an Einfällen gefehlt hätte, aber es gab doch immer wieder Schwierigkeiten, so daß nur einer zum Tränken kommen konnte.

Sie wußten beide bald, woran sie miteinander waren, brauchten aber doch einige Wochen, bis sie vorsichtig und nach und nach genug voneinander erfahren hatten. Doch inzwischen hatten sie schon so viel Vertrauen zueinander, daß dies im Grunde nicht mehr so wichtig war. Musallem fing als erster davon an. Sie saßen beieinander und rauchten, und weil er die Zigaretten mitgebracht hatte, fand er, stand ihm das wohl zu.

»Warum lügst du eigentlich so fürchterlich?« fragte er.

Jonathan inhalierte und blies den Rauch wieder aus.

»Warum wohl?«

»Auf jede Frage antwortest du mit einer Frage. Das ist dein schlauer Trick. Das weiß ich schon lange.«

»So besonders schlau auch nicht. Gerade nur schlau genug, um dich reinzulegen.«

»Du konntest mich aber nicht reinlegen. Und wenn ich es nun Hamud sage?«

»Was?«

»Wer du bist.«

»Wer bin ich denn?«

»Da machst du es schon wieder! Wozu tust du das? Wieso

lügst du immer weiter, wo du doch weißt, daß ich weiß, daß du lügst?«

»Schön, wie du willst.« Jonathan aß eine Olive aus der Tüte, die er mitgebracht hatte. »Geh und sag es Hamud. Du wirst ja sehen, ob er dir glaubt.«

»Er ist verrückt.«

»Natürlich ist er das.«

Musallem überlegte und begriff, daß der andere wieder einmal eine Sekunde schneller gewesen war. »Ich könnt dich auch so hereinlegen. Ich kenne nämlich wirklich welche von den Fedayin, und wenn ich denen etwas sage, legen sie dich ganz furchtbar rein, wenn du wieder herkommst.«

»Und was willst du damit erreichen?«

»Gar nichts. Ich meine nur so... Es paßt mir nicht, wenn einer mich andauernd einen Schafskopf nennt.«

Jonathan aß noch eine Olive, und Musallem aß auch eine.

»Du bist kein Schafskopf, Musallem«, sagte Jonathan. »Das mußte ich nur so sagen.«

»Warum?«

»Du hättest mich reinlegen können, das hast du ja selber gesagt.«

»Ich leg dich nicht rein.«

»Ich weiß. Du bist kein Schafskopf.«

»Wie heißt du?«

»Jonathan.

»Wieso kannst du Arabisch?«

»Das habe ich schon immer gekonnt. Ich kenne einen Mann aus einem Araberdorf. Er ist mein bester Freund.«

»In dem gestohlenen Land?«

»Es ist nicht gestohlen. Du hast von vielen Sachen keine Ahnung, Musallem, auch wenn du kein Schafskopf bist. Nächstes Mal erzähle ich dir davon. Weck jetzt Hamud.« Er sah auf die Uhr, ein Geschenk seiner Eltern zur Feier seiner Heimkehr. Er war nicht oft zu Hause, aber er akzeptierte nun wenigstens, daß es sein Zuhause war. Es war nun auch vereinbart, daß er, wann er wollte, bei seinen Freunden im Kinderhaus übernachten konnte. Dort glaubten sie, er sei zu Hause, wenn er nicht bei ihnen war, und seine Eltern glaubten, er sei im Kinderhaus, wenn er nicht zu Hause war. Es war sehr praktisch.

Musallem ließ sich von dem gestohlenen Land und Jonathan von den Beduinen erzählen, beide aber hatten ihre Mühe, dem anderen die Vorzüge seiner Lebensweise klarzumachen. Jonathan sagte, ein geregeltes Gemeinschaftsleben und Seßhaftigkeit seien am besten, und Musallem sagte, das Nomadenleben sei am besten. Doch eigentlich war das beiden nicht wichtig, denn am allerbesten war doch das heimliche Leben in der Schlucht, das von beidem etwas hatte.

Schon sehr bald hatten sie sich angewöhnt, einander Geschenke mitzubringen, Musallem Zigaretten und Jonathan Oliven, doch mit der Zeit begann Musallem die Fülle von Jonathans stibitzten Kostbarkeiten aus dem Kibbuz zu beschämen – Schokolade, Kekse oder Limonade –, denn in seinem armseligen Zuhause gab es wenig, was sich zu stehlen gelohnt hätte. Einmal hatte er Haschisch mitgebracht, doch das war für Hamud gewesen, der sich zwar sehr gefreut hatte, aber irgendwie zählte das nicht. Er plante lange, und eines Tages brachte er eine Handgranate mit.

»Was ist das?« fragte Jonathan.

»Na, was wohl? Ich habe sie von den Fedayin, meinen Vettern bei den Ma'ara. Es gehört Mut dazu, so etwas mitgehen zu lassen und damit hier runterzuklettern«, erklärte Musallem stolz.

»Mut? Ein ganz großer Blödsinn war es.«

Musallem empfand diese Reaktion auf sein Geschenk wie einen Schlag ins Gesicht, begriff aber gleichzeitig, daß er tatsächlich unüberlegt gehandelt hatte, und deshalb feixte er böse und fragte: »Du hast wohl Angst?«

»Angst? Wovor denn? Wozu soll so ein Ding gut sein, du Schafskopf?«

»Wenn du das noch einmal sagst, zeig ich es dir.«

»Was?«

»Wirst du schon sehen.«

»Traust dich ja doch nicht.«

»Abwarten. Sag's!«

Jonathan fuhr sich mit der Zunge über die Lippen, aber er sagte nichts, und Musallem, sehr zufrieden mit dieser unerwarteten Wendung, feixte wieder. »Waschlappen!«

Jonathan begriff, worauf die Sache hinauslief und daß Musallem gekränkt war. »Also gut«, sagte er. »Du bist kein Schafskopf.«

»Weil du's dich nicht zu sagen traust.«

»Trauen würd ich mich schon.«

»Warum sagst du's dann nicht? Waschlappen.«

Es half nichts, das mußte nun beendet werden. Jonathan zuckte die Schultern. »Meinetwegen. Schafskopf.«

»Fang!« Musallem warf Jonathan geschickt die Handgranate zu und sah befriedigt, daß Jonathan bei dem Versuch, sie zu fangen, die helle Panik ergriff. Er umklammerte die Handgranate zitternd, und als er wieder sprechen konnte, was eine Weile dauerte, sagte er leise: »Du bist total verrückt.«

»Aber mutig. Los, wirf sie zurück.«

»Einem Schafskopf, der nicht fangen kann?«

»Du hast vier Sekunden Zeit zum Wegrennen, es ist ganz ungefährlich.«

»Und die Gazellen?«

Musallem lachte. »Du bist ein Lügenmaul und ein Waschlappen und ein Heuchler. Dir geht es doch gar nicht um die Gazellen oder um mich, sondern nur um dich. Hör auf, dir in die Hosen zu machen, und behalt das Ding. Und bleib ein Waschlappen.«

Als Jonathan sich die Handgranate näher ansah, fiel ihm einiges an ihr auf, was er eigentlich schon früher hätte sehen müssen. Der Sicherungsstift steckte zum Beispiel; also war der Schlagbolzen gesichert. Er warf die Handgranate ein paarmal in die Luft und gab sie dann Musallem vorsichtig zurück. »Da hast du dein Geschenk, du Held. Und wenn du wieder mal den Mutigen spielen willst, zieh vorher den Stift heraus.«

Musallem hatte die Hand schon ausgestreckt, aber er nahm sie nicht. »Soll ich ihn rausziehen?«

»Wenn du ein mutiger Schafskopf sein willst.«

»Okay.« Musallem zog den Stift heraus.

Jonathan faßte, damit der Schlagbolzen nicht hochschnellte, die Handgranate fester. »Steck ihn wieder rein«, sagte er.

»Wenn du sie mir gibst.«

»Nun mach keinen Unsinn. Sonst fliegen wir beide in die Luft.«

»Nicht, wenn du sie richtig festhältst. Das schaffst du schon. Meinetwegen kannst du sie aber auch behalten.« Musallem setzte sich und zündete sich eine Zigarette an.

Jonathan umkrampfte die Granate mit beiden Händen und wußte nicht, was er damit machen sollte. Er stand da und sah Musallem an.

»Weißt du, wie du aussiehst?« sagte Musallem triumphierend. »Wie ein großer Schafskopf.«

»Mit sowas kann allerlei passieren, Musallem.«

»Hast du Angst?«

»Klar hab ich Angst. Gib mir den Stift.«

»Ich geb dir meine Zigarette. Willst du mal ziehen?«

»Ich will den Stift.«

»Ich laß dich mal ziehen.« Musallem stand auf, schob Jonathan die Zigarette in den Mund, sah zu, wie ihm der Rauch in die Augen stieg und ließ sich viel Zeit, ehe er sie ihm wieder abnahm. »Ein riesengroßer Schafskopf«, sagte er. »So siehst du aus.«

»Sag, was ich tun soll«, sagte Jonathan.

»Gib zu, daß du der Schafskopf bist und nicht ich.«

»Okay, ich geb's zu.«

»Ich hab dich nicht verstanden.«

»Ich bin der Schafskopf, nicht du.«

»Und ein Waschlappen.«

»Und ein Waschlappen.«

»Und das nimmst du nicht zurück? Niemals?«

»Ich nehm's nicht zurück.«

»Es stimmt nämlich, du kannst es drehen und wenden, wie du willst. Du bist der Angsthase und nicht ich. Und es gehört schon eine besondere Art Dummheit dazu, so dazustehen wie du jetzt. Ich hab den Stift, du hast die Handgranate, und du kannst überhaupt nichts machen.«

»Das alles soll ich sagen?« fragte Jonathan.

»Nicht nötig«, meinte Musallem großmütig. »«Es liegt ja auf der Hand. Ich sag's auch nur nochmal, damit du es später nicht umdrehen kannst.«

»Und jetzt steck den Stift wieder rein.«

»Was hab ich gesagt? Ich steck ihn wieder rein, wenn du mir die Handgranate gibst.«

»Wie kann ich sie dir geben?« Jonathan hatte feuchte Hände. »Ich habe den Daumen auf dem Schlagbolzen.«

»Dann lege ich meinen drauf. Oder traust du mir nicht?«

»Ich traue dir«, sagte Jonathan zähneknirschend. »Aber ich schwitze an den Händen, ich lasse sie fallen.«

»Aber nein.« Musallem feixte. »Das machst du ganz bestimmt nicht. Da siehst du, wie ich dir traue.«

»Es ist gefährlich, Musallem«, sagte Jonathan. »Einen Stift kann man wieder reinstecken. Aber wenn der Schlagbolzen hochgeht, löst er die Zündung aus, und dann kannst du überhaupt nichts mehr machen. Steck jetzt den Stift wieder rein, dann ist die Geschichte erledigt. Ich hab gesagt, was du hören wolltest.«

»Aber ich weiß nicht, ob du es mit Überzeugung gesagt hast.«

»Ich hab es mit Überzeugung gesagt.«

»Wenn du mir jetzt traust, weiß ich, daß du es mit Überzeugung gesagt hast.«

»Na gut«, sagte Jonathan wieder zähneknirschend. »Aber wenn du sie falsch hältst, gehen wir beide hoch. Los, mach schon, ehe ich noch mehr schwitze.«

»Gleich.« Musallem drückte die Zigarette aus, verstaute

den Rest in seiner Tasche, blies auf seine Hände und rieb sie aneinander. »Und zum Spaß nehm ich sie mit einer Hand.«

Jonathan sagte nichts. Er biß die Zähne zusammen, streckte Musallem die Handgranate mit beiden Händen hin und wartete, bis Musallems Daumen erst auf dem Schlagbolzen lag, ehe er den seinen wegnahm. Musallem hielt sie lässig mit einer Hand hoch, steckte mit der anderen den Stift hinein und streckte die gesicherte Granate Jonathan wieder hin.

Jonathan sah ihn an, kehrte ihm den Rücken zu und kletterte auf den Sims hinauf. Er schlug den Pfropfen heraus und füllte die Zisterne. Danach kam er nicht wieder herunter, sondern blieb oben sitzen und sah den Gazellen beim Trinken zu.

Die Nacht war sternenklar und mondhell. In dem silbrigen Licht sah er Musallem herumlaufen und hörte ihn leise lachen. Er tat sich ziemlich schwer mit dem Lachen, fand Jonathan. Dann setzte Musallem sich und zündete den Rest seiner Zigarette wieder an.

»Willst du rauchen?« rief er.

Jonathan gab keine Antwort.

»Du bist kein Waschlappen«, rief Musallem.

Als Jonathan sah, daß sich die Zisterne leerte, schlug er den Pfropfen wieder heraus und ließ Wasser nachlaufen.

»Ich bin der Schafskopf«, sagte Musallem. »Ich bin übergeschnappt.«

Jonathan pfiff leise vor sich hin. Er machte die Arbeit allein fertig, ohne sich von Musallem ablösen zu lassen, und schlug den Pfropfen wieder ein.

Musallem hatte ihm zugesehen und kam nun herauf. »Und ich?«

»Hau ab«, sagte Jonathan. »Und laß dich nie wieder hier blicken.«

»Es tut mir leid, ehrlich.« Musallem legte Jonathan eine Hand auf die Schulter. Jonathan versetzte ihm einen kräftigen Stoß. Musallem fiel rücklings hinunter. Jonathan verfolgte den Ablauf wie in Zeitlupe, in jedem Nerv spürte er, was geschehen konnte, nein, was geschehen mußte. Im Zeitlupentempo, die Beine weit gegrätscht, fiel Musallem nach unten, eine kleine Ewigkeit lang, die Arme vorgestreckt, um den Sturz zu bremsen. Er landete auf einem Felsen und rutschte auf der anderen Seite herunter. Die Handgranate, die er in der Hand gehalten oder die in seiner Kleidung gesteckt hatte, schlug auf dem Hang auf und rollte bis zum Rand der Zisterne und in dieser kleinen Ewigkeit sah Jonathan, daß der Stift halb heraussah und der Schlagbolzen angewinkelt war. Sein Herz tat einen heftigen Schlag und schien dann zu erstarren.

Musallem blickte mit offenem Mund zu ihm herauf.

»Geh in Deckung!« hörte Jonathan sich flüstern, als könne ein lautes Wort die Granate zünden.

»Was?«

»Die Handgranate.«

»Wo?«

»Auf der anderen Seite. Du kannst sie nicht sehen. Rühr dich nicht.«

Musallem aber kroch bereits, noch immer mit offenem Mund, auf Händen und Knien um den Felsen herum. Jonathan war wie gelähmt. Doch wenn sie scharf war, hätte sie schon längst losgehen müssen, soviel wußte er. Je genauer er hinsah, desto weniger konnte er erkennen. Wenn der Stift halb draußen und der Bolzen nur halb hoch war, mußte die Zündung unterbrochen sei, aber die kleinste Berührung konnte sie auslösen. »Bleib, wo du bist, Musallem.«

»Kannst du sie sehen?«

»Der Stift ist halb raus. Nicht ganz. Der Bolzen ist verklemmt. Wenn du sie anrührst, geht sie los.«

Sie sahen sich an.

»Und wenn ich sie in die Zisterne werfe?«

»Es ist nicht genug Wasser drin. Warte, ich lasse welches nachlaufen. Bleib still sitzen, rühr dich nicht.«

Jonathan wandte sich um und schlug, den Blick noch immer auf die Handgranate gerichtet, den Pfropfen wieder heraus. Er ließ vorsichtig Wasser nachfließen und achtete sorgfältig darauf, daß keine Steine mit herunterkamen. Er überlegte, wie es weitergehen sollte. Die Gazellen hatten sich von der Wasserstelle entfernt, die der Zisterne am nächsten ästen mehrere Meter weit weg. Wenn die Zisterne voll war, gab es nur eine gedämpfte Explosion. Musallem blieben, wenn er die Granate geworfen hatte, noch vier Sekunden, um hinter dem Felsen in Deckung zu gehen. Im gleichen Moment konnte auch er sich mit einem Sprung dorthin retten. Ja, so war es wohl am besten. Er war so intensiv mit dem Wasserzufluß und mit seinem Plan beschäftigt, daß er vorübergehend nicht auf die Gazellen achtete. Als er merkte, was geschah, schlug er sofort den Pfropfen wieder in die Öffnung. Die Gazellen kamen zur Tränke zurück.

»Jag sie weg, Musallem.«

»Was?«

»Die Gazellen. Laß sie nicht ran.«

»Wie?«

»Herrgott nochmal.« Jonathan las Steine auf und warf sie nach den Gazellen.

Musallem stand auf, weil er sehen wollte, was vorging, und warf ebenfalls Steine. Die Gazellen zerstreuten sich und rannten weg, zwei liefen auf die andere Seite der Wasserstelle, ein Bock fiel hinein, und die Geiß, die ihn begleitet hatte, blieb stehen, um zu sehen, wo er wieder herauskäme. Jonathan sah, wo er herauskommen würde, und brüllte: »Hör auf, Musallem! Nicht werfen! Da ist sie!«

»Wo?«

In diesem Moment kam der Bock heraus. Er stieg mit den Vorderbeinen über die Handgranate hinweg, mit den Hinterbeinen schlug er kräftig aus, und Musallem sah, wohin die Hinterbeine trafen. Die Granate rollte noch ein Stück bergab. Jonathan sah es von seinem Sims aus. Beide sahen – und hörten – deutlich, wie der Stift herausfiel und der Schlagbolzen nach oben klickte.

»Okay«, sagte Musallem.

»Geh in Deckung, faß das Ding nicht an!« brüllte Jonathan.

Zu erschrocken, um den Sprung zu wagen, duckte er sich in die hinterste Ecke, legte die Hände über den Kopf und wartete. Er zählte die schweren Hammerschläge seines Herzens. Viele Schläge. Zu viele. Langsam hob er den Kopf und sah zu Musallem hinüber, der ebenfalls die Hände über den Kopf gelegt hatte. Die Handgranate sah er nicht.

»Wo ist sie?«

Musallem hob langsam den Kopf.

»In der Zisterne.«

»Was?«

»Ich – ich hab gedacht, sie geht hoch. Nach oben«, sagte Musallem.

Sie blickten beide zur Zisterne. Jonathan sah, daß Musallem zitterte und schluchzte. Er zitterte selbst ebenfalls, kletterte hinunter und setzte sich neben ihn. Sie starrten ins Wasser.

»Es war ein Blindgänger«, sagte Jonathan.

»Was?«

Jonathan hatte das hebräische Wort benutzt, das arabische wollte ihm nicht einfallen. »Sie ist nicht losgegangen.«

»Gott hat es nicht zugelassen.«

»Sie hätte dich umgebracht.«

»Ja.« Er zitterte noch immer. Jonathan legte einen Arm um ihn. Eine Weile saßen sie stumm nebeneinander. Dann sagte Jonathan: »Geh jetzt, Musallem. Ich wecke Hamud.«

»Ich warte noch ein bißchen. Ich warte auf dich.«

Jonathan ging, um Hamud zu wecken, und dann machten sie sich auf den Weg.

Ehe sie sich trennten, legte Jonathan noch einmal den Arm um Musallems Schulter. »Wir sind Brüder, Musallem.«

»Gott hat uns beide errettet.«

Jonathan sah zu, wie Musallem die Schlucht hochkletterte. Musallem war noch immer zittrig und blickte sich nicht um.

Als Jonathan im Haus seiner Eltern im Bett lag, ließ er sich alles noch einmal durch den Kopf gehen. Es war ein Blindgänger gewesen, ganz klar. Auch unter den Brandbomben der Fedayin hatte es Blindgänger gegeben. Irgendwie aber stand diese Erklärung nicht im Widerspruch zu dem, was Musallem gesagt hatte. Keine Frage, was die reizvollere Erklärung war.

Wenn Jonathan später zurückdachte, wußte er, daß in diesem Augenblick das Spiel seinen Anfang genommen hatte.

2

Das Spiel gab auf alle Fragen Antwort. Die gleiche Antwort auf alle Fragen. Er spielte es hauptsächlich in der Schlucht, aber man konnte es überall spielen. Manchmal spielte er es im Kibbuz, aber das verriet er niemandem. Es machte mehr Spaß, wenn man nichts davon verriet.

In dem größten Klassenzimmer war wieder einmal »Arbeitsgemeinschaft«. Die Kinder sollten über die besten Erzeugnisse aus dem Schulgarten abstimmen. Jonathan hatte Möhren angebaut, eine nützliche Art, wie er fand, und drei Prachtexemplare mitgebracht. Die meisten Stimmen aber bekam Allon, der eine Rose vorweisen konnte. Ihr Verhältnis war gespannt. Allon ahnte, wer dem Posten seinen Namen genannt hatte, allerdings hatte er keine Strafe bekommen, und die ganze Geschichte war nie aufgeklärt worden. Jonathan hatte deshalb nicht für ihn gestimmt. Als aber Esther ihnen allerlei Interessantes über die Rose erzählte, unter anderem, daß sie ganz neu sei, horchte er auf.

»Neu? Wieso neu?«

»Es ist eine neue Züchtung.«

»Wer hat sie gezüchtet?«

Esther schickte eines der Kinder nach Avner, ihrem Rosenexperten. Avner, korrespondierendes Mitglied der drei bedeutendsten Rosengesellschaften der Welt und überaus beschlagen in seinem Fach, war ein immer gutgelaunter, humorvoller Mann und gern bereit, die Kinder an seinem Wissen teilhaben zu lassen. Ja, bestätigte er, die Rose sei eine Neuzüchtung. Ein gewisser Mr. Eddie, Rosenzüchter in Kanada, hatte sie gezüchtet, sie hieß *Ardelle* und hatte zweiundsiebzig Blütenblätter.

»Tatsächlich?« fragte Jonathan fasziniert.

»Willst du nachzählen?« meinte Avner lächelnd.

»Müssen Rosen zweiundsiebzig Blütenblätter haben?«

»Aber nein. Diese hier hat zweiundsiebzig, du siehst ja, wie groß sie ist. Eine schöne beständige Cremefarbe, und jede Blüte hat zweiundsiebzig Blütenblätter.«

»Warum?« fragte Jonathan.

Wieder lachte Avner gemütlich und begann zu erklären, aber die Erklärung wurde immer länger, und er mußte die Wandtafel zu Hilfe nehmen. Selbst an der Tafel wurde die Sache schwierig. *Ardelle* war eine Kreuzung aus *Peace* und *Mrs. C. Lamplough. Mrs. C. Lamplough* war eine Kreuzung aus *Frau Karl Druschki* und *Crimson Victory,* und *Peace* war eine Kreuzung aus *Joanna Hill* und einem Sämling, der eine Kreuzung zwischen *Charles P. Kilham* und *Rosa Foetida* war. Avner verbreitete sich über *Charles P. Kilham* und *Mrs. Lamplough,* bis er keinen Platz mehr auf der Tafel hatte. Jonathan hörte aufmerksam zu, aber er begriff noch immer nicht, wie der Kanadier Eddie eine cremefarbene Rose mit zweiundsiebzig Blütenblättern aus roten, orangefarbenen und gelben Rosen mit weit weniger Blütenblättern hatte züchten können.

Avner verbreitete sich über Chromosomen und wischte die Hälfte von dem, was er geschrieben hatte, von der Tafel, um ihre Funktion zu verdeutlichen. Dann mußte er die andere Hälfte auch abwischen, und die Kinder kamen ein bißchen durcheinander und Avner ebenfalls. Als er ging, war er nicht mehr ganz so gutgelaunt, denn es hatte sich herausgestellt, daß er nicht genau wußte, warum *Ardelle* zweiundsiebzig Blütenblätter oder ihre schöne Cremefarbe oder diesen ganz besonderen Duft hatte.

Für Hamud aber, dem abends das Problem dieser Wunderrose unterbreitet wurde, gab es nicht den geringsten Zweifel.

»Weil Gott sie so gemacht hat«, sagte er.

Hamud war ein bißchen unglücklich, weil der Bote ihm in

letzter Zeit schon ein paarmal solche simplen Fragen gestellt hatte, als solle er noch immer auf die Probe gestellt werden, aber Jonathan war entzückt. Es war das schönste Spiel, das er kannte, ein Spiel, bei dem man wirklich unschlagbar werden konnte, besonders wenn man es mit Leuten spielte, die keine Ahnung davon hatten. Irgendwie half es einem auch besser zu verstehen, was die Königin von England, was der General de Gaulle und was Eltern so trieben.

Ende Oktober zog Musallem weiter, und die Gazellen brauchten nicht mehr getränkt zu werden, in der Schlucht gab es Wasser genug. Jonathan war deprimiert, aber eben zu dieser Zeit kam Nachwuchs im Kibbuz an, und das lenkte ihn ein wenig ab. Sie hatten ihn gefragt, ob er lieber ein Brüderchen oder ein Schwesterchen hätte. Einen Bruder, hatte er gesagt, aber nun war es eine Schwester geworden. Für beide Möglichkeiten gab es eine Liste mit Namen, und weil Jonathan enttäuscht war, durfte er einen aussuchen.

Der Name, für den er sich entschied, stand nicht auf der Liste.

»Yael. Die Gazelle... Ein schöner Name. Wie bist du darauf gekommen?«

»Weiß nicht«, sagte Jonathan.

Sie wurden immer mehr im Kibbuz. Mit Yael waren es im Herbst 1965 fast 350.

In letzter Zeit hatte er wenig Kontakt mit Abdul aus dem Olivenhain gehabt, aber im Winter sah er ihn öfter. Abduls »Gesegnet sei Sein Name« und andere Sprüche gingen ihm ebenso auf die Nerven wie seine bildhaften Beispiele für den Willen des Höchsten. Das Spiel mit all seinem Zauber versagte sich jeder alltäglichen Spielerei. Es taugte für zweiundsiebzigblütenblättrige Rosen und ähnliche wunderbare Dinge, aber was hatte der Kibbuz schon an Wunderbarem zu bieten?

Abdul wurde ein bißchen lästig, und Jonathan hielt Distanz zu ihm.

Zwischen zwei Regengüssen schaffte er es, einen Besuch in der Schlucht zu machen. Hamud freute sich sehr, denn wenn der Bote allein war, ließ er sich viel bereitwilliger zu Aussagen über den Ratschluß Gottes herbei. Hamud faßte sich ein Herz und stellte eine Frage, die ihn schon lange beschäftigte. War es Gottes Ratschluß, daß Musallem Kenntnis von dem bekam, was seinem Vater widerfahren war?

»Was ist ihm denn widerfahren?« fragte der Bote und fügte schnell hinzu: »Soweit es dir bekannt ist.«

Hamud fand diese Einschränkung durchaus in Ordnung, denn vieles, was diesen Vorfall betraf, war ihm ja wirklich nicht bekannt. Unbekannt war ihm vor allem auch der Sinn des Ganzen, aber darüber konnte der Bote ihm sicherlich Aufschluß geben.

Er erzählte ihm deshalb alles, was er wußte. Jonathan wurde dabei fast übel, aber er ließ sich nichts anmerken.

Als Hamud fertig war, sagte er, es sei nicht Gottes Wille, daß Musallem Kenntnis davon bekam, und darüber war Hamud sehr froh, denn er war durchaus nicht begierig, es Musallem zu sagen. In seiner Freude erzählte er dem Boten auch die Geschichte von seinem Ohr und zeigte es ihm. Das Ohr war von regelmäßigem Einlegen in Traubenessig etwas eingeschrumpelt, aber sonst gut erhalten. Hamud bewahrte es in einem Kästchen auf. Er fragte den Boten, ob er recht daran getan hatte, es aufzuheben. Ja, sagte der Bote, er habe recht daran getan, und nach einigem Nachdenken tat er Hamud den Gefallen, ihn über den Sinn des Ganzen aufzuklären.

Hätte das Ohr nicht schon halb heruntergehangen, sagte er, hätte Musallems Vater es nicht abbeißen können. Und wäre es Musallems Vater gelungen, Hamud am Ohr festzuhalten, hätte er ihn vielleicht umgebracht. Infolgedessen hätte sich Musallem, wäre sein Vater nicht ums Leben gekommen, nicht auf die Suche nach ihm gemacht und wäre nie zur Schlucht gekommen. All das hatte Hamuds Ohr bewirkt, und damit wiederum hatte die Attacke der Wölfe zu tun, die ihm offenkundig gesandt worden waren.

Hamud verwunderte sich sehr über diese Auslegung und war für den Rest des Winters damit beschäftigt, die Worte des Boten zu bedenken.

Auch Jonathan gefiel diese Erklärung. In der Schlucht funktionierte das Spiel immer gut. Trotzdem war es draußen nicht einmal so sehr das Spiel, das ihm fehlte. Er dachte an die Handgranate, an die Zigaretten, an die gemeinsamen Geheimnisse, und er hatte große Sehnsucht nach Musallem. Mit wem sonst hätte er reden sollen? Abdul war hoffnungslos, und Dina, die sich neuerdings wieder an ihn herangemacht hatte, erschien ihm nach der anregenden Gesellschaft in der Schlucht ausgesprochen albern. Den ganzen Winter über sehnte er sich nach Musallem und freute sich auf den April, weil dann Musallem wiederkommen würde.

3

Musallem aber kam nicht im April und war auch Anfang Mai noch nicht da. Jonathan konnte sich denken, warum er nicht kam, aber das war kein Trost. Der Granatwerferbeschuß hatte sich verstärkt. Die Fedayin wurden immer aktiver. Wo die Beduinen zur Zeit stecken mochten, wußte niemand.

Auch für Jonathan wurde es immer schwerer, zur Schlucht zu gelangen. Die Sicherheitsvorkehrungen in der unmittelbaren Umgebung des Kibbuz waren verschärft worden, und seine Schwester Yael machte alles noch komplizierter. Die ersten Wochen hatte sie im Babyhaus verbracht, dann aber hatte man sie in seinem früheren Zimmer im Haus seiner Eltern einquartiert. Doch dieses Problem ließ sich noch am einfachsten lösen. Mehrmals bekam er im Frühjahr einen regelrechten Koller.

Seine Eltern sprachen mit Esther, mit Alizia, mit der Kibbuzleiterin und allen, die es sonst noch hören oder auch nicht hören wollten, über Jonathans Koller und kamen zu dem Schluß, daß Jonathan sehr sensibel war und womöglich auf Dauer geschädigt werden könnte, wenn man ihm das Elternhaus vorenthielt, während die kleine Yael ein so engelhaftes Wesen hatte, daß sie sich überall wohlfühlte. Das Ende vom Lied war, daß Yael ins Babyhaus zurückgebracht wurde und Jonathan wieder sein Zimmer bezog. Die Sicherheitsvorkehrungen zu umgehen, war wesentlich schwieriger. Er beschränkte sich auf zwei, höchstens drei wöchentliche Besuche in der Schlucht und nahm nach Möglichkeit jedesmal einen anderen Weg. Wurde er nur einmal geschnappt, das wußte er, war alles aus.

Die Schlucht war so faszinierend, daß ihm kaum Zeit blieb, Erinnerungen an Musallem nachzuhängen. Wie ein Wurf junger Lämmer aussah, wußte er. Wie ein Wurf junger Gazellen aussehen könnte, hatte er sich nie überlegt. Es dauerte ein paar Wochen, bis die Gazellen sich an ihn gewöhnt hatten. Er gewöhnte sich nie an sie.

Seine Berechnung sei richtig gewesen, sagte Hamud, etwa 140 Gazellen waren zur Welt gekommen, alles in allem waren es jetzt 350. Jonathan kam es vor, als seien es Tausende. Im Pferch, in der schmalen Schlucht, um die Wasserstelle herum – überall wogte ein Wald von Hörnern. Ob er von der Zisterne aus auf sie heruntersah, ob er durch die Herde ging, die Tiere berührte und streichelte, während sie tranken und ästen, stets staunte er von neuem über diesen unglaublichen Anblick. Es hätte ihn nicht gewundert, wenn an diesem Ort sich plötzlich Drachen oder Feen oder Engel gemehrt hätten.

Wenn er im Kibbuz das berühmt gewordene Photo des ausgestorbenen Tieres auf dem Poster und auf den Briefmarken sah, weidete er sich an seinem heimlichen Wissen. Er bedauerte, daß er niemanden hatte, mit dem er darüber reden konnte. Nur einen gab es, mit dem er darüber reden konnte, und Jonathan wartete voller Sehnsucht auf ihn. Daß er kommen würde, stand für ihn fest. Im umgekehrten Fall wäre auch er, Jonathan, gekommen, und sei es nur, um Bescheid zu sagen, daß es das letzte Mal sein würde. Und eines Tages war Musallem da.

Es war Mitte Mai, und er hatte einen Marsch von fünfzehn Kilometern hinter sich, einen Tag und eine Nacht hatte er dazu gebraucht. Die meiste Zeit hatte er sich verbergen müssen, weil auf der anderen Seite so viel Militär unterwegs war. Er blieb drei Tage in der Schlucht, und an zwei Tagen war Jonathan mit ihm zusammen. Musallem sagte, er habe einen Besuch bei seinen Vettern im Lager der Ma'ara vorgeschoben. Eine Woche werde er dort bleiben, hatte er zu Hause erzählt. Wann er wiederkommen konnte, wußte er nicht. Es kam darauf an, wie lange man ihm das Märchen von der Ma'ara-Erbschaft abnehmen würde. Daß man ihm auf die Schliche kommen könnte, glaubte er nicht. Die Stämme waren jetzt weit voneinander entfernt und hatten keinen Kontakt mehr. Aber seinen Großvater regte die Geschichte immer sehr auf.

Nach dem Besuch Mitte Mai kam Musallem noch einmal im Juli und einmal im September, und da sagte er, daß er nun nicht mehr kommen konnte. Sie hatten einander viel erzählt, Musallem von den Militärbewegungen auf der anderen Seite, den Artilleriestellungen und Armeelagern, und Jonathan von den Stellungen um den Kibbuz herum. Sie hatten sich gelobt, darüber – wie auch über die Gazellen – Schweigen zu bewahren. Sie hatten einander überhaupt vielerlei gelobt, nachdem Gott sie zu Brüdern gemacht hatte. Bei seinem letzten Besuch meinte Musallem, ihre Brüderschaft und alle diese Gelöbnisse müßten mit Blut besiegelt werden, und dort unten in der Schlucht fand Jonathan das auch durchaus nicht unsinnig. Sie legten die Handgelenke aneinander und schlossen den Bund. Musallem wollte die Nacht in der Schlucht verbringen, und deshalb machte Jonathan sich als erster auf den Weg. Diesmal war es Musallem, der ihm nachsah, und Jonathan, der nicht zurückblickte.

4

Der Gedanke, daß Musallem nicht wiederkommen, daß es im nächsten Jahr wahrscheinlich genauso schwierig sein würde, machte Jonathan ganz elend. In der Schlucht, wo sich Wunder begaben, war es nicht so schlimm. Aber in der stupiden Alltagswelt war es kaum zu ertragen. Dort ging alles seinen gewohnten stumpfsinnigen Gang. Nicht genug damit, daß Allon für seine zweiundsiebzigblättrige Rose den ersten Preis bekommen hatte, auch in dem Wettbewerb »Die Arten Israels« kassierte er als einziger aus dem Kibbuz einen Preis. Meinetwegen, dachte Jonathan grimmig. Eine Art gibt es, von der er nichts weiß. Von der niemand etwas weiß.

Auch in der Schlucht lief nicht alles reibungslos. Im Frühsommer hatte sich Hamud bei Jonathans unangemeldeten und unregelmäßigen Besuchen bereitwillig zwei Stunden zum Schlafen zwischen die Steine gelegt und dem Boten das Tränken der Herde überlassen. Doch als Musallem nicht mehr da war, blieb er wach und plagte den Boten mit Fragen nach Gottes Ratschluß. Zuerst sagte Jonathan, er solle sich nicht um Dinge kümmern, die ihn nichts angingen. Als aber die Regenzeit näherrückte und er wußte, daß er ohnehin nicht mit Musallem zusammensein konnte, schenkte er Hamud mehr Aufmerksamkeit. Er müsse nun wissen, was er tun solle, sagte Hamud. Im April nächsten Jahres würden es 600 Gazellen sein. Wie sollte er sie versorgen? Gott mußte einen Plan für die Versorgung von sechshundert Gazellen haben. War die Zeit für ihren Einzug in das Heilige Land schon gekommen, und wie sollte er vor sich gehen?

Die Zeit sei noch nicht gekommen, sagte Jonathan, aber er werde Hamud rechtzeitig Bescheid geben. Und nachdem er sich in seinem Bett im Kibbuz die 350 Gazellen vergegenwärtigt und versucht hatte, sich vorzustellen, wie es mit sechshundert sein werde, fand er, daß ganz gewiß die Zeit für irgend etwas gekommen war.

Das sagte er Hamud, und als Hamud fragte, woran er merken würde, wann es soweit sei, sagte er, es werde wohl viel Wirrsal geben und das sei dann ein Zeichen. Hamud atmete auf, denn er hatte sich lange überlegt, was für ein Zeichen man ihm schicken würde. Ende Oktober, als die Regenwolken schon am Himmel hingen, stellte er eine weitere Frage: Ob der Bote da sein werde, wenn die Zeit gekommen sei. Ja, sagte der Bote, er werde da sein.

Jedenfalls hoffte Jonathan das sehr. Er hatte das Gefühl, daß es im Frühjahr in der Schlucht recht turbulent werden konnte.

IX.
Die Arten Israels

1

Auch im Büro der Naturparkbehörde war es ein recht turbulentes Frühjahr. »Die Arten Israels« sollte am 1. Juli vorliegen. Also mußte Motke dafür sorgen, daß das Buch Anfang Juni gedruckt und gebunden war. Wegen der Bilder und einiger Engpässe beim Buchbinder bedeutete das den Drucktermin März. Doch der März zog ins Land, ohne daß sie mit dem Druck auch nur angefangen hätten.

»Ich verlier noch den Verstand«, sagte Motke zu dem Drucker, der ihm gerade eröffnet hatte, auch für einen Apriltermin könne er sich nicht verbürgen. »Sie denken wohl, daß wir Ihnen den Auftrag jetzt nicht mehr wegnehmen können.«

»Können Sie auch nicht«, sagte der Drucker. »Außerdem hätten Sie nichts davon. Sie stehen mit Ihrem Problem nicht allein da. Beschweren Sie sich bei der Armee, wenn's Ihnen nicht paßt.«

Motke legte auf und schluckte eine Tablette. Er haßte Schreibtischarbeit. Sie war schlecht für seine Verdauung und für seinen Blutdruck, aber er haßte sie sowieso. Am liebsten wäre es ihm gewesen, wenn man ihn eingezogen hätte. General Mor hatten sie schon zweimal eingezogen. Der halbe Mitarbeiterstab der Naturparkbehörde war eingezogen. Und in der Druckerei war es genauso. Motke beneidete sie um die frische Luft.

Er ging zu Mor und erstattete Bericht.

»Wann meint er denn, daß er anfangen kann?«

»Ende des Monats vielleicht, aber wahrscheinlich wird es doch Mai.«

»Und was sagt der Buchbinder?«

»Den habe ich noch nicht gefragt. Laß mich zur Truppe, Naftali. Laß mich ins Wadi Parek.«

»Gedulde dich, Motke, du wirst hier gebraucht«, sagte der General. »Wenn die Situation sich entspannt hat, kannst du ins Wadi fahren, das verspreche ich dir. Bis Mai herrscht hier wieder Ruhe, es ist ein Sturm im Wasserglas. Inzwischen ist sicher auch der Engpaß bei der Buchbinderei überwunden. Du kriegst dein Buch schon noch rechtzeitig. Notfalls können wir immer noch ein Rundschreiben an die Buchhändler schicken, die haben bestimmt Verständnis dafür. Es ist schließlich höhere Gewalt.«

»Es geht mir nicht um die Buchhändler, es geht mir um die Kibbuzim. Sie haben alle mehrere Exemplare bestellt. Erst Interesse zu wecken und sie dann zu enttäuschen, das ist nicht anständig.«

»Die Kibbuzim haben im Augenblick andere Sorgen«, brummte der General.

In Gei-Harim hatten sie in der Tat ein ganzes Bündel Sorgen, aber am meisten lag ihnen die Baumwolle am Herzen. Sie säten die Baumwolle, sobald die Bodentemperatur sich bei 16 Grad Celsius stabilisiert hatte. Sie hatten die 16 Grad zwar schon vor einiger Zeit erreicht, aber noch lag kein einziger Baumwollsamen in der Erde. Sobald sich ein Traktor draußen sehen ließ, wurde er beschossen. Für die unsichtbaren syrischen Kanoniere war das Ziel so nah, daß sie die Granaten fast waagerecht in die Luft schießen mußten, damit sie unten auf den inzwischen zur Kraterlandschaft gewordenen Baumwollfeldern landeten. Auch die Zitronenhaine wurden beharkt, sogar der Kibbuz selbst. Sämtliche Kibbuzim in dieser Gegend wurden kräftig beschossen.

Alle möglichen Amtspersonen hatten die Kibbuzim bereist und dabei schöne Vorträge gehalten. Alle hatten sie erklärt,

daß die da drüben jetzt im Frühling nur der schiere Übermut plagte und sich alles bald wieder geben werde. In Syrien
waren russische Waffen in großen Mengen eingetroffen, die
mußten die Syrer wohl ausprobieren. Außerdem hatte sich
die Gemischte Waffenstillstandskommission festgefahren,
und das machte die Syrer nervös. Die Kibbuznik sollten ver-
nünftige Schutzräume bauen – entsprechende Mittel wurden
zugesichert – und nichts provozieren. Die Luftaufklärung
hatte gezeigt, daß Gegenschläge schwierig waren. Die unsichtbaren Stellungen waren jenseits des Höhenzugs tief in
Fels und Beton eingebettet. Mit Granaten und Mörsern war
da wenig zu machen. Andere Reaktionen kamen im Augenblick nicht in Frage, man würde sie ihnen als Eskalation
auslegen. Falls ein Kibbuz sich gezielten Angriffen ausgesetzt sah, sollten auf dem Gelände Laufgräben ausgehoben
werden, damit das Leben – wenn schon nicht die Arbeit –
einigermaßen normal weitergehen konnte.

Etliche Kibbuzim sahen sich in der Tat gezielten Angriffen ausgesetzt und hoben Laufgräben aus, aber in Gei-Harim
konnte man sich dazu nicht entschließen. Die seit vielen Jahren so hingebungsvoll gehegten und gepflegten Rasenflächen
opfern, die Gehölze, die schattenspendenden Alleen? Daß
sich auf ihrem Land Einheiten der Armee eingegraben hatten, war lästig genug. Um zu verhindern, daß die Fedayin in
den Ort eindrangen, wenn die Bevölkerung in den Schutzräumen war, hatte die Armee einen engen Ring um den Kibbuz
gezogen und ein weiträumiges Gebiet an der Schlucht ganz
abgeriegelt.

Jonathan hätte nicht sagen können, was schlimmer war, die
Fedayin oder die Armee. Diesmal half kein Schwindeln. Diesmal half überhaupt nichts mehr. Als der April kam, verlor
er schier den Verstand bei dem Gedanken an die 250 Gazellen, die unten in der Schlucht gerade in aller Heimlichkeit
zur Welt kamen, an Hamud, Musallem und das Spiel. Doch
er kam vom Kibbuz nicht weg.

Im April kamen sie mit ihrer Politik, einfach das Ende des »Übermuts« der Syrer abzuwarten, erheblich in Schwierigkeiten. Der Zwischenfall begann im Kibbuz Ha'on, einige Kilometer südlich von Gei-Harim. Dieser Kibbuz hatte durch die Rezession, die das ganze Land in Mitleidenschaft gezogen hatte, starke Einbußen erlitten, und hatte es deshalb eilig, die Roten Rüben auszusäen. Dafür war die ziemlich exponiert liegende Parzelle 52 vorgesehen, und nachdem die Granatwerfer sie zweimal am Säen gehindert hatten, ließen sie die D 4 Caterpillar-Traktoren zurückkommen und setzten einen gepanzerten Traktor ein. Auch der wurde beschossen, aber die Treffer richteten keinen Schaden an, und das ärgerte die Syrer offensichtlich.

Sie holten schwere Artillerie heran und setzten zur Unterstützung Panzer ein. Die Panzer in dem Dorf Khirbet Tawafik, günstig auf der Höhe gelegen, waren am erfolgreichsten, bis die Israeli sich eingeschossen hatten, einen der Panzer unschädlich machten und dabei versehentlich mehrere Häuser des Dorfes in Brand setzten. Das mißfiel den Syrern noch mehr, und sie verstärkten ihre Bemühungen. Den von verschiedenen Seiten unter Beschuß genommenen Traktor auf Parzelle 52 erwischte ein Treffer in den Motor und legte ihn lahm. Das wiederum verdroß die Kibbuznik, die nun böse wurden. Sie holten den Traktor herein und schickten einen neuen aufs Feld. Die Schießerei hüben und drüben ging munter weiter, und der Traktor säte Rote Rüben.

Gegen Mittag brachte die UNO einen Waffenstillstand zustande, aber eine Stunde später hatte der Traktor, der nach wie vor auf Parzelle 52 stur seine Bahnen zog, die Syrer derart verrückt gemacht, daß sie wieder anfingen. Das war den Israelis nun doch zuviel. Sie schickten ihre Kampfflugzeuge los, um dem Spuk ein Ende zu machen. Die Maschinen setzten zwölf Artilleriestellungen außer Gefecht. Syrische Mig 21S stiegen auf, um die israelischen Flugzeuge abzufangen. Minuten später waren drei Migs vom Himmel.

In der nun folgenden Feuerpause meldete Radio Damaskus,

mehrere israelische Maschinen, die einen Bombenangriff auf Damaskus hatten fliegen wollen, seien abgeschossen worden. Man hatte den Eindruck, daß sie tatsächlich selbst an diese Meldung glaubten. Als ihnen einige Stunden danach aufgegangen war, wessen Maschinen abgeschossen worden waren und warum, befahlen sie eine Strafaktion. Vier Kibbuzim kamen unter schweren Beschuß. In einem, dem Kibbuz Gadot, zählte man 200 Granaten, kein einziges Haus blieb unversehrt.

Wieder stiegen israelische Flugzeuge auf, um die Geschütze zum Schweigen zu bringen, und wieder schickten ihnen die Syrer ihre Mig 21S entgegen.

Erneut wurden – innerhalb von fünfundzwanzig Sekunden – drei Migs abgeschossen. Die Kibbuznik atmeten auf und hofften, daß den Syrern ihr Übermut nun allmählich vergehen werde.

2

In fünfzehn Kilometern Entfernung, auf der Höhe, verfolgte Musallem an diesem Nachmittag den Abschuß der Maschinen. Zwei schienen gleichzeitig in einem einzigen gewaltigen Feuerball zu explodieren. Das war eine willkommene Unterbrechung des halbstündigen Redeschwalls auf dem Boden. Alle sahen mit offenem Mund zu, wie ein drittes Flugzeug sich jäh rötete und zerbarst. Der Offizier, der besagten Redeschwall über sie hatte ergehen lassen und der sich verständlicherweise in der Politik, seinem eigentlichen Metier, besser auskannte als in der Flugzeugidentifizierung, fuchtelte mit den Fäusten in der Luft herum und ließ seine Leute Hurra brüllen. »So wird es ihnen allen ergehen«, sagte er. »So muß man mit ihnen umspringen, mit diesen zionistischen Gangstern. Das versuche ich euch ja die ganze Zeit in die dicken Schädel zu hämmern. Nur wenn die Revolution alle Kräfte mobilisiert, kann sie sich den Problemen des Tages stellen.«

Es war jetzt vier Uhr, bald wurde es dunkel. Fast unbeteiligt vermerkte Musallem, daß sie diesmal nichts erreichen würden, obgleich sein Großonkel sich aufs Bitten verlegte, sobald der Offizier einmal nach Luft schnappte.

»Aber Ihre Soldaten müssen essen, Effendi –«

»Nicht Effendi, du Schwachkopf. Nenn mich Bruder.«

»Bruder. Mit Respekt. Es ist frisches Fleisch. Vielleicht, wenn es Schwierigkeiten mit den anderen Fleischlieferungen gibt... Wir meiden die Straßen, wir laufen niemandem vor die Füße...«

Musallem wurde ganz übel vom Zuhören. Jetzt ist wohl die Entscheidung gefallen, dachte er, aber ganz sicher war er seiner Sache auch diesmal nicht. Immer wieder hatte er in den letzten Monaten eine Entscheidung getroffen und sie wenige Stunden später wieder verworfen. Im Winter hatte er ein Ziegenfell in einem Schlammloch verloren, und nachdem er ein paarmal getaucht war, hatte er es wiedergefunden. Das Fell hatte sich mit Wasser vollgesogen, es war weder zu Boden gesunken noch an die Oberfläche gestiegen. Musallem kam sich vor wie das Ziegenfell. Er hatte die Entscheidung aufschieben wollen, bis er mit Jonathan gesprochen hatte, aber das ging nun nicht mehr.

Schließlich fing der Offizier an, mit seinem Stock auf Mansur einzuschlagen.

»Schluß jetzt, es reicht. Wenn wir euch nach Anbruch der Dunkelheit in einem Umkreis von fünf Kilometern erwischen, werdet ihr erschossen, ist das klar, du Schwachkopf? Erschossen werdet ihr, alle miteinander!« schrie er und unterstrich seine Worte mit dem Stock.

»Aber wir müssen leben, Effendi«, klagte Mansur, die Hände schützend vor das Gesicht gelegt.

»Nicht Effendi, du Abschaum. Ich bin dein Bruder.«

»Wir sind dem Untergang geweiht, Bruder, wenn wir zurück in den Osten müssen«, rief Mansur, den die Verzweiflung beredt gemacht hatte. »Dann kannst du uns gleich erschießen. Los, erschieß uns, dann haben wir es hinter uns.«

Einen Augenblick sah es aus, als sei der aufgebrachte Offizier drauf und dran, der Aufforderung tatsächlich nachzukommen. Doch dann drehte er sich auf dem Absatz um und gab seinen Leuten Befehl, sie wegzubringen.

Die Soldaten, von der Luftschlacht in Begeisterung versetzt, zeigten etwas mehr Verständnis. »Haltet euch in der Nähe eines Dorfes. Wenn ihr euch anständig benehmt, treibt euch da keiner weg. Große Dinge zeichnen sich ab, und ihr werdet euren Anteil bekommen.«

»Was wir brauchen, ist Weideland und Wasser. In den Dörfern ziehen sie uns das Fell über die Ohren, soviel können wir nicht bezahlen.«

»Nur Geduld, bald sollt ihr Weideland und Wasser die Fülle haben.« Die Eskorte kehrte um, als die Sippe abends vor einem Dorf ihr Lager aufschlug. Aber diesmal brachen sie die Zelte nicht wieder ab, sobald die Soldaten verschwunden waren. Sie hatten gesehen, was sich um sie her tat: Weit und breit nur Geschütze und Panzer und Truppentransporte. Auf den Pisten rollten die Jeeps, den ganzen Höhenzug entlang. Es gab keine Schlupflöcher in den Westen mehr.

Seit dem Tod seines Urgroßvaters war Musallem nur eines von sechs Kindern im Zelt, denn jetzt war sein Großonkel Mansur der Scheich. Man behandelte ihn nicht unfreundlich. Alle wußten um die besondere Beziehung zwischen ihm und dem Alten, die früher so ärgerliches Mißtrauen erregt hatte. Aber das war inzwischen vorbei, denn aus der großen Erbschaft für Musallem war nichts geworden. Schon deshalb nicht, weil nicht viel zum Erben da war. Sie waren nur noch ein armseliges Häuflein, weniger als fünfzig Personen, die Weiber mitgezählt. Und alle Weiber, die alt genug waren, um sich äußern zu können, erklärten, daß sie lieber in einem Dorf leben würden. Manchmal dachte Musallem, er sei der gleichen Meinung, aber er wußte es nicht gewiß. In letzter Zeit gab es für ihn überhaupt keine Gewißheit mehr.

Zuweilen fragte er sich, wo die Ma'ara wohl sein mochten.

Er hatte sie den ganzen Winter nicht gesehen. Vielleicht waren in dieser schweren Zeit die Frauen in die Dörfer gegangen und die Männer hatten sich den Fedayin angeschlossen. Eine solche Lösung hätte für die beweglichen Ma'ara nahegelegen. Musallem zerbrach sich den Kopf über die richtige Lösung für sich selbst. Er hätte es gern mit jemandem besprochen, mit Jonathan oder mit seinem Urgroßvater. Erst neuerdings sehnte er sich danach, über solche Dinge mit dem Alten zu reden, jetzt gab es vieles, was er gern mit ihm besprochen hätte.

Es war im Januar gewesen, in einer Woche mit grauem Nieselregen. Der Alte war vor das Zelt gegangen, um sich zu erleichtern, und war auf dem nassen Boden ausgerutscht. Musallem hatte ihm wieder hineingeholfen und sich nichts weiter dabei gedacht. Ein paar Tage danach aber war er ohne Anlaß im Zelt hingefallen. Musallem hatte es einer der Frauen erzählt, und die hatte schmale Lippen gemacht: »Jaja, jetzt will also sein Kopf nicht mehr ... «

»Wieso der Kopf? Er ist ausgerutscht.«

»Ich kenne das. Im Kopf fängt es an.«

»Fängt es an? Wie meinst du das?«

»Das ist so bei alten Leuten. Sie sind nicht richtig krank, aber plötzlich macht der Kopf nicht mehr mit, und das ist der Anfang vom Ende. Deshalb ist er hingefallen. Gib acht, daß er nicht zu nahe ans Feuer geht.«

»Was?« fragte Musallem erschrocken, aber zugleich fasziniert.

»Paß gut auf ihn auf. Kann er noch alles selber für sich tun?«

»Was soll denn das nun wieder heißen?«

»Schon gut. Sag mir Bescheid, wenn irgendwas mit ihm ist.«

Noch am gleichen Abend war etwas mit ihm. Wie gebannt beobachtete Musallem den Alten, der plötzlich die Augen verdrehte und dessen Mund sich öffnete wie ein schwarzes Loch. Der Arm, auf den er sich gestützt hatte, rutschte von dem teppichbedeckten Sattel, sein Kopf senkte sich sacht und blieb auf dem Arm liegen. Musallem mochte es kaum glauben. Zuerst dachte er, der Alte sei vielleicht nur eingeschlafen, aber das konnte nicht sein, die Augen standen halb offen. Erschrocken rief Musallem zum Nebenraum hinüber, und die Frauen eilten herbei.

»Das habe ich mir gedacht, jaja, das habe ich mir gleich gedacht...«

Danach mußte der Alte auf seinem Lager bleiben, sie ließen ihn nicht mehr aufstehen. Zuerst protestierte er, aber bald gab er es auf. Das ängstigte Musallem, der die scharfe Zunge seines Urgroßvaters kannte. Jetzt erst merkte er, wie hinfällig der Alte geworden war, wie seine Sachen ihn umschlotterten. Daß er in letzter Zeit wenig aß, war Musallem allerdings schon aufgefallen. Hin und wieder eine Tasse Kaffee, ein bißchen Fladenbrot – mehr brachte er nicht hinunter. Die Frauen fragten Mansur, den Zweitältesten der Sippe, ob man nicht ein Schaf schlachten solle. Mansur sann mißmutig eine Weile nach und sagte dann, das müsse man wohl tun. Nach ein paar Bissen aber mochte der Alte kein Fleisch mehr und trank nur die Brühe. Und wieder bekam Musallem es mit der Angst zu tun, weil er nicht einmal gefragt hatte, wer denn da ein Schaf geschlachtet hatte.

Danach ging es sehr schnell, in ein paar Tagen war alles vorbei. Der Alte lag auf seinem Teppich, hielt Musallems Hand und verlor immer wieder das Bewußtsein. Nach einer Weile erkannte Musallem die Anzeichen: Ein leichtes Zucken der Brauen, fast fragend, als bemühe er sich, etwas zu begreifen, die verdrehten Augen, der kreisrunde Mund. Wenn er zu sich kam, wirkte er zunehmend konfus, aber irgendwie auch jünger und fröhlicher. Eines Morgens sprach er plötzlich einen Vers aus seiner Jugend, den noch nie jemand von ihm gehört hatte, und freute sich diebisch, als der Junge ihn wiederholte. Er lachte vor sich hin und drückte Musallems Hand. »Bei Gott, ja. Bei Gott, ganz genau. Vortrefflich. Vortrefflich.« Aber dann wurde er Musallem wieder unheimlich.

Er fragte, ob er sich erinnere wie sie als Kinder miteinander gespielt hätten. Bald hatte er vergessen, wie Musallem hieß, und redete ihn mit anderen Namen an. Musallem hätte sich gern davongestohlen, doch der Alte wurde unleidlich, wenn er ihm seine Hand entzog.

Vor dem Ende haßte Musallem ihn beinahe und wünschte sich, der Tod möge sich beeilen. Jetzt begriff er die Frage, ob der Alte noch alles selber für sich tun könne, denn mittlerweile konnte er es nicht mehr. Von Zeit zu Zeit kamen die Frauen und machten ihn sauber, trotzdem stank er fürchterlich. Alles an ihm schien zu stinken. Sein Atem stank. Die dürre Klauenhand, die nach Musallem tastete, stank.

Zum Schluß, nach mehreren Ohnmachten, verfiel er in ein Koma, und alle scharten sich um ihn und sahen ihm beim Sterben zu. Noch ein paar Stunden stöhnte und gurgelte der Atem in seiner Kehle, die Atemzüge wurden langsamer und unregelmäßiger und noch langsamer, und Musallem, der seinen Urgroßvater nicht aus den Augen ließ, kam es vor, als schleppe der Alte sich auf einem letzten, allerletzten Marsch dahin, über unwegsames Gelände, das Lager schon fast in Sichtweite, und von einem mühseligen Gurgeln zum nächsten hielt er selbst schmerzhaft die Luft an und wartete auf den nächsten Atemzug. Bis es dann keinen nächsten Atemzug mehr gab. Sie warteten vergeblich. Eine der Frauen beugte sich mit einem Spiegel über den Alten, um seinen Hauch aufzufangen, und in diesem Moment öffnete der Alte die Augen jählings so weit wie nie zuvor, sie waren erstaunlich jung und klar und hatten einen glücklichen Ausdruck, als sei das Lager erreicht und als sei es vortrefflich, bei Gott, ganz vortrefflich.

Die überlieferten Klagegesänge ertönten, die Männer beteten, und Musallem stimmte murmelnd ein, obgleich er den Text nicht kannte. Er konnte den Blick nicht von den im Lampenlicht glitzernden Augen des Alten wenden, er wußte wohl, daß etwas Unheimliches im Raum stand, daß der Geist seines Großvaters mit ihnen das Zelt teilte und die stinkende greise Hülle auf dem Teppich betrachtete, die er verlassen hatte. Musallem kam sich verraten und verlassen vor, er hatte das Gefühl, daß dieser Mann, der ihm von allen Menschen in der Welt am nächsten gestanden hatte, sich zum Schluß in aller Heimlichkeit davongemacht hatte, ohne Rücksicht auf ihn, ohne einen Gedanken daran, was aus ihm werden sollte. Und diese Überlegung schmetterte ihn geradezu nieder.

Er weinte nicht – seine Selbstbeherrschung war allgemein bekannt –, aber er war unsicher. Er wußte nicht, wohin er gehörte und wo er schlafen sollte. Er bekam ein Lager bei den Frauen nebenan, und alle waren gut zu ihm. Das Erdreich war noch verschlammt, sie ließen es zwei Tage trocknen, ehe sie den Alten beerdigten. Bis dahin blieb er auf seinem Teppich liegen, einen zweiten hatten sie über sein Gesicht gebreitet. Sobald er unter der Erde war, wurden die Teppiche sorgsam gewaschen, und als Musallems Großonkel Mansur und seine Familie das Zelt übernahmen, legten sie die Teppiche wieder an ihren Platz. Musallem aber setzte nie wieder einen Fuß darauf.

Noch Wochen später war er, obwohl er wie gewohnt seine Arbeit verrichtete und ihm gewiß niemand etwas anmerkte, nie ganz sicher, wo er war oder wer er war. Manchmal entfernte er sich vom Lager, um allein zu sein – das hatte er schon immer getan, es fiel nicht weiter auf –, und sann darüber nach, was für ein Mensch er war und wie er sich selbst bisher gesehen hatte. Er war überwältigt von dem Reichtum und der Geschlossenheit der Beziehung, die nun zu Ende war und die er früher gar nicht in diesem Licht gesehen hatte. Im Rückblick blieben viele Rätsel. Er war immer der Meinung gewesen, daß die Liebe des Alten zu ihm weit größer war als das, was Musallem ihm dafür zurückgab. Er hatte das Gefühl gehabt, seinen Urgroßvater nicht wirklich zu lieben, ihn irgendwie ständig zu hintergehen und hinzuhalten, aus einem schwer greifbaren Grund, dem er nie näher nachgefragt hatte, der aber mit seinem gemischten Blut zu tun hatte und damit, daß er sich für »anders« hielt und sich früher oder später würde entscheiden müssen. Jetzt aber schien es ihm, als sei er der Hintergangene. Jetzt, da der Alte nicht mehr lebte, wußte er seine besondere Art erst richtig zu würdigen. Musallem war es, als habe der Urgroßvater ein wichtiges Stück von seiner Identität mitgenommen.

Im Zelt waren sie gut zu ihm, aber nach seinem Urgroßvater kamen ihm die anderen seicht vor, und er fand sich in ihnen nicht wieder. Ob er sich wohl in seiner Mutter wiederfinden würde, ob er sie würde lieben können? Denn er begriff jetzt, daß er, ohne es recht zu wissen, den Alten geliebt hatte. Aber wie konnte er zu seiner Mutter gehen? Es war ihm wichtig, die Grundsätze des Alten in Ehren zu halten, und dessen Wunsch war es gewesen, daß Musallem bei der Sippe blieb. Musallem entschied sich mal so, mal so. Er kam sich schwerfällig und richtungslos vor, mit Wasser vollgesogen wie das Ziegenfell in dem Schlammloch. Die Welt hatte sich gewandelt, er verstand sie nicht mehr, und dabei war er doch schon elf.

Ein paar Tage danach fingen die Geschütze wieder an zu schießen. Nach der Luftschlacht hatten sie aus irgendeinem Grund geschwiegen, aber nachdem sie jetzt wieder angefangen hatten, hörten sie nicht mehr auf. Nach einer Weile gab es Ärger mit den Leuten aus dem Dorf, in das die Frauen zweimal am Tag zum Wasserholen gingen. Die Leute aus dem Dorf wollten billig an Schafe kommen, und als die Beduinen nein sagten, hieß es, sie sollten sich ihr Wasser anderswo holen, sonst werde man die Hunde auf sie hetzen. Es war eine unerfreuliche Situation, aber sie währte nicht lange, denn wenig später kam die Armee, um alle fortzutreiben, zur großen Freude der Beduinen auch die Leute aus dem Dorf. Die aufgeregten Dorfbewohner, die das Packen und Weiterziehen nicht gewohnt waren, mußten bei den Beduinen Kamele und Esel mieten, und die Beduinen konnten ihnen die erlittenen Kränkungen und die rücksichtslose Ausbeutung mit Zins und Zinseszins heimzahlen. Kein Mensch wußte, wohin die Reise gehen sollte, und von dem befehlshabenden Offizier waren keine eindeutigen Auskünfte zu bekommen.

»Auf dem Weg nach Osten erfahrt Ihr Näheres. Hier müssen alle weg, sämtliche Dörfer in der Gegend werden geräumt. Wahrscheinlich wird man euch Unterkünfte oder Zelte in anderen Dörfern zuweisen.«

»Wozu? Warum? Was ist los?«

»Die Revolution ist in Gefahr. Der Volkskrieg steht vor der Tür.«

»Was haben wir damit zu tun?«

»Los. Macht schon.«

Als das Volk abgezogen war, rückten Pioniere der Revolution nach. Sie säten Minen. Über die ganze Länge der Golanhöhen legten sie ihre Saat. Überall regte sich neuerdings die Revolution.

3

Sie regte sich in Moskau, in Damaskus und in Kairo, wo der Verlust der sechs Mig 21S erhebliche Wellen geschlagen hatte. Auf dem Papier war es ganz und gar unmöglich, daß eine Mig 21 von einer Mirage 3 abgeschossen wurde, der sie nach fliegerischer Leistung und Manövrierfähigkeit weit überlegen war. Die Mig 21 war ein sehr fortschrittliches Kampfflugzeug, und deshalb gestattete die Revolution nur ganz fortschrittlichen Piloten – loyalen Mitgliedern der regierenden Ba'ath-Partei –, sie zu fliegen. Nicht ganz so loyalen Fliegern könnte es am Ende einfallen, sich mit ihr in ein anderes Land zu begeben, das sich darüber sehr freuen würde. Die Ba'ath-Partei hatte nicht allzuviele loyale Piloten als Mitglieder, und nach dem Zwischenfall im April waren es noch weniger geworden, was in der Regierung zu Panikreaktionen führte und die Revolution in Gefahr brachte.

In Moskau sah man es nicht gern, wenn die Revolution in Gefahr geriet, und verbreitete deshalb offiziell, Israel rüste zum Krieg gegen Syrien und jedermann solle sich um die Flagge scharen. Daraufhin verloren die Syrer die Nerven. Sie beriefen sich auf ihr Militärbündnis mit Ägypten und drängten Kairo zur Mobilmachung.

Kairo war dieser Appell äußerst unwillkommen. Man war auf einen Krieg nicht vorbereitet, mit der derzeitigen Situation hingegen ließ es sich leben. Israels Rezession kam Kairo gelegen und veranlaßte Oberst Nasser zu gewissen Bemerkungen über eine »Kohnsche Wirtschaft«. Gut dosierter syrischer Granatwerferbeschuß, der die Touristen fern- und die Farmer in ihren Schutzräumen festhielt, war offenkundig das geeignete Mittel, um die Talfahrt der Kohnschen Wirtschaft noch zu beschleunigen. In Damaskus aber hatte man inzwischen die Phase wirtschaftlicher Erwägungen – gleich, ob sie nun einen gewissen Kohn oder sonstwen betrafen – hinter sich gelassen. Der syrische Rundfunk erklärte die arabische Revolution für bedroht, und wer sie verteidigen wolle, solle dem Beispiel Syriens folgen und zuschlagen.

Syrien schlug nach Kräften zu. Die Kibbuzim an der Grenze wurden stetig und systematisch unter Beschuß genommen, einmal Tel Katzir – eine 120-mm-Granate pro Minute –, am nächsten Tag der Kibbuz Gonen.

Die Israelis beobachteten die Entwicklung aufmerksam, ohne das Feuer zu erwidern. Statt dessen forderten sie den russischen Botschafter auf, eine Rundreise durch Israel zu unternehmen, um sich persönlich davon zu überzeugen, daß keine Kriegsvorbereitungen getroffen wurden. Er sei kein Militär, sagte der Botschafter und lehnte die Einladung ab. Auf Drängen der Kibbuzim ersuchte der israelische Premierminister die Syrer, ihre Schießwut zu mäßigen, sonst müsse man in Anbetracht von vierzehn Zwischenfällen im letzten Monat nicht weniger drastische Maßnahmen als am 7. April ergreifen. Am 7. April hatten israelische Kampfflugzeuge die Artilleriestellungen zum Verstummen gebracht und die Migs abgeschossen. Diese Erklärung wurde sogleich von Moskau als »unverschämt« und »Säbelgerassel« abqualifiziert, und Damaskus hieb – auf der Wellenlänge von Kairo – umgehend in die gleiche Kerbe.

Fünf Tage später schickte der aufgehetzte Nasser widerstrebend Truppen in den Sinai.

Damaskus machte eilfertig darauf aufmerksam, daß zwischen diesen Verbänden und ihrem Gegner eine UNO-Truppe stand, die die Ägypter daran hinderte, sich nach dem Beispiel der Syrer nützlich zu machen.

Zwei Tage darauf forderte Nasser die UNO zum Abzug auf.

Am nächsten Tag folgten die UNO-Truppen seiner Aufforderung.

Einen Tag später machte Israel mobil.

Es war der 19. Mai. Auf der Parzelle 52 im Kibbuz Ha'on standen die sechs Wochen alten Roten Rüben prächtig da.

4

Mitte Mai wurde Motke nach weiteren Telefonaten den Verdacht nicht los, daß der Drucker sich neue Ausreden zurechtlegte. Daraufhin wurde er deutlich. Er habe ihm einen Termin im März versprochen, sagte er, und dann einen im April. Jetzt hätten sie Mitte Mai und noch immer sei nichts geschehen. Was denn los sei.

Er solle doch mal in die Zeitung schauen, riet ihm der Drucker, dann würde er schon merken, was los sei. Ob sie denn die Arbeit ganz eingestellt hätten, fragte Motke. Nein, sagte der Mann, sie arbeiteten mit Hochdruck für Kunden, die schon länger warteten als Motke.

»Dann will ich Ihnen mal was sagen«, erklärte Motke mühsam beherrscht. An dem Projekt, sagte er, seien auch viele Kinder beteiligt, und das Interesse von Kindern sei schneller verloren als gewonnen. Daß noch andere Kunden warteten, sei ihm bekannt, und er habe auch Verständnis dafür, daß die Druckerei sie nicht enttäuschen wolle, und er wisse, daß er vermutlich bei anderen Druckereien genauso lange würde warten müsse. Aber davon werde er sich demnächst persönlich überzeugen, denn wenn die Druckerei ihn jetzt versetze,

211

sei das der letzte Auftrag, den sie je von ihnen bekommen habe, und das sollte sie sich lieber gut überlegen, denn das sei nur der erste Auftrag einer ganzen Serie von Büchern, Broschüren und dergleichen, die der Druckerei dann alle entgehen würden. Es sei ja möglich, daß man dort im Augenblick auf seine Aufträge nicht angewiesen sei, aber irgendwann werde man noch froh darum sein.

Und deshalb, schloß Motke, solle die Druckerei gefälligst den einen oder anderen Auftrag zurückstellen und ihm einen echten Termin geben, und zwar spätestens für die erste Juniwoche. Mehr wolle er gar nicht hören, sagte Motke, keine Witzchen, keine guten Ratschläge. Nur den Termin.

Der Mann sagte nichts. Er legte den Hörer auf einen leeren Schreibtisch, und Motke meinte das ferne Grummeln anderer unerledigter Aufträge zu vernehmen. Nach einer Weile meldete der Mann sich wieder. Er räusperte sich. »Vierter Juni«, sagte er.

Motke traute seinen Ohren nicht. Er hatte sich nur in Rage geredet und gar nicht damit gerechnet, daß man ihn ernst nähme. »Kann ich mich darauf verlassen?«

»Hundertprozentig. Ich habe umdisponiert.«

»Das ist ein Sonntag.« Motke notierte den Termin freudig in seinem Kalender.

»Sonntag. Das heißt, daß der Satz bis Freitag, also vor dem Sabbat, stehen muß. Andruck Sonntagfrüh um sieben. Am besten kommen Sie her für den Fall, daß in letzter Minute noch Probleme auftauchen. Dafür habe ich zwei große Aufträge guter alter Kunden«, sagte der Drucker bitter, »die so eine Behandlung nicht verdient haben, auf Eis gelegt. Hoffentlich sind Sie jetzt zufrieden.«

»Also dann bis Sonntagfrüh um sieben«, sagte Motke und äußerte sich nicht weiter.

Er war hochzufrieden. Allmählich hatte er kaum mehr daran geglaubt. Nur noch drei Wochen... Er würde der Buchbinderei vorab ein paar hundert Exemplare abschwatzen und sie zum versprochenen Termin den Kibbuzim zustellen können. Er fühlte sich plötzlich besser, allerdings noch nicht gut. Der Kamsin wehte, und die Klimaanlage funktionierte nicht richtig. Er war schweißnaß, obgleich es noch früh am Tage war, und ihm war ein bißchen übel. Er trank ein Glas Wasser und wollte zu Mor, um ihm Bericht zu erstatten. Mor war noch nicht im Haus. Im Schreibzimmer saßen die Bürodamen um ein Radio herum. »Ägypten hat mobil gemacht«, sagte eine.

»Das gibt sich wieder«, versetzte Motke knurrig. Aber dann wurde ihm wieder schlecht. Er ging in sein Zimmer, setzte sich und wischte sich die Stirn. Es lag nicht an den Ägyptern, und es lag nicht am Kamsin. Es lag an diesem Büro. Er konnte es nicht mehr sehen. Sobald Mor kam, würde er ihn unwiderruflich um eine Woche Urlaub bitten. Es war nicht recht, einen Mann, der ein Leben unter freiem Himmel gewöhnt war, in ein Büro zu sperren. Was nützte er der Menschheit in einem Büro? Er fand nie etwas, er hatte kein System.

Lustlos betrachtete er die geöffnete Post auf seinem Schreibtisch. Der oberste Brief war in deutscher Sprache abgefaßt – eine weitere Anfrage nach der *Gazella smithii*. Der Brief schien ihn zu verhöhnen, und plötzlich hätte er ihn am liebsten in tausend Stücke gerissen und verbrannt. Und nicht nur diesen Brief, sondern die ganze Post, das ganze Büro. Statt dessen schrieb er gewissenhaft die Adresse des Zoologischen Gartens ab, gab sie in den Ausgangskorb, um die Anfrage mit dem üblichen Standardbrief beantworten zu lassen, und legte den Brief ab. Die letzte Anfrage nach der *Gazella smithii* war Nummer 133 gewesen, auf diese schrieb er deshalb eine 134. Die Angebote hatten sich offenbar bei 25000 Dollar eingependelt. Verrückt, die Leute!

Als er zum Schreibtisch zurückging, wurde ihm klar, daß er wieder einmal aus dem System ausgebrochen war: Er hatte einen Brief selbst abgelegt. Hundertmal hatte Mor es ihm gesagt: Beschäftige die Bürodamen, arbeite mit System. Hatte er je behauptet, System zu haben? Dann aber las er, ohne auch nur einmal aufzustehen, brav die übrige Post und formulierte gleichzeitig im Geiste das kurze, aber entscheidende Gespräch, zu dem es kommen würde, sobald Mor seine Nase zur Tür hereingesteckt hatte. Er war noch nicht ganz fertig, als das Telefon läutete. Es war Mors Frau. Der General konnte heute nicht kommen.

»Ist ihm was?« fragte Motke.

»Ihm nicht«, erwiderte die Frau des Generals. »Sie wissen schon.«

»Ach so«, sagte Motke. Mor war wieder zur Reserve einberufen worden.

»Sie sollen die Stellung halten, läßt er Ihnen sagen, er ist bald wieder zurück.«

»Schon gut«, sagte Motke matt.

Er hielt fast vierzehn Tage die Stellung. Die Nachrichten brachten nur Negatives, er machte das Radio gar nicht mehr an. Die Wochenenden waren ihm ein Greuel, seit seine Frau gestorben war, er freute sich fast aufs Büro, weil er dort wenigstens menschliche Gesichter sah. Aber wenn er dann an seinem Schreibtisch saß, war es ihm auch nicht recht. Ende Mai mußte er sich plötzlich im Büro übergeben. Hinterher saß er mit tränenden Augen auf dem Toilettensitz und wischte sich den kalten Schweiß vom Gesicht. Du bist krank, sagte er sich, du gehörst ins Bett.

Seine Sekretärin war zur Mittagspause gegangen. Er legte ihr einen Zettel hin und ging nach Hause. Dort schlief er lange und tief. Als er aufwachte, fühlte er sich frischer. Es war Nacht und hatte sich abgekühlt. Er trank eine Tasse Kaffee und beschloß, einen kleinen Spaziergang zu machen. Sobald er an der frischen Luft war und mit weit ausgreifenden Schritten, wie in alten Zeiten, über die Achad Ha'am-Straße ging, fühlte er sich wieder gut. Dann kam ihm eine großartige Idee. Im Augenblick war er der Leiter der Dienststelle, aber dort tat sich sowieso nichts. Fast alle Parkaufseher waren eingezogen. Die Naturparkbehörde hatte den Auftrag, sich um die Naturschutzgebiete zu kümmern. Faktisch war zur Zeit er die Naturparkbehörde. Warum sollte er sich nicht den Auftrag erteilen, ein Naturschutzgebiet zu inspizieren?

Fröhlich vor sich hinpfeifend, ging Motke bis zum Ende der Achad Ha'am und kehrte dann um. Während er sich in seiner Küche noch eine Tasse Kaffee machte, studierte er den Wandkalender, der dort hing. Morgen war der neunundzwanzigste. Am vierten in aller Frühe mußte er wieder zurück sein, besser noch am dritten. Fast sechs Tage lagen vor ihm – nützliche, gesundheitsfördernde Tage in einem der Naturschutzparks.

Er stellte eine Dose Bohnen auf den Herd, legte Brot unter den Grill und suchte seine Ausrüstung zusammen.

In aller Frühe war er wieder auf den Beinen. In Beersheba tankte er und kaufte Proviant, und zur Frühstückszeit ließ er sich schon im Wadi Parek von der Sonne den Rücken bescheinen. Vom Vortag war noch überall der wunderbare, nicht näher zu bestimmende Geruch nach sonnendurchglühtem Stein zu riechen, und schon wurde die Luft wieder warm. Er spürte, wie sie ihm prickelnd in die Nase stieg, klar und sauber, eine Luft, die den Menschen ausputzte. Ganz etwas anderes als der dicke Mief in Tel Aviv, bei dem man sich so mies fühlte.

In der Wüste hatte Motke immer einen Riesenappetit. Er briet sich vier Eier mit Würstchen und Brot, zu denen er zwei Tassen Kaffee trank. So viel hatte er schon ewig nicht mehr gegessen. Als er eine Stunde später einen kleinen Rundgang machte, dachte er, er hätte vielleicht doch nicht so plötzlich so viel auf einmal essen sollen. Es wurde ihm wieder schlecht. Nach einer kurzen Rast verging die Übelkeit, aber er merkte daran, daß er doch nicht ganz in Ordnung war. Nach ein paar Tagen Wüste war er bestimmt wieder munter wie ein Fisch im Wasser, das ging ihm immer so. Auf Schritt und Tritt entdeckte sein aufmerksames Auge Dinge, die zu richten waren. Der junge Mann, den sie hierhergeschickt hatten, war offenbar mit seinen Gedanken ganz woanders gewesen. Überschwemmungen hatten Steine in das Bett des Wadi gespült, die im nächsten Winter das Wasser stauen würden, so daß weiter unten die für die Vegetation so dringend benötigte Feuchtigkeit fehlte. Auch einige Vögel waren noch nicht gemeldet, dabei waren sie bestimmt schon seit drei, vier Wochen hier. Er hatte einen Blick für solche Sachen. So etwas lernte man nicht in zehn Minuten, dafür brauchte es ein ganzes Leben. Und wenn man es gelernt hatte, steckten sie einen ins Büro.

Davon abgesehen konnte er mit sich und der Welt im Augenblick zufrieden sein. Er war, wo er seit jeher am liebsten war. Trotzdem hatte er ein unruhiges Gefühl, als müsse jeden Augenblick etwas Bedeutsames passieren. Wie damals vor zehn Jahren an der gleichen Stelle... Er erinnerte sich, wie er in der Dämmerung darauf gestoßen war und große Augen gemacht hatte. Wahrscheinlich hatte der Brief des deutschen Zoos die Erinnerung ausgelöst. Idioten. Die dachten wohl, so was ließe sich züchten. Zum Export. 25000 Dollar pro Stück, vierzig für eine Million... Gleichzeitig fiel ihm ein, daß auch damals ägyptische Truppen im Sinai gestanden und die Wildtiere gestört hatten...

Es konnte nicht schaden, einen kleinen Ausguck zu bauen.

Er machte sich an die Arbeit und legte sich gewissenhaft morgens und abends auf die Lauer.

Nach ein paar Tagen war er wieder in Ordnung, und am dritten Tag, dem Mittwoch, fühlte er sich in bester Form, bis er sich auf einem Spaziergang nach dem Frühstück plötzlich wieder übergeben mußte. Als es vorbei war, fing er an zu zittern und mit den Zähnen zu klappern. Jetzt kannte er den Grund für das unruhige Gefühl, das er in den letzten zwei Tagen gehabt hatte. Und er wußte auch, daß er hier draußen nichts dagegen machen konnte. Im Frühsommer hatte seine Frau immer darauf gesehen, daß er seine Tabletten schluckte. In ihrem Sterbejahr war er so durcheinander gewesen, daß er darauf vergessen hatte, und danach hatte er nicht mehr damit angefangen. Er hatte sich gesagt, die Malaria sei offenbar mit ihm fertig und ihm aus dem Blut gegangen. Nun, darin hatte er sich wohl gründlich getäuscht. Er mußte sich auf einiges gefaßt machen.

Er schaffte es bis zum Zelt, aber seine Beine zitterten so heftig, daß er kaum noch gehen konnte. Ehe er in seinen Schlafsack kroch, fiel ihm gerade noch ein, auf die Uhr zu sehen, und als der Anfall vorüber war, stellte er fest, daß er vier Stunden gedauert hatte; das war mehr oder weniger normal. Der Schlafsack war klatschnaß, er wendete ihn von innen nach außen und legte ihn in die Sonne. Er fühlte sich seltsam schwummerig und war ausgetrocknet von dem starken Schwitzen. Er trank einen Schluck Wasser und überlegte benommen, wie es weitergehen sollte. In zwei Stunden konnte er in Beersheba bei einem Arzt sein, aber es war nie genau vorauszusehen, wann die nächste Attacke kam. Falls er nach Beersheba wollte, war es am besten, wenn er sich gleich auf den Weg machte.

Noch immer überliefen ihn Wellen einer leichten Übelkeit. Trotzdem setzte er sich in den Jeep. Das Gelände lag voller Geröll. Sein Blick war so getrübt, daß er mit den Wimpern fast an der Windschutzscheibe klebte, um etwas sehen zu können. Er mußte sich wieder übergeben, über das Lenkrad und über seine Knie, ließ sich aber nicht weiter davon stören und fuhr ganz langsam weiter. Aber als seine Hände wieder anfingen zu zittern und seine Knie aneinanderschlugen, hielt er an. Schluß für heute. Er versuchte zu wenden, schaffte es aber nicht, sein Fuß zuckte unkontrolliert auf den Pedalen hin und her. Er ließ den Jeep stehen, wo er stand, und rollte sich heraus. Weil er wußte, daß es nicht gut war, wenn er in der Sonne liegenblieb, kroch er unter den Jeep, der Schüttelfrost warf ihn hin und her, er stieß sich den Kopf und holte sich eine blutige Nase.

Diesmal war es schlimm, besonders schlimm, so schien es ihm, nachdem so viele Jahre Ruhe gewesen war. Am besten war es wohl, den Anfall im Zelt durchzustehen, auch wenn er keine Medikamente hatte, und sich die Fahrt nach Beersheba aus dem Kopf zu schlagen. Als der Schüttelfrost nachließ, setzte er sich wieder in den Jeep, fuhr zum Zelt zurück und kroch in den Schlafsack, ohne ihn zu wenden. Es lohnte nicht, in den nächsten Tagen würde er ihn ja doch wieder naßschwitzen.

Mitten in der Nacht, in einer klaren Stunde, kam ihm ein Gedanke. Zuweilen zogen Beduinen hier durch. Solange er auf der Nase lag, empfahl es sich nicht, alles offen herumliegen zu lassen. Er klappte die Motorhaube auf, nahm den Verteilerfinger heraus, wickelte ihn in eine Plastiktüte, gab Schlüssel, Brieftasche und Uhr dazu und vergrub alles unter dem Schlafsack. Er wendete den Schlafsack von innen nach außen oder von außen nach innen, jedenfalls andersherum, inzwischen war ihm das ziemlich egal – und kroch wieder hinein.

Er trank viel Wasser und aß hin und wieder einen Bissen, wenn ihn plötzlicher Heißhunger überkam, der sofort verging, sobald er etwas im Mund hatte. Was sonst mit ihm geschah, blieb verschwommen. Er mußte wohl geschlafen haben, aber es war schwer zu entscheiden, was Traum und was Delirium war. Der nachhaltigste Eindruck war, daß er vor Kälte zitterte, obgleich im Zelt Backofentemperaturen herrschten. Er schwitzte ununterbrochen, rollte sich fest zusammen und versuchte die Zähne zusammenzubeißen, um nicht damit zu klappern. Aus Erfahrung wußte er in lichteren Momenten, daß die Krankheit ihren voraussehbaren, wenn auch ungewohnt heftigen Verlauf nahm.

Plötzlich, mitten in der Nacht, wußte er, daß es überstanden war. Die nervöse Spannung war weg. Er fühlte sich nur noch kraftlos, ausgebrannt und schlapp wie ein nasses Handtuch. Er wußte, daß er gerade aus tiefem Schlaf erwacht war, wartete, bis die ärgste Schlaftrunkenheit vorüber war und blinzelte in die Dunkelheit. Dann kroch er aus dem Schlafsack und stellte sich taumelnd auf die Füße.

Er zündete die Lampe an, goß Wasser in den Eimer und wusch sich von Kopf bis Fuß. Die meiste Zeit mußte er sich

218

dazu hinsetzen. Als er sich angezogen hatte, fühlte er sich besser. Er hatte heftigen Appetit auf einen Teller Hühnersuppe und kochte sich eine aus seinem Tütenvorrat. Als er merkte, daß er sie bei sich behielt, machte er sich noch eine. Danach fühlte er sich kräftig genug, um die Rückfahrt anzutreten.

Er grub seine Uhr aus. Sie zeigte zehn vor neun. Offenbar war sie stehengeblieben und lief erst wieder, seit er sie in die Hand genommen hatte. Es war eine Automatikuhr mit Datumsanzeige, seine Frau hatte sie ihm zum 40. Hochzeitstag geschenkt. Neun war es bestimmt nicht, das sah er an den Sternen vor dem Zelt. Er tippte auf etwa zwei Uhr morgens. Die Frage war: zwei Uhr morgens wann? Er sah noch einmal auf die Uhr. Im Datenfeld stand eine 2. Demnach war der 2. Juni der Tag, an dem sie stehengeblieben war.

Er setzte sich und überlegte. Es ging noch ziemlich langsam. Die Uhr hatte eine Gangreserve von zwei Tagen. Wenn sie am 2. Juni stehengeblieben war, hatte er sie am 31. Mai abgenommen. Er dachte nach. Ja, das konnte stimmen. Der 31. Mai war ein Mittwoch gewesen, da war er krank geworden. Heute mußte demnach Freitag sein. Falsch. Am Freitag war die Uhr stehengeblieben. Oder? In früheren Jahren hatten seine Malariaanfälle etwa vier Tage gedauert. Aber das war in den Huleh-Sümpfen gewesen, damals war der Malariabazillus noch jung und kräftig, und viele Menschen waren an ihm gestorben. Inzwischen war er alt und verbraucht und hatte ihn nur erwischt, weil er nicht aufgepaßt und sich von dem Bazillus hinterrücks hatte überfallen lassen. Er glaubte nicht, daß er vier Tage in seinem Schlafsack gelegen hatte, aber so genau ließ es sich auch nicht sagen. Wenn ich recht habe, dachte er, steht die Uhr seit zwei Tagen und wir haben den 4. Juni. Sonntag, den 4. Juni.

Ich werde verrückt, dachte Motke und raffte seine Sachen zusammen. Sonntag war der Drucktermin für *Die Arten Israels.* Er baute das Zelt ab, warf es in den Jeep, setzte den Verteilerfinger wieder ein und machte sich auf den holprigen Weg.

Nein, heute konnte nicht Sonntag sein. Wieso Sonntag? Oder vielleicht doch? Er war noch etwas wackelig und mußte sich auf das Fahren konzentrieren. Als er eine Stunde später auf die Hauptstraße kam, stellte er aufatmend fest, daß viel Verkehr in seiner Richtung unterwegs war, Eiswagen und Personenautos und Kleinlastwagen. Rückreiseverkehr aus dem Wochenende. Demnach war nicht Sonntag, sondern Samstag. Morgen mußte Sonntag sein, der erste Arbeitstag der Woche. Er war also noch nicht zu spät dran. Als er nach Tel Aviv hineinfuhr, registrierte er die Zeit, die die Uhren anzeigten. Viertel vor fünf. Er stellte seine Armbanduhr.

Es war fünf und schon ganz hell, als er vor seiner Wohnung hielt, um sich eine Stunde hinzulegen. Er ließ alle Sachen im Jeep, ging nach oben, legte sich ins Bett und stellte den Wecker auf Viertel vor sieben. Er war noch benommen, als der Wecker rasselte, und fand nicht sofort heraus. Als er sich endlich aufgerafft hatte, blieb keine Zeit mehr für Kaffee. Er wusch sich rasch am Waschbecken, putzte sich die Zähne und fuhr los.

Eigenartigerweise war auf den Straßen kaum Verkehr. War heute vielleicht doch Samstag und nicht Sonntag? Verschlafen wie er war, konnte er sich keinen Reim darauf machen. Jetzt mußte er zunächst zur Druckerei, alles andere würde sich finden.

Die Druckerei war in einer belebten Gegend. Auch dort war kein Verkehr.

Was zum Teufel ging vor? Es war also doch Samstag? Dann war morgen Sonntag, und er war einen Tag zu früh? Der Haupteingang der Druckerei war geschlossen, aber in einem Durchgang stand eine Seitentür offen. Er trat ein.

Der große Maschinenraum war menschenleer. Auf den Druckmaschinen sah er *Die Arten Israels,* ein Stoß von Bogen war schon gedruckt. Schon gedruckt? Wieso das denn? Sie wollten doch erst morgen drucken? Demnach war schon morgen. Das heißt, wenn bereits gedruckt war, schon übermorgen. Motke hatte das unbehagliche Gefühl, daß ihm alles

220

ein wenig über den Kopf wuchs, daß er in Wirklichkeit gar nicht hier war, sondern in seinem Schlafsack im Wadi Parek lag und schlief. Er sah sich nach einer Sitzgelegenheit um, und während er noch suchte, näherte sich mißtrauisch ein altes Männchen mit einem Besen.

»Kann ich was für Sie tun?«

»Ich weiß nicht«, sagte Motke. »Ich bin nicht sicher. Also eigentlich... Ich habe geschlafen. Ich bin aufgewacht. Es war Freitag. Vielmehr Samstag. Jetzt ist Sonntag, vermute ich. Vielleicht können Sie mir helfen.«

»Häh?« machte der Alte.

»Welchen Tag haben wir heute?« fragte Motke schlicht.

»Welchen Tag? Mittwoch.«

»Mittwoch?« Motke fand gerade noch rechtzeitig einen Stuhl. »Mittwoch? Wo sind denn Ihre Leute?«

»Na wo wohl? Im Krieg.«

»Ich höre immer Krieg. Wollen Sie damit sagen, daß der Krieg tatsächlich angefangen hat?«

»Angefangen? Er ist praktisch zu Ende. Wir haben den Sinai erobert. Wir sitzen am Suezkanal. Wir haben Jerusalem. Wir haben die Klagemauer. Es gehört alles uns.«

»Was?« sagte Motke. »Was? Was?«

»Ja.«

»Nein.«

»Wenn ich es Ihnen sage...«

»O nein!« Motke hielt sich das Herz. Dann hielt er sich den Kopf. Einen Krieg zu verschlafen, und noch dazu so einen Krieg... Er kam sich vor wie Rip van Winkle.

»Möchten Sie einen Schluck Wasser?«

»Ja. Jerusalem? Ehrlich?«

»Jerusalem. Es gehört uns. Die ganze Stadt.«

»O nein«, wiederholte Motke. »Und jetzt ist alles vorbei?«

»Noch nicht«, sagte der Alte über die Schulter, während er das Wasser holen ging. »Die Hunde auf den Golanhöhen haben die Kibbuzim in der Mache. Seit Tagen schon. Aber die werden sich wundern. Morgen ist unser Tag.«

Während er auf das Wasser wartete, fiel Motkes fassungsloser Blick auf die Druckmaschinen und auf die Bogen, die
sie schon ausgeworfen hatten. Er las die Titelseite: »Die Arten Israels, von den Kindern Israels«, und er lachte kehlig,
oder eigentlich nicht so sehr aus der Kehle als ganz tief von
innen heraus. Selbst wenn du fest schläfst und nur träumst,
dachte er, diesen Augenblick mußt du dir merken. Unter den
vielen beachtlichen Arten, die das Werk aufführte, war eine
irgendwie übersehen worden. Sie erschien nur auf der Titelseite.

X.
Krieg und Frieden

1

Auf den syrischen Höhen hatten sie die Kibbuzim in der Tat
ausgiebig ›in der Mache‹. Tag für Tag, ohne Atempause, pras-
selten die Mörsergeschosse auf sie nieder. Gedeckt durch den
Bombenhagel rückte die Revolution vor, um sich das gestohlene Land zurückzuholen, denn, so meldete Radio Damaskus,
die Schicksalsstunde hatte geschlagen. So hieß es zumindest
am Dienstag. Am Montag war das alles noch nicht so klar
gewesen. Am Dienstag signalisierte Kairo, die zionistischen
Gangster seien so gut wie erledigt und Brüder müßten brü-
derlich zusammenstehen. Die Revolution verstand die Signale
und schlug kräftig zu. Es traf drei mit Bedacht ausgewählte und
zur Vorbereitung besonders gründlich beschossene Schwachstellen: Tel Dan, den Kibbuz Dan und Tel Katzir.

Aber wieder begab sich Erstaunliches. Obgleich die Kibbuzim so gründlich beschossen worden waren und es sich an-
erkanntermaßen um Schwachstellen handelte, kamen plötzlich die Gangster aus ihren Löchern gesprungen und warfen
mit Bomben. Weil es sinnlos gewesen wäre, gutes Kriegsgerät aufs Spiel zu setzen, kehrte die Revolution wieder um und
zog sich zurück. Der Rückzug ging diesmal sehr viel geord-
neter und noch rascher vonstatten, denn das Kriegsgerät war
funkelnagelneu, russischer Herkunft und überaus schnell.

In Damaskus berichtete die Revolutionsarmee, was ihr widerfahren war. Dort war man mit dem strategischen Rückzug
voll einverstanden und gab den Kanonieren auf den Höhen
Befehl, noch zuzulegen.

Den Rest des Dienstags und den ganzen Mittwoch kam es von den Golanhöhen knüppeldick herunter. Inzwischen aber waren die Eiswagen und die Personenautos und Kleinlastwagen, in denen die Gangster zum Sinai gefahren waren, auf dem Rückweg. Auch die dorthin beorderten Flugzeuge waren fast fertig mit ihrer Arbeit.

Ungefähr um die Zeit, als Motke erfuhr, was er verschlafen hatte, waren sie alle im Eiltempo unterwegs in Richtung Revolution.

In Gei-Harim hatten sie schließlich doch die Laufgräben ausheben müssen. Sie hatten die Myrten, den Hibiskus und die Clematis herausgerissen und die schönen Rasenflächen aufgegraben. Die Gräben zogen sich kreuz und quer durch den Kibbuz und waren bei dem ständigen Beschuß die einzige Möglichkeit, sich ins Freie zu wagen, vorausgesetzt, man nahm außerdem noch einen Stahlhelm mit. Beim Ausheben der Gräben hatten alle Männer geholfen, dann waren die jüngeren zur Truppe gegangen, und die älteren waren dageblieben, um die Frauen und Kinder zu schützen. Frauen und Kinder hatten mit dem Aushub aus den Gräben Sandsäcke gefüllt und sie um die Häuser herum aufgestapelt. Das schafften sie gerade noch, dann mußten sie in die Schutzräume.

Dort blieben sie Tag und Nacht und hatten große Furcht, denn sie wußten, daß sie jetzt auf sich gestellt waren, weil Heer und Luftwaffe viele hundert Kilometer von ihnen entfernt anderweitig beschäftigt waren. Fast das Schlimmste war der Lärm, denn selbst in den Schutzräumen war das unaufhörliche Heulen und Einschlagen der Geschosse ohrenbetäubend. Die Babys schrien, und die Lehrerinnen versuchten mit den Kindern zu singen, aber es wurde nichts Rechtes daraus, denn viele schluchzten vor Angst.

Auch den älteren Männern auf ihren Beobachtungsposten war mulmig zumute. Sie sahen den Geschoßhagel, der von oben kam, und sie wußten, was die schlagkräftige Truppe, die dahinterstand, im Schilde führte. Den Soldaten war Plünderung, Notzucht und »ein Meer von Blut« versprochen worden. In Gei-Harim war der Empfang von Radio Damaskus fast besser als der israelische Sender, und Damaskus hatte gemeldet, dank der göttlichen Vorsehung fülle sich dieses Meer schon, syrische Einheiten marschierten bereits durch Untergaliläa. Es klang glaubhaft. Man konnte sich schwer vorstellen, daß irgend etwas dieser geballten, tödlichen Macht widerstehen konnte.

Vom Oberland aus sahen die Männer die bedrohlichen syrischen Panzerkolonnen und motorisierten Bataillone zum Angriff auf den Kibbuz Dan von den Höhen kommen, und sie fuhren sich mit der Zunge über die trockenen Lippen und sahen sich an und überlegten, wie sie sich wohl verhalten würden, wenn die Reihe an sie kam.

Das aber war am Dienstag, und die syrische Armee kam nicht noch einmal von den Höhen. Abgesehen von den gescheiterten Angriffen auf die Kibbuzim kam sie überhaupt nicht herunter. Denn am Mittwoch hatte die Revolution bereits eine recht gute Vorstellung von dem, was sich im Sinai tat und weshalb – mitgegangen, mitgefangen – ihr brüderlicher Mitrevolutionär Oberst Nasser ihnen nahegelegt hatte, sich am Kampf zu beteiligen.

Nach gründlicher Neubewertung der Situation entwickelten sie eine dynamische, aber durch und durch praxisbezogene neue Kriegstheorie: Eine Armee ist nur solange stark, wie es sie gibt, und deshalb wird es gut sein, die eigene möglichst weit hinter die Befestigungen zurückzuholen, bis das Schicksal erneut nach ihr ruft. Die Befestigungen waren mehrere Kilometer tief, der Raum dazwischen war gründlich vermint, da kam niemand durch. Für den Fall aber, daß doch jemand auf die Idee kommen sollte, es zu versuchen, würde man noch ein paar Vorkehrungen treffen.

Die Politoffiziere und Proviantmeister sorgten dafür, daß Lebensmittel in den Bunkern waren, damit die Soldaten genug zu essen hatten, und schlossen sie ein, damit sie kämpfen mußten. Als das erledigt war, zogen sie sich in ihre Hauptquartiere im Hinterland zurück und beobachteten die Lage. Das war am Mittwoch. Und am Donnerstag kamen die Gangster über sie.

Sie beeilten sich, denn die Zeit war knapp. In den ersten achtundvierzig Stunden des Sechs-Tage-Krieges hatten die Russen den ägyptischen Behauptungen Glauben geschenkt und sämtliche Versuche abgeblockt, einen Waffenstillstand herbeizuführen. Als sie schließlich – etwa gleichzeitig mit den Syrern – begriffen hatten, wie es stand, reagierten sie sehr rasch.

Die Männer in den Eiswagen wollten noch keinen Waffenstillstand, sie wollten erst die syrische Kriegsmacht unschädlich machen. Und deshalb gingen sie nicht nur mit Eiswagen zum Angriff vor, sondern mit allem, was sie in der Eile über viele hundert Kilometer und zwei Wüsten hinweg an Kriegsgerät heranschaffen konnten, mit Panzern, Raupenfahrzeugen, Truppentransportern und Jeeps. Auch die Luftwaffe machte mit, die Berge färbten sich mitten in der Nacht rot und weiß und gelb, und gegen das Getöse, das dabei entstand, war alles, was vorher gewesen war, nur ein Flüstern.

Das war am vierten Tag. In den nächsten beiden Tagen und Nächten boten die Golanhöhen einen Vorgeschmack der Hölle.

Die Soldaten, die in den Bunkern eingeschlossen waren, verschmorten darin und mußten mit Spaten herausgekratzt werden.

Die Israelis hatten keine Zeit gehabt, Unterlagen zu erobern, sie hatten keine Pläne von den Minenfeldern. Sie hatten auch keine Zeit, Pioniere oder Räumgerät vorauszuschicken. Alles ging Hals über Kopf, es war nicht einmal Zeit, Freiwillige vortreten zu lassen, und es war auch nicht nötig. Die jungen Männer fuhren mit wildem Ungestüm durch das verminte Gelände, die vordersten wurden in Stücke gerissen und sahen noch, ehe sie starben, wie die Spitzen weiterer

Kolonnen in die Luft flogen. Viele starben so. Andere stürzten sich schießend ins Mündungsfeuer der Geschütze und verloren auf diese Weise ihr Leben.

So war dieser Krieg, geführt von der Jugend eines Volkes, dem das Verhängnis nicht fremd war und die glaubte, mit ihrem Einsatz ein weiteres Verhängnis abzuwenden. Es war ein großer Krieg, aber er war, wie viele Neuerungen unserer Zeit, komprimiert und miniaturisiert, und er schuf eine neue Realität.

Sechs Tage währte das Werk, einer alten Tradition getreu, und am siebenten Tag trat Ruhe ein.

2

Die Leute von Gei-Harim wußten nicht, ob sie lachen oder weinen sollten, und die meisten taten beides, manche allerdings nur das letztere, die ganze Nacht lang und allein, denn die, mit denen sie ihre Nächte geteilt hatten, lagen irgendwo zerfetzt im Gelände. Die Toten wurden, soweit man sie hatte zurückholen können, im Kibbuz begraben, zwischen ihnen und um sie herum wurden neue Bäume gepflanzt. Auch Amos, der große Schwimmbadbauer und Gewerbegründer, war unter den Toten. Wieder einmal kam der Rabbi von Kiryat Shemona herüber, um seines Amtes zu walten. Er lehrte Jonathan einen neuen Segensspruch für besondere Anlässe, den er als Sohn am Grab sprechen mußte. Das war der Kaddisch, jenes uralte jüdische Gebet für die Toten, das eine Lobpreisung auf das Leben ist und den Tod mit keinem Wort erwähnt.

Jonathan las das Gebet, sie brachten Amos unter die Erde, und der Rabbi wandte sich dem Nächsten zu. Er hätte gerne noch etwas zu Jonathan gesagt, aber es fiel ihm nichts ein, deshalb fuhr er ihm nur einmal durch den brandroten Schopf und gab ihm einen Kuß und strubbelte ihn noch ein bißchen und brummte bekümmert in seinen Bart.

Jonathans Mutter war nicht zur Beerdigung gekommen. Als er heimkam, lag sie im Bett und hatte die Tür abgeschlossen. Er fragte, ob ihr etwas fehle, und nach einer Weile sagte sie leise: »Ja.« Ihm wurde ein bißchen unheimlich, denn es klang fast, als lache sie dabei. Er wartete noch einen Moment, aber sie schnaubte sich nur die Nase, und dann sagte sie müde: »Geh und schau nach Yael, ich war heute noch nicht bei ihr.«

Er ging zum Babyhaus, besuchte seine kleine Schwester und spielte eine Weile mit ihr.

Eigentlich, dachte er, müßte ich bei all dem etwas empfinden; aber er empfand nichts.

Die ganze Woche gingen sie wie benebelt herum, standen mitten in der Nacht auf und tranken unablässig Kaffee. Es war kaum zu glauben, daß die syrischen Geschütze keine Bedrohung mehr darstellten, aber fast noch schwerer fiel es, wenn man zu den ragenden Höhen aufblickte, sich vorzustellen, daß dort die Männer hinaufgestürmt, daß sie sich dort in den todbringenden Feuersturm und in die tödlichen Minenfelder geworfen hatten. Daß das ganze Land, das ganze Volk in Sicherheit war, weil junge Männer beherzt den Stier bei den Hörnern gepackt hatten. Keiner hatte es gewollt, alle hatten sie Angst davor gehabt. Phantasten in Nord und Süd hatten sie hineingedrängt, Phantasten, die mit dem Feuer gespielt und sich daran gefreut hatten, wie in der roten Glut ihre Schatten auf wunderbare Weise größer geworden waren.

Jetzt war der Sieg unfaßbar für die Sieger.

Die ganze Woche wimmelte es in ihrer Gegend von Truppen, die noch immer von den Höhen kamen, von Kriegsgerät, Transportern, die Fahrzeugwracks und militärisches Beutegut im Schlepp hatten. Überall saßen junge Soldaten herum, in Gruppen oder allein, die Hände über den Knien verschränkt. Lange Reihen von Lastern standen am Straßenrand. Hier und da wurde sporadisch noch geschossen, um versteckte Winkel von irregulären Truppen zu säubern. Anfangs der Woche hatte jemand Bewegung in der Schlucht bemerkt, und man beschloß, auch dort aufzuräumen.

Jonathan hörte davon, und nun mußte er es natürlich jemandem sagen, und zwar schleunigst.

Er sagte es Esther, seiner Lehrerin, und die sagte es dem Ortskommandanten. Beide fanden die Geschichte total verrückt, aber sie hatten schon verrücktere gehört, und deshalb griffen sie zum Telefon und verständigten Motke. Motke verstand wenig, die Verbindung war schlecht, aber das Wesentliche begriff er, und weil die Nachricht auch nicht unwahrscheinlicher klang als manches andere in dieser Zeit, beschloß er, Mor Bescheid zu sagen, was nicht ganz so einfach war, weil er am Ufer des Suezkanals saß.

Doch es gab ja Hubschrauberverbindungen über den Sinai hinweg. Alles lief irgendwohin in diesen Tagen, und manche liefen nur im Kreis herum, vor Verwirrung, Erleichterung, Fassungslosigkeit oder Kummer. Das waren die Nachwehen des Sieges im Staate der Gangster, in dem wohl viel herumgelaufen, aber nicht getanzt wurde.

3

Motke und Mor flogen mehrmals die Schlucht in Längsrichtung ab und konnten an einigen Stellen auch tiefer gehen. Sie hatten ihre Feldstecher mitgebracht, die Sicht war ausgezeichnet. Das Geknatter der Rotorblätter machte eine Verständigung unmöglich, aber eigentliche Informationen hatten sie ohnehin nicht auszutauschen, da tat es auch die Zeichensprache.

Mor hatte drei Flaschen *Very Special Fine Old Dingsbums* von seiner Reise nach Ägypten mitgebracht, und nach der Landung schenkte er zwei dem Kibbuz und setzte sich mit Motke und mit der dritten Flasche in den Speisesaal. *»Le Chaim,* Motke«, sagte der General und stieß mit ihm an. *»Le Chaim,* Naftali«, sagte Motke. Der General, fand er, wirkte etwas abwesend, wahrscheinlich fehlte ihm Schlaf. Aber auch er selbst hatte das Gefühl, nicht ganz da zu sein, obwohl es ihm an Schlaf in letzter Zeit wahrhaftig nicht gefehlt hatte. Er überlegte, ob er dem General von seinem Rip van Winkle-Abenteuer erzählen sollte, war sich aber immer noch nicht darüber klar, ob die Geschichte wirklich so komisch gewesen war. Während er noch überlegte, schenkte der General nach.

»*Le Chaim*, Motke.«

»*Le Chaim.*«

»Und jetzt erklär mal.«

Der General sagte nicht, was er erklärt haben wollte, *Gazella smithii* oder andere Rätsel, vermutlich aber, dachte Motke, das eine wie das andere.

»Es ist ein Wunder«, sagte er.

»Ein Wunder, sagst du?«

»Was sonst?«

»Wie groß ist ein Mensch?«

»Welcher Mensch?«

»Wie groß bin ich?«

»Knapp zwei Meter, würde ich sagen. Mindestens einsneunzig, ein großer Mann.«

»Eben. Ein großer Mann. Genau einsneunzig. Aber ich habe noch größere gesehen, Motke. Viel größere. Wir müssen ein *Le Chaim* auf einen besonders großen Mann trinken. Auf ihn, Motke.«

»*Le Chaim*«, sagte Motke entgegenkommend und sah, daß sein Glas schon wieder voll war.

»*Le Chaim.*«

»Und wer ist dieser Mann?« fragte Motke und trank.

»Das weiß ich nicht«, erwiderte der General. »Aber auch er hat teil an dem Wunderbaren, Motke. Sachen habe ich gesehen, Motke, die sind schlicht und einfach Wunder. Wundersame Sachen, sage ich dir. Einmal mußte ich eine weite Zangenbewegung ausführen und dabei meine Truppen teilen. Bei so einem Manöver kommt es darauf an, daß die beiden

Teile der Zange sich aufeinander verlassen können. Wir mußten schnell reagieren, das war wichtig, aber es mußte auch
anderes berücksichtigt werden, nämlich die Notwendigkeit,
die Gesamtstärke aufrechtzuerhalten. Es war eine komplexe
und äußerst diffizile Operation, Motke, der Feind hatte sich
eingegraben, und wir mußten durch, wir hatten enorme Verluste und haben selbst auch fürchterlich gewütet. Wir kamen
in vermintes Gelände, und aus den vorhin genannten Gründen mußte ich, auch wenn wir dadurch Zeit verloren, in der
Vorhut Räumgerät einsetzen. Wir waren seit zwanzig Stunden
unterwegs und mußten zum Auftanken anhalten. Wir hielten
zwischen den Minenfeldern. In solchen Fällen lassen sich die
Leute aus den Panzern fallen und schlafen ein paar Minuten
fest. Das konnte ich mir natürlich nicht leisten, also ließ ich
Kaffee kochen und nahm etwas, was mir schon die ganze Zeit
komisch vorgekommen war, genauer in Augenschein. An dem
Räumgerät eines der Panzer in der Vorhut hing eine Palme, etwas in der Wüste sehr Ungewöhnliches. Und was soll ich dir
sagen, Motke? Bei näherer Betrachtung stellte sich heraus,
daß es gar keine Palme war. Von der Farbe und der Konsi-
stenz her hatte es was von einer Palme, aber es war eine ganz
andere Spezies, nämlich ein Mensch, gute vier Meter groß,
Motke, stell dir das vor, mehr als doppelt so groß wie ich und
ohne Kopf. Einen Kopf hatte er nämlich nicht, den muß ihm
eine Mine weggerissen haben. Man mußte schon genau hinsehen, wenn man wissen wollte, um was für eine Kreatur es
sich handelte, aber es war zweifellos ein *homo sapiens,* ein
Ägypter, würde ich sagen, und er hatte teil an dem Wunderbaren. Es war der größte Mensch, den ich je gesehen habe,
doppelt so groß wie je einer, und damit hat er ein doppeltes
Le Chaim verdient. *Le Chaim,* Motke.«
    »Naftali«, sagte Motke. »Naftali.
    »Du trinkst nicht auf Wunder und Mirakel?«
    »Ich mag in diesem Fall nicht auf das Leben trinken, das
käme mir vor wie ein Gespött.«
    »Du hast keinen Sinn für Systematik, Motke«, sagte der Ge-

neral müde. »Das war schon immer so bei dir. Wunder dieser Art haben ihre Systematik wie alles andere. Einer muß verlieren. Es genügt nicht, ein Held zu sein, obschon dieser Bursche genau genommen keiner war. Ich erinnere mich an einen Spruch aus meiner Jugend, der besagt, ein Held sei einer, der einen kühlen Kopf behält, wenn alles um ihn her die Flucht ergreift. Tatsache ist, daß der Mann dort überhaupt keinen Kopf hatte. Jedenfalls nicht, als ich ihn zu Gesicht bekam. Trotzdem bestehe ich darauf, daß du dem größten Menschen, den ich je gesehen habe, die Ehre antust, ein spezielles *Le Chaim* auf ihn zu trinken. Und danach erklärst du mir vielleicht, wieso dir Wunder wie ein Gespött vorkommen.«

»Es ist ein gotteslästerlicher Trinkspruch, Naftali. Ich mag nicht für diesen schrecklichen Tod das Leben preisen.«

Der General schenkte sich geistesabwesend nach. »Ja, weißt du, ich habe das in letzter Zeit ziemlich oft gemacht. Ich kann nicht zählen, wie oft ich das Kaddisch gesprochen, wieviele Kondolenzbriefe ich geschrieben habe. Bei dieser Gazelle handelt es sich wohl um eine andere Art von Wunder. Du kannst mir morgen davon erzählen, heute abend könnte ich dir nicht mehr folgen. Soll ich dir mal was sagen, Motke? Ich bin müde. Hundemüde. Wunder sind eine ziemlich anstrengende Angelegenheit.«

4

Jonathan hatte sich alles genau zurechtgelegt. Aber als er hereinkam, erwarteten ihn nicht nur General Mor und Motke, sondern auch Esther und die Kibbuzleiterin und der Ortskommandant und sein Stellvertreter und zwei Männer, die, wie sich herausstellte, Mitarbeiter der Naturparkbehörde waren, und der Anblick so vieler ernsthafter Erwachsenengesichter brachte ihn ein bißchen aus der Fassung. Aber an seinem Vorsatz änderte es nichts.

Er wußte, wie sie die Geschichte sehen würden und wie er

selbst sie vielleicht später einmal sehen würde. Aber im Augenblick sah er sie eben nicht so. Das war zur Zeit die einzige Gewißheit in seinem Leben, alles andere war ungewiß. Der Tod seines Vaters, der Krieg, das Chaos der vergangenen Tage und Wochen... Er wußte einfach nicht, was er von all dem halten sollte. Diese Dinge gehörten irgendwie zur Alltagswelt, einer Alltagswelt allerdings, in der alles kopfüber und kopfunter ging. Doch weder das Kopfüber noch das Kopfunter war schon wirklich bis zu seinem eigentlichen Wesen vorgedrungen, das noch ganz mit dem Spiel beschäftigt war. Er hatte das bedrückende Gefühl, daß das Spiel nun bald zu Ende sein würde. Bald, aber noch nicht sofort. Solange es im Gange war, galten die Regeln, und an sie hielt Jonathan sich strikt, als er seine Geschichte erzählte.

General Mor und Motke waren nach dem am Vorabend genossenen *Very Fine Old Dingsbums* etwas angeschlagen und hörten schweigend zu. Weil sie Jonathan nicht unterbrachen, taten es auch die anderen nicht. Aber als er fertig war, merkte der General, daß alle ihn ansahen. Er griff sich wie prüfend an die Schädeldecke und überlegte. Neuerdings pflegte er kompliziertere Sachverhalte zu wiederholen, um sicherzugehen, daß er alles richtig mitbekommen hatte. Das tat er auch in diesem Fall.

Wenn er es recht verstanden hatte, sagte er, hatte ein gewisser Schäfer sein Volk und sein Land im Osten verlassen und war zu der Schlucht im Westen gezogen. Dort hatte Gott ihm gesagt, seine Aufgabe sei es, eine auserwählte Art namens Smith zu züchten, die einmal das Heilige Land bevölkern sollte. Dank verschiedener Wunder hatte sich die Spezies Smith gemehrt, und fast alles, was sich in der Umgebung zugetragen hatte, war darauf angelegt, dieses Vorhaben zu fördern. Der Schäfer hatte Gott um viele dieser Wunder gebeten, andere Wunder aber, auch den jüngst beendeten Krieg, hatte Gott von Sich aus gewirkt.

»War es so?« fragte der General.

»Ja, so war es«, sagte Jonathan.

»Gut, du kannst jetzt eine Weile spazierengehen, Jonathan. Lauf nicht zu weit weg, ich rufe dich dann.«

»Ist der Junge vielleicht ein wenig gestört?« fragte er besorgt, als Jonathan weg war.

»Er ist etwas schwierig«, sagte Esther. »Schon seit jeher.«

»Schwierig?« wiederholte der General. »Es ist heller Wahnsinn... Das heißt... Wir sind hier doch nicht in einem religiösen Kibbuz, oder?«

»Natürlich nicht«, sagte die Kibbuzleiterin.

»Oder in einem antireligiösen?«

»Auch nicht. Mit uns hat das überhaupt nichts zu tun.«

»Es ist der Sohn von Amos«, sagte Motke. »Der mit der Baumwolle. Der jetzt gefallen ist.«

»So?«

»Das ist es auch nicht«, sagte Esther, die ahnte, worauf diese Erklärung abzielte. »Ich weiß nicht, was es ist. Ich hab das nie verstanden«, sagte sie ein wenig ratlos. »Er ist eben so, er muß immer etwas erfinden.«

»Die Gazellen hat er nicht erfunden, die gibt es.«

»Ja«, sagte Esther, »aber das dürfte auch das einzige sein, womit es seine Richtigkeit hat. Wenn ich Ihnen raten darf, lassen Sie sich auf nichts ein. Er hat auf alles eine Antwort, was Sie auch ansprechen, und noch auf manches, worauf Sie nie kommen würden. Wenn es Ihnen nur um die Gazellen geht, fragen Sie ihn einfach, wie man am besten an sie herankommt.«

»Na schön«, sagte der General nach kurzem Stillschweigen. »Holt ihn her.«

»Jetzt hör zu, Jonathan«, sagte er in sachlich-freundschaftlichem Ton, als der Junge vor ihm stand, »du weißt ja, weshalb wir hier sind, nicht wahr? Wir müssen die Gazellen aus der Schlucht herausholen.«

Jonathan nickte. »Ins Heilige Land.«

»Ganz recht. Du sagst, daß da unten ein Pferch ist.«

»Das war letztes Jahr. Wie es dieses Jahr ist, weiß ich nicht. Inzwischen sind es sechshundert Gazellen.«

»Wer hat dir das gesagt?«

»Gott.«

»Ach ja?« sagte der General und war etwas verwirrt.

Unterdessen fügte Jonathan hinzu, Gott habe ihm auch gesagt, 1975 würden es 55800 Gazellen und 1985 etwa 17 Millionen sein.

»Der Pferch, Naftali«, sagte Motke unsicher in das Schweigen hinein.

»Ja, richtig, der Pferch«, sagte der General. »Siehst du, Jonathan, es geht darum, die Gazellen alle an einem Fleck zusammenzuholen. Solange es noch sechshundert sind. Wie würdest du das machen?«

»Ich würde es Hamud sagen, und Hamud würde es Smith sagen.«

»Und wenn Smith nicht auf ihn hört?« sagte der General mit einem kleinen Versuch zu scherzen.

»Sie wird auf ihn hören. Gott hat sie dazu berufen.«

»Ja, natürlich«, sagte der General in der verspäteten Erkenntnis, daß man die eigene Strategie der des Feindes anpassen muß. »Dann laß uns mal überlegen. Hamud sagt es Smith, und Smith... Ja, was macht Smith? Angenommen, Smith führt alle Gazellen hier herauf. Du weißt ja, wie das mit Gazellen ist, Jonathan. Wenn sie fremde Leute sehen, drehen sie durch und laufen weg. So hat Gott sie gemacht.«

»Natürlich«, sagte Jonathan.

»Und damit ist weder den Gazellen noch uns gedient. Wir möchten sie – noch ehe es 17 Millionen sind – in Ruhe und Ordnung in die Naturschutzgebiete bringen, die Frage ist nur, wie. Wahrscheinlich wäre es wohl am besten, immer nur ein paar nach oben zu schaffen, so daß die anderen nicht in Panik geraten und weglaufen. Ich stelle mir vor, daß wir sie in den Pferch treiben. Das dürfte auch Gott sich so gedacht haben, was meinst du?«

»Ich weiß nicht, was Gott sich denkt«, sagte Jonathan ernst. Der General hatte die Regeln sehr rasch begriffen, und das war ihm nicht geheuer.

»Aber Er hat uns den Verstand gegeben, seine Absichten zu deuten, nicht?«

»Ich müßte mich mit Hamud besprechen«, sagte Jonathan.

»Das sollst du auch. Aber vorher wollen wir uns einen eigenen Plan zurechtlegen. Glaubst du, es wäre schwierig, sie in den Pferch zu treiben?«

»Ich weiß nicht«, sagte Jonathan. »Im Winter wäre es kein Kunststück, da sind sie gerne drin, weil sie dort gegen Wasser und Wind geschützt sind, die Steine sind beste Qualität, Gott hat sie vom Kibbuz heruntergeschickt. Außerdem ist der Pferch mit Fellen ausgepolstert. Wie es im Sommer ist, weiß ich nicht.«

»Er hat ihnen das Fell abgezogen?« fragte Motke entsetzt.

»Nicht den Gazellen. Den Klippschliefern.«

»Der Mann fängt auch Klippschliefer?«

»Er fängt sie nicht, er züchtet sie.«

»Ausgeschlossen«, sagte Motke. »Klippschliefer kann man nicht züchten.«

»Wenn Gott es zuläßt?« Jonathan lächelte. »Hamud züchtet Tausende von Klippschliefern. In Höhlen.«

Motke empörte diese Behauptung mehr als alles, was er bisher gehört hatte. Er war Fachmann für Klippschliefer, er wußte, daß man sie nicht züchten konnte. Er machte den Mund auf, um diese Feststellung zu wiederholen, sagte aber nur: »Und wie füttert er Tausende in Höhlen?«

»Mit Alfalfa.«

»Alfalfa? Wo kriegt er denn Alfalfa her?«

»Er baut es an. Auf der Farm.«

»Farm? Farm? Was redest du da?«

»Auf Feldern. Einer Farm eben. Er hat eine.«

»In der Schlucht?«

»Ja, in der Schlucht«, bestätigte Jonathan geduldig. »Da, wo er wohnt. Mit den Gazellen und den Klippschliefern.«

Motkes Gesicht lief violett an, sein Mund stieß seltsame Laute aus. »Du elender kleiner Schwindler«, sagte er. »Wie kannst du dir nur solche Sachen aus den Fingern saugen!

Schämst du dich denn gar nicht? Da unten wächst doch nichts. Wo soll er den Samen hernehmen? Wie kann er ernten?«

»Mit Schwertern«, sagte Jonathan. »Er hat Schwerter zu Pflugscharen gemacht. Die Pflanzen hat Gott für ihn aufbewahrt, Hamud hat sie nur ausgewählt und angebaut. Wenn er etwas braucht, bittet er, und ihm wird gegeben. Früher hat er eine Menge angebaut, Rettiche, Zwiebeln, sogar Trauben. Jetzt hat er keine Zeit dazu.«

»Das ist ja verständlich«, sagte der General und warf Motke einen warnenden Blick zu. »Aber lassen wir all das mal beiseite, bleiben wir bei dem Pferch. Sollte sich herausstellen, daß er sie da nicht hineinbekommt, müßten wir sie woanders zusammenziehen. Am Wasser vielleicht? Gott hatte in der Schlucht sicher eine Quelle für ihn bereit, wie?«

»Nein, eine Quelle ist da nicht«, sagte Jonathan. »Er hat eine Zisterne gemacht.«

»Dieser Wundermensch hat eine Zisterne gemacht? Für sechshundert Gazellen?« platzte Motke wutentbrannt heraus.

»Nicht Hamud. Gott hat sie gemacht. Aus dem Berg«, sagte Jonathan.

»Dann ist es gewiß eine sehr schöne Zisterne«, sagte der General. »Und irgendwie kann man sie vermutlich auch einzäunen.«

»Das habe ich mir auch schon überlegt«, meinte Jonathan. »Schwierig wird es nur, wenn man immer nur einige herausholt. Es dauert zu lange. Und bei sechshundert Gazellen dauert es natürlich ziemlich lange. Die Zisterne trocknet nämlich aus. Vielleicht hilft es ja, wenn man oben mehr Wasser nachfüllt. Es kommt nämlich von oben, da war früher eine Wasserstelle. Aber die Syrer haben ein Geschütz hineingestellt, und das Wasser ist weniger geworden. Und da hat Gott den Krieg gemacht. Damit die Gazellen ins Heilige Land einziehen können.«

»Gott hat den Krieg nicht gemacht, Jonathan«, sagte der

General freundlich. Er hatte eigentlich gar nichts sagen wollen, er mochte mit diesem Wahnwitz überhaupt nichts zu tun haben. Aber irgend etwas drückte ihm plötzlich erstickend auf die Brust und ließ rosa Nebel vor seinen Augen wabern, so daß er gleichzeitig seine großen Hände unter dem Tisch zu Fäusten ballen und wieder öffnen mußte. Das gewinnende Lächeln saß weiterhin wie aufgeklebt in seinem Gesicht. »So etwas würde Gott nie tun, Jonathan. Du weißt doch sicher, wieso es zu diesem Krieg gekommen ist. Weil wir seit Jahren angegriffen wurden, bis es uns zuviel wurde und wir zurückgeschlagen haben. So ist das gekommen.«

»Generell gesehen bin ich derselben Meinung«, sagte Jonathan.

»Das freut mich«, sagte der General etwas kurzatmig. »Aber so generell war die Sache nun auch wieder nicht. Es gab da ganz spezifische Dinge, komplizierte sozio-politische Zusammenhänge, die du vermutlich noch nicht verstehst.«

»Doch«, sagte Esther. »Die versteht er sogar sehr gut.«

Aber der General war jetzt nicht mehr zu bremsen. Der Druck hatte sich ein Stück höher festgesetzt und preßte ihm die Stimmbänder zusammen. »Ja, sogar militärische Zusammenhänge«, sagte er, »die noch komplizierter sind. Ein Beispiel sind die Migs, die wir abschießen mußten, obgleich wir es eigentlich gar nicht wollten. Was im übrigen gar nicht so einfach ist. Es ist nicht so einfach für eine Mirage, eine Mig abzuschießen, Jonathan.«

»Wenn Gott es zuläßt...«, sagte Jonathan.

»Ja, natürlich, da hast du recht«, sagte der General und versuchte, ganz ruhig zu überlegen. Am besten war wohl, wie die Lehrerin dieses Bengels ihm vernünftigerweise geraten hatte, sich auf nichts einzulassen. Aber das brachte er einfach nicht fertig. Er hatte wohl zu viel durchgemacht. So, wie die Dinge lagen, war es vermutlich am besten, dem Jungen nicht all das vorzuhalten, was er nicht wissen konnte, sondern all jene Zusammenhänge – du schwatzhafter grinsender kleiner Teufel du, ich wüßte schon, was dir gut täte, die Jacke müßte man dir vollhauen, nicht nur sofort, an Ort und Stelle, sondern die nächsten ein, zwei Wochen lang pünktlich zu jeder vollen Stunde – all jene Zusammenhänge, wie gesagt, die ein Kibbuzkind einfach kennen muß.

Und deshalb sagte er leichthin: »Siehst du, jahrelang haben wir uns die Überfälle auf die Kibbuzim gefallen lassen. Bis die Leute vom Kibbuz Ha'on in Schwierigkeiten kamen. Du wirst den Kibbuz kennen, bist gewiß selbst schon dagewesen, es ist ja nicht weit. Die Roten Rüben auf Parzelle 52 mußten gesät werden, es war höchste Zeit. Und die Syrer wollten das verhindern und nahmen sie ständig unter Beschuß. Dagegen mußten wir etwas tun. Eins kam zum anderen, und dann war eben der Krieg da, ein Krieg, wie das bei Kriegen nun mal so ist, um schwerwiegende agrarpolitische und ökonomische Belange.«

»Also nicht wegen der Gazellen?«

»Nein«, sagte der General und lächelte. »Das wäre denn doch recht albern, meinst du nicht?«

»Sondern wegen der Roten Rüben.«

»Hm. Ja«, meinte der General. »Doch, so könnte man sagen.«

»Na schön.« Jonathan zuckte leicht die Schultern und lächelte ganz genauso gewinnend wie der General.

Das Lächeln des Generals wurde daraufhin etwas dünner, und er machte die geballte Faust nicht mehr auf, als er sagte: »Du kannst noch ein bißchen spazierengehen, etwas weiter weg diesmal.« Als Jonathan gegangen war, blieb er noch eine Weile stumm sitzen.

Dann aber wandten sie sich wieder ihrem Problem zu.

Sie kamen überein, die Schlucht ein paar Tage zu beobachten. Wenn alles in Ordnung war, würden sie den Knaben Jonathan herunterschicken.

XI.
Räumarbeiten und Restbestände

1

In der Schlucht kamen seit einigen Wochen die Zeichen so zahlreich, daß Hamud sich kaum mehr auskannte. Besonders ratlos machte ihn das Ausbleiben des Boten. Wenn er es aber recht bedachte, war auch das wohl ein Zeichen, ein sehr wichtiges sogar. Hatte nicht der Bote gesagt, es würde Schrecknisse und Wirrsal geben, wenn die Zeit nahe war? Aber hatte er nicht auch gesagt, er werde da sein, wenn die Zeit gekommen sei?

Nachdem er lange darüber nachgedacht hatte, kam Hamud zu dem Schluß, daß die Zeit wohl noch nicht gekommen, aber zweifellos nahe war. Sehr nahe. Und deshalb gestattete er sich einige Erleichterungen. Er befreite die Klippschliefer, denn die brauchte er ja nun nicht mehr. Er stellte sein gewohntes Tagewerk fast ganz ein und arbeitete nur noch wenig. Er säte etwas Gerste und einige Reihen Zwiebeln, aber eigentlich nur, weil er das immer so gehalten hatte. Zum Tränken brauchte er jetzt mehrere Stunden, und er ließ sich viel Zeit dabei. Es wäre sinnlos gewesen, sich abzuhetzen, die Gazellen blieben sowieso draußen. Sie mochten nicht mehr in den Pferch, nachdem Smith gestorben war.

Smith war während der ersten heftigen Bombardierung im April gestorben. Hamud war gerade dabei, die hintere Mauer des Pferchs abzubauen, um den Raum zu vergrößern, und etliche seiner Schutzbefohlenen waren dabei, Nachkommen in die Welt zu setzen. Als es plötzlich anfing zu knallen, waren alle aufgeschreckt. Smith hatte einen hohen Luftsprung gemacht, mit allen vier Beinen vom Boden abhebend. Als sie wieder herunterkam, war sie nicht mehr aufgestanden, und Hamud beugte sich zu ihr herunter und sah, daß sie nie mehr aufstehen würde.

Smith war alt gewesen, ein geschlechtsreifes Tier schon bei ihrer Ankunft vor zehn Jahren, und seit mehreren Jahren hatte sie keine Kitze mehr bekommen. Aber Hamud hatte Smith liebgehabt, und er weinte um sie. Später trug er sie zu dem Gazellenfriedhof, der Hügel war schon ziemlich hoch, denn Smith hatte eine ganze Reihe ihrer Nachkommen überlebt. Er deckte sie sorgfältig mit Steinen zu, damit niemand sie stören konnte, blieb noch eine Weile bei ihr sitzen und dachte an die vielen Jahre, die sie miteinander verbracht hatten.

Neuerdings nahm er immer sein Ohr mit – vorsichtshalber, man konnte ja nicht wissen, wie schnell einmal alles gehen würde –, und während er bedachte, wie das mit Smith gewesen und was ihm alles widerfahren war, machte er das Kästchen auf und sah hinein. Ja, das alles hatte einen bestimmten Sinn, durch alles, was ihm geschehen war, zog sich der Sinn wie ein roter Faden.

Hamud wußte, daß nun wohl bald ein Ende in Sicht war, und er bedauerte es nicht. Er war nicht alt, aber er kam sich alt vor. Uralt und überreich an Erfahrungen. Es war ihm nicht leid um die Erfahrungen, aber eigentlich hatte er jetzt genug davon und hätte nichts dagegen gehabt, eine Seele zu werden oder was immer Gott über ihn beschlossen hatte.

In den letzten Wochen, als alle Zeichen darauf hindeuteten, daß die Zeit praktisch gekommen war, der Himmel Tag und Nacht in roten und gelben Farben erglühte und ein ständiges Getöse in der Luft war, hatte er viel darüber nachgedacht, was Gott wohl über ihn beschlossen hatte. Noch immer konnte er sich nicht so richtig vorstellen, daß man ihn in den Garten der Wonnen schicken würde, damit hatte es wohl noch gute Weile. Aber als Seele in der Schlucht zu bleiben, wenn die Gazellen nicht mehr da waren, das war auch nichts Rechtes. Er überlegte, wie es wohl mit den Gazellen weitergehen würde.

Jetzt, da es sechshundert waren, fand er sie schöner denn je. Wie mochten die 17 Millionen wohl aussehen? Besonders gern hätte er gesehen, wie sie sich im Heiligen Land machten, das der Bote ihm anschaulich geschildert hatte. Es schien sehr schön zu sein. Er konnte sich gut vorstellen, daß es noch viel schöner sein würde, wenn 17 Millionen Gazellen es bevölkerten.

Wer aber würde die Gazellen schützen? War es denkbar, daß man mit dieser Aufgabe eine Gesellschaft der Gerechten betrauen würde? Und wer war geeigneter, in diese Gesellschaft aufgenommen zu werden als ...

Hamud dachte den Gedanken nicht weiter, verwarf ihn aber auch nicht, und da in den letzten Tagen der Himmel bei Tag und bei Nacht wieder seine gewohnte Färbung angenommen und das Getöse sich gelegt hatte, kam er immer wieder darauf zurück. Ebenso intensiv beschäftigte ihn eine andere, dringlichere Frage.

Eine Urenkelin von Smith, die ihr sehr zugetan gewesen war, hatte ihn zum Friedhof begleitet und sich danach ihm angeschlossen. Aber sie war nicht Smith, und Gott hatte sie offenbar nicht zu den Aufgaben berufen, die Smith wahrgenommen hatte, denn die anderen Gazellen folgten ihr nicht. Nur ein Kitz, ein ziemlich kümmerliches Böckchen, lief ihr nach, weil es bei ihr säugen durfte. Das gab Hamud zu denken. Das Schicksal von Smith, der nun, da die Zeit so nahe war, der Einzug ins Heilige Land verwehrt worden war, erinnerte ihn an den Propheten Moses, der das Heilige Land auch nur hatte schauen, aber nicht betreten dürfen. Damals hatte Gott dem Volk als Führer einen Josua gesandt. Wo war jetzt ein Josua?

Vermutlich würde der Bote ihm etwas dazu sagen können. Wo aber blieb der Bote?

Seit dem Getöse, das ihm verkündet hatte, daß die Zeit nahe war, hatte sich in der Schlucht kein Raubzeug mehr blicken lassen, doch Hamud hatte seine Schleuder stets griffbereit. Sicherheitshalber. Er hatte sie auch griffbereit, als der

Bote kam, obschon er mit seinem scharfen Gehör sogleich erkannte, wer es war.

Er warf sich zu Boden und küßte dem Boten die Hand und
erzählte ihm alles, was vorgefallen war, und dann gingen sie
zusammmen zu den Gazellen. Die neuen erschraken natürlich,
beruhigten sich aber schnell, als Hamud den Boten bei der
Hand nahm und langsam unter ihnen herumging. Der Bote
hatte Kaffee mitgebracht, sie tranken ein paar Tassen, und
Smiths Urenkelin und ihr Kitz leisteten ihnen Gesellschaft.
Auch davon erzählte Hamud dem Boten.

Er wußte aus Erfahrung, daß es der Bote nicht gern sah,
wenn man ihn sogleich mit Fragen überfiel, und wartete deshalb in einiger Unruhe auf seine Worte. Nach einer Weile fing
der Bote von selbst an.

Die Zeit sei gekommen, sagte er.

Hamud warf sich sogleich auf die Knie und sprach seine
Gebete, und als er wieder aufgestanden war, sagte der Bote,
nachdem er das von Smiths Urenkelin und dem Pferch gehört
habe, würde er sich gern einmal die Zisterne ansehen, und sie
gingen zusammen hin.

Der Bote ging lange um die Zisterne herum, und dann teilte
er Hamud Gottes Ratschluß mit. Er wolle die Gazellen in das
Heilige Land führen, aber immer nur eine kleine Zahl auf einmal, um sie nicht in Angst und Schrecken zu versetzen. Hamud fand, daß in diesem Vorhaben so viel Güte und Barmher-
zigkeit beschlossen lag, daß er schnell noch ein Gebet sprach.
Es sei dies aber, so sagte der Bote, keine Zeit zum Beten, sondern eine Zeit für praktische Überlegungen, und als er einige
aufzählte, kniff Hamud in äußerster Konzentration sein eines Auge zusammen und erkannte erneut, wie sinnvoll alles
eingerichtet war. Welch weiser Ratschluß, daß die Zisterne
an der schmalsten Stelle der Schlucht stand! Gott in seiner
Weisheit hatte alles bedacht.

An ihrer schmalsten Stelle aber war die Schlucht noch immer zwanzig Meter breit, und es war keine Kleinigkeit, sie
mit Mauern abzusperren, die Wasserstelle zu ummauern und

möglichst noch weitere Sperrmauern zu errichten, um eine Flucht an den Wänden der Schlucht hinauf unmöglich zu machen. Die Mauern mußten mindestens drei Meter hoch sein, damit die Gazellen sie nicht überspringen konnten, und breit genug, um das Gewicht einer solchen Höhe zu tragen. Ob es eine Prüfung sei, wollte Hamud wissen, oder ob er Hilfe von oben erwarten könne.

Wahrscheinlich beides, sagte der Bote, wenn die Prüfung aber zu schwer sei, würde Gott es Hamud nicht anrechnen, jetzt, da die Zeit gekommen sei.

Hamud überlegte und sagte, zu schwer sei sie nicht, aber er würde etwa ein Vierteljahr dazu brauchen. Wenn das so sei, meinte der Bote, würde man höchstwahrscheinlich mit Hilfe von oben rechnen können und er würde Hamud Bescheid geben.

Hamud hätte gern gewußt, wie das nun mit Josua sei, aber er traute sich nicht zu fragen. Und der Bote wollte ja sowieso bald wiederkommen.

Jonathan fand das alles nicht besonders schön, hätte aber dieses Gefühl nicht recht erklären können. Es war schwer, sich an die Regeln zu halten. Sehr schwer. Irgendwie war das alles Verrat. Im Kibbuz hielt er seinen Bericht sehr knapp und streng sachlich. Daß Smith gestorben war, behielt er für sich.

»Und wenn wir ihm Leute schicken, die dabei helfen?« fragte General Mor.

Das fände er nicht gut, sagte Jonathan. Die Gazellen würden weglaufen.

Sie berieten hin und her, wie ein Mann mit kaputtem Rückgrat es anstellen sollte, in weniger als drei Monaten vier hohe Mauern zu errichten, und schließlich meinte Esther, sie sollten doch den Techniker aus der Maschinenfabrik holen, der habe immer so gute Einfälle.

Sie holten den Mann, und er hatte welche.

»Die Behälter«, sagte er.

»Behälter?«

»Die Baumwollbehälter, die mit den Lochblechen. Wenn ihr die mit dem Hubschrauber abwerft, hat er sie im Handumdrehen zusammengeschraubt. Sie wiegen so gut wie nichts. Wenn wir ihm die kleinen schicken, kann er vermutlich zwei gleichzeitig auf dem Kopf tragen.«

Und er ging mit Jonathan in die Fabrik und zeigte ihm, wie man Lochbleche zusammenschraubt, und es dauerte nicht lange, bis Jonathan es konnte.

Schwarz auf weiß, sauber getippt als eine Kette koordinierter Maßnahmen, las sich der Plan so simpel, daß sich alle fragten, weshalb sie nicht gleich darauf gekommen waren.

Die untere Lage der vier Sperrmauern sollte hauptsächlich aus ganzen Behältern bestehen, um die nötige Standfestigkeit zu gewährleisten. Zum Anbringen der einzelnen Lochbleche weiter oben war eine Trittleiter nötig. Eine Seite mußte offenbleiben, damit die Gazellen hineinkonnten, und wenn sie drin waren, sollte Hamud das Lochblech festschrauben. An dieser Seite konnte er dann später jeweils fünfzig Gazellen hinauslassen. Ein weiterer Behälter war dann bereits zur Stelle – ein kleiner Käfig mit Deckel –, und wenn die Tiere ihn betreten hatten, würde ein Trupp Soldaten den Käfig durch die Schlucht bis zu einer Stelle tragen, an der ein Hubschrauber sie ausfliegen konnte. Zehn oder zwölf Flüge dieser Art, und die ganze Herde war wohlbehalten im Heiligen Land eingetroffen.

Jonathan mußte ein paarmal in die Schlucht hinunter, bis Hamud alles verstanden hatte. Mit dem Schraubenzieher aber stellte sich Hamud recht geschickt an. Per Hubschrauber kam Material herunter, es machte keine Mühe, die Sachen zur Wasserstelle zu schaffen. Für die unterste Lage schraubten sie wie verabredet hauptsächlich ganze Behälter zusammen, aber darüber brachten sie einfach einzelne Lochbleche an und nutzten die Verstärkungsstangen, die der Techniker empfohlen hatte.

Die Gazellen beäugten die Konstruktion zunächst mißtrauisch, aber Durst und Gewöhnung taten bald ihre nützliche Wirkung. Als die Bleche sich deutlich zu Käfigen herausbildeten, wurden sie noch mißtrauischer. Von oben kam Alfalfa, um sie in den Käfig zu locken, aber eine Seite blieb noch immer offen, damit sie kommen und gehen und sich mit der Vorrichtung anfreunden konnten.

Jonathan war häufig im Kibbuz, wo es Probleme um Muttern, Bolzen und sonstiges Material zu besprechen gab, und bei einem dieser Besuche erhob sich die Frage, was mit Hamud geschehen sollte. General Mor überlegte und meinte, am besten solle auch der Araber ins Heilige Land kommen, er versprach sich von ihm einiges für die Naturparkbehörde, besonders für die Abteilung, die für das Wohlergehen der Paarhufer zuständig war.

Jonathan wurde ziemlich elend zumute, er hütete sich aber, dem Grund dafür nachzuforschen.

Hamud wollte neuerdings immer öfter wissen, was Gott über ihn beschlossen hatte, er hatte den Boten auch wegen Josua befragt und wegen der Gesellschaft der Gerechten. Als Jonathan wieder in die Schlucht hinabstieg, beschloß er, Hamud eine Antwort zu geben. Gottes Ratschluß, sagte er, sei jetzt bekannt. Es würde eine Gesellschaft der Gerechten geben und Hamud solle ihr angehören.

Hamud stieß einen Laut aus, der halb ein Schluchzen, halb ein Stöhnen war, und warf sich auf die Knie, um Dank zu sagen, aber nachdem er sich wieder aufgerichtet hatte, fragte er, ob auch etwas über einen Josua bekannt sei.

Ja, sagte Jonathan, es würde auch einen Josua geben.

Beim Aufstieg hielt Jonathan auf halber Höhe inne und sah nach unten. Es war lange her, seit er zum letzten Mal geweint hatte, jetzt aber setzte er sich hin und weinte, denn wenn Hamud Mitarbeiter der Naturparkbehörde wurde, war das Spiel aus. Es war wunderbar gewesen, dieses Spiel, in dem alles bekannt war, in dem alle Rätsel dieser Welt, die der Babys wie die der Bananen, sich lösten – ein überaus rationales Wunder, dessen Gesetzen alles gehorchte, ohne Ausnahme, auch wenn der Vorgang als solcher oft schwer zu verstehen war. Jetzt aber schraubten sie das Wunder zusammen und schafften es weg, und auch den Hauptdarsteller und Hauptvertreter des Wunders schafften sie weg und gaben ihm eine Rolle in jener irrationalen und ganz und gar nicht wunderbaren Welt, in der alle Vorgänge verständlich und die Ursachen unbekannt waren.

Es war ein schlechter Handel, ein Wunder gegen etwas einzutauschen, was so gut wie nichts wert war, und in diesem Moment fiel ihm sein Vater ein, ordentlich aufgebahrt und unter die Erde gebracht, der nun keine Salti rückwärts mehr machen konnte, und seine Tränen flossen noch etwas reichlicher, weil er begriff, daß es mit seinem Vater nicht etwa deshalb so gekommen war, weil Gott ihm den Salto rückwärts mißgönnt hätte, sondern weil ein paar Leute Rote Rüben hatten säen wollen und andere etwas dagegen gehabt hatten. Vielleicht waren noch ein paar andere Gründe dazugekommen, die aber alle miteinander nichts Wunderbares an sich hatten.

Sie war hart, aber sie war auch vertraut, diese Welt des Zufalls und der verständlichen Vorgänge, und deshalb trocknete er sich nach einer Weile die Augen und kehrte in den Kibbuz zurück.

Dort verkündete er, er habe die Nase voll von der Schlucht und werde bei der Operation Smith nicht mitmachen. Damit sorgte er für Bestürzung auf allen Seiten. Ein paar Leute wollten ihn mit Belohnungen locken, andere waren mehr für eine Tracht Prügel. General Mor aber, der sich mittlerweile seinen Teil dachte, bat Jonathan um Hilfe. Er fragte, ob Hamud die Operation Smith allein durchführen könne, und Jonathan sagte, das könne er nicht. Man brauchte dazu zwei Mann, einen für die Käfigtür und einen für die Gazellen. Ob Hamud und die Gazellen auch einen anderen akzeptieren würden, wollte der General wissen, und Jonathan sagte, er habe sich das überlegt, und wahrscheinlich würden sie Motke akzeptieren.

Er traf eine Vereinbarung mit dem General. Falls Hamud und die Gazellen Motke nicht akzeptierten, wollte er es selbst machen. Auf jeden Fall aber wollte er, wenn die Operation abgeschlossen war, Hamud nicht wiedersehen, und Hamud sollte nicht in den Kibbuz gebracht, sondern sofort in eines der Naturschutzgebiete ausgeflogen werden.

Der General erklärte sich einverstanden, und Jonathan brachte Motke in die Schlucht. Auf dem Weg dorthin sagte er Motke, er müsse sich jetzt Josua nennen. Motke hatte sich inzwischen auch so seine Gedanken gemacht und erhob keinen Einspruch.

Hamud benahm sich ziemlich überschwenglich, als er Josua vorgestellt wurde, und Jonathan hielt sich nicht weiter mit den beiden oder mit irgendwelchen Erklärungen auf. Bald war er wieder im Kibbuz und übte Salto rückwärts. Dina hatte sich ihm in letzter Zeit etwas zögernd wieder genähert, und er beschloß, sich ein wenig um sie zu kümmern. Den Salto rückwärts konnte er von ihr natürlich nicht verlangen, aber er brachte sie so weit, daß sie vom zweiten Brett sprang. Er stellte fest, daß sie doch nicht so albern war, und nach und nach dachte er nicht mehr so viel an Musallem. Vergessen aber hatte er ihn nicht.

Motke blieb in der Schlucht, bis die Gazellen nicht mehr vor ihm wegliefen, und stellte eine lockere, wenn auch etwas verwirrende Beziehung zu dem Araber her. Er sprach nicht sehr gut Arabisch und Hamud auch nicht, so daß die Kommunikation zu wünschen übrig ließ und hauptsächlich in Zeichensprache vonstatten ging. Selbst die war mit gewissen Schwierigkeiten verbunden, denn sobald Motke die Hand hob, griff Hamud nach ihr, um sie zu küssen. Darüber wunderte Motke sich nicht wenig. Auch darüber, daß er jetzt Josua hieß und daß der Araber sich derart darauf freute, ja, sich geradezu dafür begeisterte, in Zukunft für die Naturparkbehörde zu arbeiten. Es war alles nicht so einfach, aber offenbar war er akzeptiert, und das war die Hauptsache. Er ging wieder zurück in den Kibbuz, und die Pläne liefen weiter.

Die ersten Gazellen wollten sie frühmorgens am Tag Smith ausfliegen. Sie würden die Tiere später als sonst tränken, damit sie abgelenkt waren, wenn der Hubschrauber kam. Zur Vermeidung möglicher Zwischenfälle beim Übergang von dem größeren in den kleineren Käfig sollte Militär die Schlucht an beiden Enden absperren. Gleichzeitig würde ein weiterer Trupp mit dem Material, das benötigt wurde, um die Käfige mit den Gazellen zu dem Hubschrauber zu tragen, in die Schlucht absteigen. Von diesen Käfigen brauchten sie nur drei oder vier zusammenzubauen, denn im Lauf der Operation fiel Leergut an, das die Hubschrauber zur Schlucht zurückfliegen würden. Auf den Baumwollfeldern sollte ein weiterer großer Käfig errichtet werden. In ihm konnte die Herde bleiben, bis alles für ihren Weitertransport bereit war.

Das alles dauerte seine Zeit, doch schließlich war alles fertig. Ehe Motke wieder in die Schlucht stieg, fragte er Jonathan, ob er nicht doch mitkommen wollte, aber Jonathan lehnte ab. Er wolle nicht mehr in die Schlucht, sagte er.

2

Motke und Hamud hatten den ersten kleinen Käfig vor Tagesanbruch an Ort und Stelle gebracht und zogen sich in den Pferch zurück. Als sie drin waren, schraubten sie das einzelne Lochblech wieder locker an. Motke gab über Funk Bescheid, und etwa eine Stunde später, als es einigermaßen hell geworden war, meldete der Kibbuz, daß die ersten Soldaten mit dem Abstieg begonnen hatten.

Motke und Hamud hatten verabredet, sich das Tränken zu teilen. Hamud sollte die erste Schicht übernehmen. Nach einer halben Stunde sagte Motke, er könne anfangen. Hamud verließ die Absperrung, schraubte sie hinter sich wieder zu und kletterte auf den Sims, um den Pfropfen herauszuschlagen, und nachdem die Wasserstelle sich gefüllt hatte, kamen die Gazellen zur Tränke. Als sie zwanzig Minuten später die

Soldaten witterten, hörten sie unvermittelt auf zu trinken. Zunächst sahen sie nur zur westlichen Wand hinüber und drängten sich dichter zusammen. Dann wurden sie unruhig und versuchten, herauszukommen. Das schafften sie nicht, dafür aber rannten sie Motke ein paarmal über den Haufen.

Motke hatte zwar Erfahrung im Umgang mit Tieren, war aber noch nie mit einer wildgewordenen Herde von 600 normalerweise friedlichen Gazellen zusammengesperrt gewesen, und nachdem der Wald von Hörnern ihn mehrmals böse geprellt hatte, fand er, daß es wohl am besten sei, die Operation vorläufig abzubrechen. Auf allen Vieren arbeitete er sich zu seinem Funkgerät vor.

Das aber hatten die Gazellen ebenfalls über den Haufen gerannt. Es funktionierte nicht mehr.

Er bekam es ernstlich mit der Angst zu tun. Auf Händen und Knien kroch er auf die Trittleiter zu. Er wollte hinaufsteigen und den Truppen ein Zeichen geben, sich zurückzuziehen. Er hatte die Leiter angelegt und schon einen Fuß auf der untersten Stufe, als er wieder umgerannt wurde. Die Gazellen kletterten die Leiter hinauf, zehn, zwölf übersprangen die Absperrung und stürmten durch die Schlucht. Als sie die vorrückenden Truppen bemerkten, die Befehl hatten, dieses Ende zu blockieren, machten sie kehrt und rannten einige Minuten kopflos im Kreis herum. In den Käfig konnten sie nicht mehr zurück, und die Menschen, die durch die Schlucht auf sie zukamen und über die Westwand abstiegen, versetzten sie in Panik.

Motke hatte die Leiter umgestoßen, damit nicht noch mehr Tiere die Flucht ergriffen, aber jetzt sah er, was kommen mußte, stellte stöhnend die Leiter wieder an, stieg hinauf und machte den Soldaten in der Schlucht verzweifelte Zeichen zum Rückzug. Die Soldaten deuteten sein Winken anders. Sie setzten sich in Trab, und prompt trat ein, was Motke hatte verhindern wollen. Die im Norden, Süden und Westen eingeschlossenen Gazellen wandten sich nach Osten.

Drei oder vier begannen, an der Wand hochzuklettern, die übrigen folgten.

Von der Leiter aus sah Motke, daß Hamud das Lochblech losschraubte, um die Absperrung wieder zu betreten, und er rief ihm zu, er solle um Himmels willen draußen bleiben. Sekunden später aber hatte Hamud das Lochblech beiseitegeschoben, und dann war er verschwunden, und wo Hamud und ein Stück Absperrung gewesen waren, sah man nur noch eine Flut flüchtender Gazellen.

»Nein«, brüllte Motke. »Nein! Nein!« Er sprang von der Leiter und versuchte, ihnen den Weg abzuschneiden. Verzweifelt klammerte er sich an ein Gehörn, aber sogleich war er abgeschüttelt und niedergetrampelt und mußte sich mit blutigem Gesicht beiseiterollen und seinen Kopf vor dem Steinhagel schützen, der sich unter den trappelnden Hufen löste.

Aus einer relativ sicheren Stellung heraus hob er den Kopf und erblickte zwischen den schützend gekreuzten Armen hindurch kurz ein überaus erstaunliches Bild. Durch den schmalen Rahmen seiner Arme sah er einen Ausschnitt – etwa 70 oder 80 Meter – lotrecht ansteigender Wand, auf der es von Gazellen wimmelte. Die Tiere an der Spitze hatten den leichtesten Weg erkundet und liefen im Zickzack an Hindernissen vorbei. Die ganze Kolonne folgte diesem Zickzackkurs. Inzwischen war die Sonne aufgegangen, und der schmale Streifen Himmel über ihnen strahlte, aber in der Schlucht herrschte noch Dämmerung, und in ihrem grauen Licht fluteten die hellen Unterseiten der Gazellen und ihre schwankenden Hörner wie Wasser den Fels hinauf. Wie ein Wasserfall in umgekehrter Richtung, dachte Motke. Oder ein antiker Fries. Oder ein Höhlengemälde. Aber während er ehrfürchtig zusah, wie die Kolonne eine hohe Zinne erreichte und die prachtvollen Hörner schwarz vor dem Licht standen, wie sie zu Dutzenden, zu Hunderten in den Himmel hineinwuchsen, fand er alle diese Vergleiche nicht so recht passend. Was er hier sah, war schlicht unvergleichlich.

Die kollernden Steine trafen die unteren Reihen der Gazellen, die Tiere stürzten und rappelten sich wieder auf und liefen weiter, bloße Wirbel im Strom. Und dann waren sie alle verschwunden, kein lebendes Wesen war mehr zu sehen, nicht einmal der Araber.

Motke hörte sich keuchen und stöhnen und vielleicht sogar beten, er merkte, daß ihm Blut über die Arme und in die Augen lief. Aber er rappelte sich auf und sah sich ratlos in dem dicht wirbelnden Staub um. Wo steckte der Araber nur? Es war, als sei er – gleich den Gazellen – wie durch Zauberhand unsichtbar geworden. Motke schüttelte den Kopf, als könne er dadurch etwas mehr Klarheit in seine Gedanken bringen. Er hatte das dumpfe Gefühl, daß dies alles gar nicht geschehen war. All diese unglaublichen Dinge waren überhaupt nicht wahr: Die Feinde seines Volkes waren nicht in sechs Tagen geschlagen worden. Die *Gazella smithii* hatte sich nicht auf wunderbare Weise in der Schlucht gemehrt. Er lag noch immer im Wadi Parek und schlief. Doch dann hörte er die Rufe der noch immer vorrückenden Soldaten und wußte, daß sich dies alles in der Tat ereignet hatte. Und dann sah er im Dunst den Araber. Und er sah, daß nicht alle Gazellen aus der Schlucht verschwunden waren.

Hamud lag unter einem großen Felsen, und eine Geiß leckte ihm das Gesicht. Motke stolperte zu ihm hinüber, und die Gazelle wich zurück und sah nach oben. Auch Motke sah nach oben und meinte, in den Staubwolken eine weitere Gazelle zu sehen, ein Jungtier.

Zuerst dachte er, daß Hamud tot war, aber als er sich über ihn beugte, schlug er die Augen auf, und seine Lippen bewegten sich. Es kam kein Laut heraus, und Motke holte tief Luft und rollte den Felsen weg, und so, wie der Brustkorb aussah, würde aus ihm wohl nie mehr ein Laut kommen. »Ist schon gut«, sagte Motke und schnappte unwillkürlich nach Luft bei dem Anblick. »Das wird schon wieder. Keine Bange, das kriegen wir schon hin.«

Der Araber schien aber gar keine Bange zu haben. Er wirkte

eher verwundert, doch es war eine gleichsam freudige Verwunderung, als habe er sich fast, aber noch nicht ganz an etwas erinnert, das ihm auf der Zunge lag, oder als habe er die Antwort auf eine Frage gefunden, die ihn lange bewegt hatte. Motke sah, daß der Mann in den letzten Zügen lag und daß er nichts mehr für ihn tun konnte. Er richtete sich auf und ging bittend auf die Gazelle zu, die noch wie wartend in der Nähe stand. Motke streckte die Hand nach ihr aus, aber für jeden Schritt, den er auf sie zuging, wich sie einen zurück. In seiner Verzweiflung setzte Motke sich in Trab, und auch die Gazelle setzte sich in Trab, sie lief die Wand hoch, dem Jungtier hinterher. Mit offenem Mund, die Arme schlaff herunterhängend, sah Motke ihnen nach.

Als er wieder zu Hamud trat, war der Araber tot, aber sein Gesichtsausdruck war nicht unzufrieden, als sei er mit der Antwort auf seine Frage, wie immer sie gelautet hatte, durchaus einverstanden. Motke war froh darüber, aber dann setzte er sich hin und weinte sich gründlich aus, und da saß er noch, als die Soldaten bei ihm ankamen.

3

Die Smith-Gazellen kamen aus der Schlucht und rannten mit hoher Geschwindigkeit weiter in der einmal eingeschlagenen Richtung, nämlich nach Osten. Es war noch früh, aber etliche Militärfahrzeuge, die sich aus gutem Grund an die geräumten Straßen hielten, waren schon unterwegs. Sie waren den Gazellen nicht geheuer. Verständlicherweise machten sie einen Bogen um die Wagen und liefen statt dessen in die Minenfelder. In wenigen Minuten waren die meisten von ihnen in die Luft geflogen, und die Militärfahrzeuge bremsten scharf, um das erstaunliche Schauspiel zu beobachten.

Auch auf der Höhe jenseits der Schlucht standen Beobachter, nämlich General Mor und seine Gruppe, in der auch Jonathan war. Der Feldstecher, den sie ihm gegeben hatten, war

253

zu schwer, die Arme taten ihm weh vom Halten, und seine Augen waren nicht weit genug auseinander, um durch beide Gläser zugleich sehen zu können. Trotz der Rufe und Jammerlaute der anderen fing er an, sich zu langweilen. Sein Interesse hatte dem Spiel gegolten, nicht den Gazellen, und nachdem das Spiel nun aus war, freute er sich eigentlich, daß sie die Gazellen nicht gekriegt hatten. Er ließ den Feldstecher sinken, aber in diesem Augenblick nahm er eine Bewegung wahr und hob ihn wieder an die Augen und konnte so als erster etwas Neues beobachten. Nicht alle Smith-Gazellen waren in das Minenfeld gelaufen, ein Rest war noch übrig. Jonathan glaubte ihn zu erkennen, und als sich ihm ein zweiter, kleinerer Rest zugesellte, war er seiner Sache sicher.

Das Erscheinen der restlichen Gazellen fiel mit einer Rauchwolke zusammen, die das Ende der Gazellen in dem Minenfeld verkündete. Die letzten beiden Tiere hielten deshalb nicht auf das Minenfeld zu, sondern liefen nach rechts, in die Richtung, aus der einst Smith gekommen war.

Eine volle Minute verstrich, ehe General Mor und seine Leute die flüchtenden Gazellen bemerkten, und da war die Form ihres Gehörns schon nicht mehr auszumachen. Jonathan, der mit einem Auge durch seinen Feldstecher sah, erkannte sie noch immer recht gut, aber er verriet nichts. Immer deutlicher spürte er, daß womöglich das Spiel noch nicht aus war, daß es am Ende doch noch weitergehen konnte. Im Grunde aber, fand er, war es ein verwirrendes Spiel mit einem erheblichen Verschleiß an Teilnehmern, und er selbst war nicht mehr versessen darauf. Trotzdem freute es ihn, daß es vielleicht doch weitergehen würde, und er sah deshalb ganz vergnügt Smiths Urenkelin und ihrem Böckchen nach, bis sie verschwunden waren. Das dauerte nicht lange, denn die so häufig dezimierte Spezies war immer dann am schnellsten, wenn sie es eilig hatte, und an diesem Tag – wie in einem früheren Fall – rannte sie wie der Teufel.